JAGGED INK – TATTOOS UND TURBULENZEN

MONTGOMERY INK REIHE: COLORADO SPRINGS
BUCH DREI

CARRIE ANN RYAN

JAGGED INK – TATTOOS UND TURBULENZEN

Montgomery Ink Reihe: Colorado Springs, Buch 3

von
Carrie Ann Ryan

Copyright © 2026 Carrie Ann Ryan

Englischer Originaltitel: »Jagged Ink (Montgomery Ink Book 11)«
Deutsche Übersetzung: Sandra Martin für Daniela Mansfield Translations 2026

Alle Rechte vorbehalten. Dies ist ein Werk der Fiktion. Namen, Darsteller, Orte und Handlung entspringen entweder der Fantasie der Autorin oder werden fiktiv eingesetzt. Jegliche Ähnlichkeit mit tatsächlichen Vorkommnissen, Schauplätzen oder Personen, lebend oder verstorben, ist rein zufällig.
Dieses Buch darf ohne die ausdrückliche schriftliche Genehmigung der Autorin weder in seiner Gesamtheit noch in Auszügen auf keinerlei Art mithilfe elektronischer oder mechanischer Mittel vervielfältigt oder weitergegeben werden. Ausgenommen hiervon sind kurze Zitate in Buchrezensionen.

Besuchen Sie Carrie Ann im Netz!
carrieannryan.com/country/germany/
www.facebook.com/CarrieAnnRyandeutsch/
twitter.com/CarrieAnnRyan
www.instagram.com/carrieannryanauthor/

EBENFALLS VON CARRIE ANN RYAN

MONTGOMERY INK REIHE:

Ink Inspired – Tattoos und Inspiration (Buch 0,5)
Ink Reunited – Wieder vereint (Buch 0,6)
Delicate Ink – Tattoos und Überraschungen (Buch 1)
Forever Ink – Tattoos und für immer (Buch 1,5)
Tempting Boundaries – Tattoos und Grenzen (Buch 2)
Harder than Words – Tattoos und harte Worte (Buch 3)
Written in Ink – Tattoos und Erzählungen (Buch 4)
Hidden Ink – Tattoos und Geheimnisse (Buch 4,5)
Ink Enduring – Tattoos und Leid (Buch 5)
Ink Exposed – Tattoos und Genesung (Buch 6)
Inked Expressions – Tattoos und Zusammenhalt (Buch 7)
Inked Memories – Tattoos und Erinnerungen (Buch 8)

Montgomery Ink Reihe: Colorado Springs:

Fallen Ink – Tattoos und Leidenschaft (Buch 1)
Restless Ink – Tattoos und Intrigen (Buch 2)
Jagged Ink – Tattoos und Turbulenzen (Buch 3)

Montgomery Ink Reihe: Boulder:
Wrapped in Ink – Tattoos und Herausforderungen (Buch 1) **(erhältlich ab April 2026)**

Die Gallagher-Brüder:
Love Restored – Geheilte Liebe (Buch 1)
Passion Restored – Geheilte Leidenschaft (Buch 2)
Hope Restored – Geheilte Hoffnung (Buch 3)

Whiskey und Lügen:
Whiskey und Geheimnisse (Buch 1)
Whiskey und Enthüllungen (Buch 2)
Whiskey und die Geister der Vergangenheit (Buch 3)

Das Aspen Rudel:
Durch Ehre Geschliffen (Buch 1)
In der Dunkelheit Gejagt (Buch 2)
Im Chaos Gebunden (Buch 3)
Unterschlupf in der Stille (Buch 4)
Von Flammen Gezeichnet (Buch 5)

Die Brüder Wilder:
Der Weg zurück zu mir (Buch 1) **(erhältlich ab Mai 2026)**

Immer der Richtige für mich (Buch 2) **(erhältlich ab August 2026)**

Der Pfad zu dir (Buch 3) **(erhältlich ab November 2026)**

JAGGED INK – TATTOOS UND TURBULENZEN

Roxie Montgomery traf ihren Seelenverwandten, als sie es am wenigsten erwartet hat. Als er um ihre Hand anhielt, dachte sie, dass ihr Happy End gerade erst begann. Doch dann stellte sie fest, dass ein glückliches Ende sehr viel schwerer zu erlangen war, als ihre Lieblingsbücher es darstellten.

Nach einem schrecklichen Verlust hat sie den Eindruck, ihren Mann überhaupt nicht mehr zu kennen, oder man könnte auch sagen, sie kennt sich selbst nicht mehr.

Carter Marshall liebt Roxie schon, seitdem er sie das erste Mal gesehen hat. Doch je mehr Zeit vergeht, desto größer wird die Kluft zwischen ihnen. Er weiß nicht, wie er ihr zeigen soll, dass er sich ihr vollkommen verpflichtet fühlt, und eigentlich weiß er auch nicht, ob sie sich überhaupt noch verpflichtet fühlt.

Als ein Unfall alles verändert, müssen die beiden entscheiden, ob das, was sie einst hatten, noch gerettet werden kann, oder ob es besser wäre, neu anzufangen. Oder ob das überhaupt möglich wäre.

»Tattoos und Turbulenzen« ist ein Buch der Reihe »Montgomery Ink: Colorado Springs« und erzählt die Geschichte von Roxie und Carter. Es geht um eine Ehe auf dem Prüfstand, Fast-Feinden, die zu Geliebten werden, und einer zweiten Chance. Jedes Buch dieser Reihe kann unabhängig von den anderen gelesen werden. Ein Happy End ist garantiert!

KAPITEL EINS

F*euer ist heiß und gleißend hell.*
　　Das waren die ersten Gedanken, die Carter Marshall durch den Kopf schossen, als der große Bäckereiofen explodiert war.

Er hatte nicht an die Konsequenzen gedacht, als er sich auf Thea geworfen hatte, um sie vor den Flammen zu schützen.

Diese *Hitze*.

Es war so verdammt heiß gewesen.

Bei dieser Erinnerung musste Carter leise schnauben. Natürlich war das Feuer heiß gewesen und hatte ihm die Haut verbrannt. Glücklicherweise konnte er den Geruch seiner eigenen versengten Haut nicht wahrnehmen. Aber er hatte das verbrannte Mehl und die Backwaren gerochen.

Er hatte die Schreie gehört, vor allem die von Thea,

aber vielleicht auch seine eigenen. Vage hatte er registriert, wie Menschen laut rufend zu ihm geeilt waren.

Er hatte alles gehört, aber er hatte nicht viel gespürt.

Vielleicht hatte er nichts fühlen sollen. Vielleicht war es in diesem Moment genau so gewesen, wie es hatte sein sollen.

Zumindest hatte er das gedacht. Er hatte versucht, alles auszublenden, während er sicherstellte, dass Thea unversehrt war. Er hatte nur überleben wollen.

Dann war er aufgewacht und hatte festgestellt, dass er nicht tot war.

Und er war nicht allein gewesen.

Roxie war da gewesen.

Die Montgomerys waren da gewesen.

Er war nicht allein gewesen.

Und für jemanden, der geglaubt hatte, immer allein zu bleiben, war das ein Trost gewesen. Zumindest ... für eine Weile.

Jemand hatte versucht, einen Teil der Bäckerei *Colorado Icing* zu zerstören. Sie gehörte seiner Schwägerin, der Schwester seiner großen Liebe. Thea und er wären dabei fast ums Leben gekommen.

Jetzt lag er im Krankenhaus und fragte sich, was er tun sollte, denn die Explosion war erst der Anfang gewesen.

Die Hitze, die Flammen. Ja, sie hatten lichterloh gebrannt.

Aber der dumpfe Schmerz, der nicht nur eine Seite

seines Körpers, sondern auch sein Herz durchflutete ... würde bleiben. *Damit* würde er leben müssen.

»Geht es dir gut?«, fragte Mace und runzelte die Stirn. Carter wandte sich dem dunkelhaarigen Mann zu, dessen Tätowierungen unter seinen Hemdsärmeln hervorlugten. Mace harrte bereits seit über einer Stunde hier aus. Genau wie die anderen.

Beinahe hätte Carter lässig mit den Schultern gezuckt, um Mace zu zeigen, dass alles in Ordnung war, doch er hielt sich gerade noch zurück. Er hatte schwere Verbrennungen an Rumpf, Hals und einem Bein erlitten. Wahrscheinlich würde jede Bewegung höllisch wehtun.

Er würde vollständig genesen. Das hatten ihm die Ärzte immer wieder gesagt. Er musste sich nicht einmal allzu große Sorgen wegen möglicher Infektionen machen. Wäre er dem Feuer auch nur eine Sekunde länger ausgesetzt gewesen, hätte er nicht so viel Glück gehabt. Doch weil er sich so flach wie möglich über Thea geworfen hatte, während die Flammen über sie hinwegfegten, würde er wieder gesund werden – zumindest so gesund, wie man es nach schweren, wenn auch nicht lebensbedrohlichen Verbrennungen eben sein konnte. Außerdem würde seine Bewegungsfähigkeit nicht dauerhaft eingeschränkt sein. *Alles wird gut,* wiederholte er im Geiste.

Theoretisch.

»Mir geht es gut«, antwortete er schließlich. »Ich bin nur müde.« Er unterdrückte die Frage, die er Mace eigentlich stellen wollte. Sie lag ihm auf der Zunge, seit er aufgewacht war und den anderen Mann an seinem Bett hatte sitzen sehen.

Seit der Explosion waren zwei Tage vergangen. Während er geschlafen hatte, war die Hölle losgebrochen. Da Thea nicht so schwer verletzt war wie er, hatte sie sich aus dem Krankenhaus entlassen, um nach ihrem Partner Dimitri zu suchen. Dieser hatte ihr Krankenzimmer verlassen und war nicht zurückgekehrt. Es hatte sich herausgestellt, dass Dimitri einen Unfall erlitten hatte und nun im selben Krankenhaus lag wie Carter.

Die Montgomerys waren offenbar regelmäßige Gäste in Kliniken.

Carter hätte es wissen müssen. Schließlich hatte er eine Montgomery geheiratet und mehr Zeit mit Roxie im Krankenhaus verbracht, als ihm lieb war. Er schluckte die Galle hinunter, die ihm bei dieser schmerzhaften Erinnerung in die Kehle stieg, und verdrängte den Gedanken. Wenn es um Roxie ging, musste er sich oft ermahnen, nicht zu viel zu grübeln.

Es war besser für sie beide. Er musste sich auf das Hier und Jetzt konzentrieren, statt in der Vergangenheit zu schwelgen oder gar an die Zukunft zu denken.

Mace beugte sich in seinem Stuhl vor und betrachtete Carter voller Sorge. »Kann ich dir irgendetwas bringen?«

Carter schüttelte den Kopf, zumindest soweit es

ihm möglich war. »Mir geht es gut. Ich langweile mich nur.« Das stimmte. Bis zu einem gewissen Grad.

Mace schnaubte. »Ehrlich gesagt bin ich froh, dass du dich langweilst. Immerhin bist du noch am Leben und in der Lage, dich zu langweilen.«

»Da hast du wohl recht. Solange ich mich langweilen kann, kann ich auch genesen. Ich würde es nur viel lieber zu Hause tun.«

Kaum waren Carter die Worte über die Lippen gekommen, war er sich nicht mehr so sicher, ob sie wirklich zutrafen. Die Stimmung zu Hause war unangenehm. Außerdem warteten dort unzählige Erinnerungen, die sich wie Farbschichten, die nie abgetragen worden waren, übereinanderlegten.

Sie raubten ihm den Atem.

Er erstickte fast, während er sich stets bemühte, die richtigen Worte zu finden. Er wollte niemanden verletzen, nicht einmal sich selbst. Es war ihm zuwider, aber er wusste auch nicht, was er dagegen tun konnte. Er hatte keine Ahnung, wie er die Situation verbessern konnte.

Er wusste nicht einmal, ob das überhaupt möglich war.

Es wäre einfacher, wenn er Roxie nicht lieben würde. Solange die Liebe nicht im Spiel war, war alles leichter.

»Carter?«

Erneut riss er sich aus seinen Gedanken. »Was ist mit ...«

Mace' Stimme klang leise und verhalten, als er sagte: »Ihre Mutter hat sie nach Hause geschickt. Ihrer Meinung nach brauchte sie eine Dusche und eine Mütze voll Schlaf. Nachdem wir von dem Unfall erfahren hatten, ist sie sofort in die Notaufnahme geeilt. Seitdem war sie entweder im Warteraum oder an deiner Seite. Sie wäre immer noch hier, aber die anderen haben sie praktisch aus dem Zimmer zerren müssen, damit sie sich ausruhen kann. Deshalb bin ich hier.« Natürlich meinte er damit Roxie.

Doch darüber wollte Carter im Moment nicht nachdenken. Es gefiel ihm ganz und gar nicht, dass Roxie ihn so gesehen hatte. In letzter Zeit hatte er sich ohnehin nur wie ein halber Mann gefühlt. Und jetzt war er obendrein schwach und nicht er selbst. Diesen Anblick hätte er ihr liebend gern erspart.

»Wo ist Daisy?«

Carter war dankbar, dass sein Schwager – oder besser gesagt sein zukünftiger Schwager, wenn es nach Mace und Adrienne ging – bei ihm war. Mace hatte eine kleine Tochter zu Hause. Seit Daisys Mutter sie im Stich gelassen hatte, war er alleinerziehender Vater. Zwar half die Familie Montgomery immer bereitwillig bei der Betreuung aus, aber Carter wollte Mace nicht länger als nötig von seinem Kind fernhalten.

»Sie ist bei meinen Schwestern. Die beiden sind extra aus Denver angereist«, antwortete Mace. Carter nickte und war dankbar, dass Mace' Familie gekommen war, um zu helfen. Er wusste, dass die beiden Frauen ihre Nichte nicht häufig sahen, sich jedoch bemühten, die eineinhalbstündige Fahrt häufiger auf sich zu nehmen. Trotzdem behagte es ihm nicht, dass alle ihre Pläne seinetwegen ändern mussten.

Er beschloss, das Thema zu wechseln. »Haben sie den Täter gefasst, der den Ofen sabotiert hat?«

Mace nickte. »Ja, sie haben den Kerl geschnappt. Aber die Drahtzieherin hinter der ganzen Sache ist Molly. Entweder sie landet hinter Gittern oder sie bekommt die Hilfe, die sie benötigt. Sie hat Dimitri in ihrem ehemaligen Zuhause angegriffen. Das beweist schon, wie instabil sie ist. Es macht mich wütend, dass es überhaupt so weit kommen konnte. Sie hätte noch mehr Unheil anrichten können. Sie hat bereits vielen Menschen wehgetan.«

»Ich bin nur froh, dass Thea nicht allein im Laden war«, murmelte Carter und zupfte einige Fusseln von seiner Bettdecke.

»Ich glaube, keiner von uns will wirklich darüber nachdenken. Adrienne ist so wütend, dass sie gute Lust hätte, einigen Leuten den Hals umzudrehen.«

»Nun, sie hat ihre Frau gestanden, als es darauf ankam, und sie will sich für andere einsetzen, wann immer sie kann. Wenn sie wollte, könnte sie sogar mir in den Hintern treten.«

»Ich glaube, sie könnte uns allen in den Hintern treten, vor allem da du gerade außer Gefecht gesetzt bist. Aber du wirst vollständig genesen und bald wieder in Topform sein. Dann kannst du uns allen die Hölle heißmachen. Von uns vieren – damit meine ich Dimitri, Shep, dich und mich – bist du der Stärkste.«

»Bei meinem Job muss ich das auch sein.«

»Das stimmt. Neben zwei Tätowierern und einem Lehrer bist du als Mechaniker wahrscheinlich der Einzige, der den ganzen Tag echte Gewichte stemmt, statt nur einen Stift oder Kugelschreiber zu schwingen.« Mace hielt kurz inne und fügte dann hinzu: »Es wird alles gut, Carter. Sag das auch deiner Frau.«

Carter schwieg. Er wusste, dass Mace auf weitere Informationen gehofft hatte, genau wie der Rest der Familie. Sie alle brannten darauf zu erfahren, wie es um Roxie und Carter bestellt war. Aber er konnte ihnen keine Antwort geben, weil er selbst keine hatte. Er sah ihre Blicke und hörte ihr Geflüster. Doch er war nicht der dumme Mechaniker, für den ihn die anderen oft hielten.

Die Montgomerys mochten ihn zwar lieben und hatten ihn in ihre Familie aufgenommen, als er sonst niemanden hatte, aber er gehörte trotzdem nicht dazu. Nicht wirklich. Er war ein einfacher Mann, der eine Ausbildung zum Mechaniker gemacht und anschließend einige Wirtschaftskurse belegt hatte, um seine eigene Werkstatt zu eröffnen. Er hatte sich in eine Frau verliebt, ohne zu erwarten, dass sie seine Liebe erwidern würde.

Und er hatte sie geheiratet, weil er geglaubt

hatte, dass es die richtige Entscheidung war und dass dadurch alles besser werden würde. Weil er sie liebte.

Und die Leute fragten sich, was die Gründe dafür waren.

Aber das ging sie nichts an.

Carter liebte Roxie Montgomery.

Er wusste nur nicht, ob Liebe noch ausreichte.

»Ich hole mir etwas zu trinken. Shep wird gleich hier sein, um mich abzulösen. Willst du auch etwas?«

»Nein danke. Ich kann die Krankenschwester rufen, wenn ich was brauche. Ich glaube, ich mache einfach ein Nickerchen.«

Carter wollte mit niemandem reden, wollte eigentlich niemanden in seiner Nähe haben. Er wollte nur gesund werden und herausfinden, was er als Nächstes tun sollte.

Diese Frage beschäftigte ihn bereits eine halbe Ewigkeit. Welchen Schritt sollte er beruflich als Nächstes gehen? Was sollte er wegen seiner Frau unternehmen, die nicht mehr mit ihm reden wollte?

»Roxie sollte auch bald hier sein«, sagte Mace auf dem Weg zur Tür. »Ich glaube nicht, dass ihre Mutter sie allzu lange fernhalten kann. Ich bin mir ziemlich sicher, dass sie sie zwingen mussten zu gehen und dabei wahrscheinlich die Krankenschwestern und das restliche Personal erschreckt haben. Aber sie kommt wieder.«

»Ja, das wird sie.« Carter sagte nichts mehr, als

Mace ging, er konnte sich nur fragen, wie lange Roxie bleiben würde, wenn sie zurückkam.

Er hasste das. Er hasste es, nicht zu wissen, was vor sich ging. Ständig hatte er das Gefühl, wie ein verdammter Idiot zwei Schritte hinterherzuhängen. Jedes Mal wenn er an seine Frau dachte, fühlte er sich wie ein Trottel. Und das lastete schwer auf ihm. Es war nicht ihre schuld, aber er musste herausfinden, was er dagegen tun konnte.

Tief in seinem Inneren wusste er, dass der Unfall die Situation für alle Beteiligten erschweren würde.

Carter schloss die Augen, um ein Nickerchen zu machen, und nahm vage wahr, dass Shep, Roxies Bruder, hereinkam, nach ihm sah und dann wieder ging. Irgendwann betraten weitere Leute sein Zimmer. Carter nahm an, dass es sich um Krankenschwestern und Ärzte handelte. Er war einfach so verdammt müde. Sein Körper schmerzte. Sein Geist schmerzte. Sein Herz schmerzte.

Er hasste dieses Gefühl. In seinem Beruf arbeitete er mit seinen Händen und für gewöhnlich wusste er genau, was er tat. Im Moment schien er jedoch die Kontrolle über das verloren zu haben, was um ihn herum vor sich ging. Er musste immerzu daran denken und fürchtete sich davor, was ihm am Ende alles durch die Finger gleiten könnte.

Ein paar Stunden später wurde die Tür zu seinem Zimmer geöffnet. Carter wusste sofort, dass *sie* es war, noch bevor er sie sah. Trotz des Geruchs von Desinfektionsmittel und all der Salben auf seiner Haut konnte er sie riechen. Obwohl sie verschiedene Parfüms und Lotionen auftrug, haftete immer auch ein einzigartiger süßer und ein wenig blumiger Duft an ihr, der ganz und gar zu ihr gehörte. An manchen Tagen schwang darin eine leicht würzige Note mit. Aber es spielte keine Rolle, was sie trug, wie lange sie gearbeitet hatte oder wie lange sie nicht mehr geduscht hatte. Ihr Duft war ganz und gar Roxie.

Seine Roxie.

Carter widerstand dem Drang, sich bei diesem Gedanken die Brust zu reiben. Sie war nicht mehr seine Roxie, nicht wahr?

Sie war schon seit einer Weile nicht mehr die Seine, ungeachtet der Tatsache, dass sie auf dem Papier noch verheiratet waren.

Verdammt, er hasste sich selbst.

Er fragte sich, ob dieser Selbsthass dazu führen würde, dass er sie letztendlich ebenfalls hassen würde.

»Du bist wach«, sagte Roxie mit leiser, zögerlicher Stimme.

Sie war immer so vorsichtig in seiner Nähe.

Wo war die Frau geblieben, die so eine unbändige Kraft ausgestrahlt hatte? Was war mit der Frau geschehen, die ihre Hände nicht von ihm lassen konnte – so wie auch er seine Hände nicht von ihr hatte lassen können?

»Ja, ich bin wach.«

Danach sagte er nichts mehr, weil er nicht wusste,

was er zu der Frau sagen sollte, die er von ganzem Herzen liebte. Wie konnte das sein? Was zum Teufel war mit ihnen los?

Oder besser gesagt, was zum Teufel war mit ihm los?

Er hätte nur den Mund aufmachen und etwas sagen müssen. Irgendetwas. Er hätte ihr sagen können, was er fühlte. Dass er sie liebte. Dass er an den Problemen arbeiten wollte. Was auch immer es war, was zwischen ihnen stand. Aber er wusste nicht, wie er das anstellen sollte. Vor allem nicht, solange sie so unglücklich aussah. Sie war nicht mehr sie selbst.

Er konnte sie nicht zwingen, ihn zu lieben. Er wollte sie nicht dazu drängen, bei ihm zu bleiben, mit ihm zu reden und ihm ihre Ängste zu offenbaren. Tief in seinem Inneren wusste er, dass *er* ihre größte Angst war.

Er würde alles verlieren, was er sich je gewünscht hatte, und er war sich nicht sicher, wie er damit umgehen sollte. Im Moment schlug er sich nicht sonderlich gut.

Carter blickte in ihre tiefblauen Augen und war fest entschlossen, nicht zu betteln. Es würde nichts Gutes dabei herauskommen. Außerdem stand er unter dem Einfluss von Schmerzmitteln und würde wahrscheinlich etwas Unvernünftiges sagen.

Als sie sich zu ihm ans Bett setzte, wandte er sich ihr zu und starrte sie an. Er wollte sich den Anblick in sein Gedächtnis einprägen, denn er hatte das Gefühl, dass ihm die Zeit davonlief. Die Sekunden verstrichen und er war nicht in der Lage, den Sand festzuhalten, der ihm langsam durch die Finger rieselte.

Sie legte eine Hand auf seine. Fast hätte er sie weggezogen, so erschrocken war er über die Geste, aber auch über seine Reaktion. Er drehte seine Hand und umgriff die ihre, als würde er sie für immer verlieren, wenn er sie jetzt losließe.

»Die Ärzte sagen, dass du wieder ganz gesund wirst und bald nach Hause kommen kannst«, sagte sie, wobei sie ihn jedoch nicht ansah, sondern auf ihre ineinander verschränkten Hände starrte.

Er wollte sie nicht loslassen.

Er wollte sie niemals loslassen.

Er räusperte sich und betrachtete ihr Gesicht in der Hoffnung, dass sie seinem Blick begegnen würde. »Das habe ich auch gehört. Vielleicht muss ich noch ein oder zwei Tage hierbleiben, damit sie mich auf die Physiotherapie vorbereiten und sich vergewissern können, dass ich keine Infektion bekomme. Danach darf ich nach Hause.«

Sie nickte knapp, hatte den Blick aber weiterhin abgewandt. »Ich bin ... ich bin froh.« Sie räusperte sich erneut. »Es tut mir so leid, dass du verletzt wurdest, Carter. Ich kann es immer noch nicht glauben. Ich weiß nicht, was ich getan hätte, wenn ...« Sie beendete den Satz nicht, aber das musste sie auch nicht.

Er wusste genauso wenig, was er tun würde, wenn er sie verlieren würde.

Allein bei dem Gedanken wurde ihm übel.

»Mir geht es gut, Roxie.«

Kaum war ihm ihr Name über die Lippen gekommen, blickte sie zu ihm auf. Da wurde ihm klar, dass er ihn schon viel zu lange nicht mehr ausgesprochen hatte. Das musste er ändern. Er musste vieles ändern.

Aber manchmal gab es kein Zurück mehr.

»Es tut mir weh, dich verletzt zu sehen.«

»Mir tut es weh, verletzt zu sein.«

»Danke.« Roxie leckte sich die Lippen. »Danke, dass du meine Schwester gerettet hast.« Sie wischte sich eine Träne von der Wange. Carter entging nicht, dass sie nicht seinetwegen weinte, sondern wegen ihrer Schwester. Vielleicht war einfach alles zu viel für sie. Möglicherweise liebte sie ihn auch nicht genug, um diese Barriere zwischen ihnen zu durchbrechen.

»Thea gehört zur Familie«, sagte er und beobachtete Roxie genau, um ihre Reaktion abzuschätzen.

Sie nickte nur und betrachtete wieder ihre ineinander verschränkten Hände. »Und du bist die Art von Mann, der für seine Familie, für Fremde, für ... andere seinen Kopf riskiert.« Zittrig stieß sie den Atem aus. »Du bist ein guter Mensch, Carter.«

Er wusste nicht, warum ihre Worte derart schmerzten. Eigentlich sollten sie sein Herz höherschlagen lassen. Andererseits tat ihm in letzter Zeit fast alles weh.

Für eine Weile saßen sie schweigend da, dann unterhielten sie sich über die Familie. Aber nie über sich selbst. Inzwischen waren sie ziemlich gut darin. Sie redeten, ohne wirklich etwas zu sagen. Er wusste nicht, wie er ihre Ehe retten sollte, ohne Roxie wehzutun.

Stattdessen würde er sich selbst wehtun.

Nach fünf Tagen konnte er endlich nach Hause zurückkehren. Carter war klar, dass die Physiotherapie nicht einfach werden würde und es bis zu seiner Genesung ein langer Weg sein würde. Sie würde Zeit brauchen, die er nicht hatte. Zum einen hatte er ein Geschäft zu leiten, obwohl seine Angestellten hart arbeiteten und den Laden am Laufen hielten. Zum anderen würde es nicht leicht für seine Frau werden.

Aber er würde sich durchbeißen.

Er hatte ja keine andere Wahl.

Roxie brachte ihn nach Hause, nachdem sie dem Rest ihrer Familie versichert hatte, dass sie das schon schaffen würde. Carter war das nur recht, da die anderen ohnehin nur versuchen würden herauszufinden, was hinter der Fassade vor sich ging. Er wollte einfach nur allein sein und genesen. Und er wollte die Probleme zwischen ihm und seiner Frau lösen.

Beim Betreten des Hauses zuckte er alle paar Schritte unwillkürlich zusammen. Er ging nur langsam voran, um zwischendurch immer wieder Atem zu schöpfen.

»Hier, lass mich dir helfen«, sagte Roxie, nachdem sie die Haustür geschlossen hatte. Sie legte seinen gesunden Arm um ihre Schultern und schmiegte sich an seine unverletzte Seite, um einen Teil seines Gewichts zu tragen. »Lehn dich an mich, ich halte dich fest.«

Oh, wie sehr er sich doch wünschte, dass das wahr wäre.

Er sah sie nicht an.

Er spürte sie nicht einmal wirklich.

Denn sein Blick fiel auf den kleinen Tisch neben dem Eingang, auf dem ein Stapel Papiere lag, die zuvor nicht da gewesen waren. Die Post war in makellosen Umschlägen zugestellt worden.

Er kannte diese Kanzlei.

Er kannte den Namen des Absenders.

Und er wusste genau, worum es sich bei den Papieren handelte.

Er konnte seine Frau nicht ansehen. Seine Roxie.

Denn er hatte recht.

Sie war nicht mehr die Seine.

Diese Papiere bedeuteten, dass es vorbei war.

»Wolltest du mir von den Scheidungspapieren erzählen oder wolltest du einfach abwarten, bis ich sie zufällig sehe?«, fragte er mit emotionsloser Stimme.

Als sie nichts erwiderte, löste er sich von ihr und wandte sich zum Gehen.

Er würde ihre Ehe nicht retten können.

Niemand konnte sie retten.

Er hatte seine Montgomery verloren, sein Herz.

Es gab kein Zurück mehr.

KAPITEL ZWEI

Roxie Montgomery konnte kaum atmen. Wie hatte sie nur so unvorsichtig sein können? So verdammt dumm. In ihrer Eile, Carter nach der Arbeit im Krankenhaus abzuholen, hatte sie die Post unbesehen auf den Tisch geworfen und dann völlig vergessen.

Wie hatte ihr das entgehen können? Immerhin musste sie mit diesen Dokumenten eine Entscheidung treffen, die ihr schwer auf dem Herzen lastete.

Roxie blickte Carter nach, der langsam davonhumpelte. Fast wäre sie ihm hinterhergelaufen, um ihm alles zu erklären, doch sie zwang sich, stehen zu bleiben, denn sie hatte keine schlüssige Erklärung.

Ihr Kopf und ihr Körper schmerzten, und sie hatte seit einer gefühlten Ewigkeit nicht mehr gut geschlafen. Seit sie von Carters Unfall erfahren hatte, hatte sie keine Nacht mehr durchgeschlafen. Selbst ihre Mutter konnte daran nichts ändern. Sie hatte versucht, Roxie ins Bett zu schicken und sie wie ein kleines Mädchen zu einem Nickerchen zu zwingen, damit sie etwas Energie tanken konnte. Doch Roxie wusste, dass kein Schlaf der Welt ausreichen würde, um sie für das zu wappnen, was ihr bevorstand. Sie hatte kaum genügend Kraft, um sich mit der gegenwärtigen Situation auseinanderzusetzen.

Sie konnte nicht glauben, dass sie diese Unterlagen achtlos auf dem Tisch hatte liegen lassen. Da das Jahr sich dem Ende neigte, hatte sie noch einiges zu erledigen und war ins Büro geeilt. Sie waren nicht viele Mitarbeiter und Roxie arbeitete länger als die meisten, da sie die Karriereleiter erklimmen wollte – wenn auch nur, um sich selbst zu beweisen, dass sie ihre Arbeit gut machte.

Obwohl sie den Papierkram an diesem Tag jemand anderem hätte überlassen können, hatte sie ihn selbst erledigt. Einerseits wollte sie ihre Klienten nicht enttäuschen, andererseits fürchtete sie sich davor, Carters Krankenzimmer zu betreten.

In letzter Zeit war die Stimmung zwischen ihnen immer angespannt und unangenehm, obwohl sie das nie beabsichtigte. Sie hasste dieses Unbehagen und das, was aus ihnen geworden war. Und jetzt würde es nur noch schlimmer werden.

Nachdem sie also wegen eines einzigen Kunden ins Büro gefahren war, hatte sie es schnell wieder verlassen und war zu Carter geeilt, um ihn abzuholen.

Doch im Grunde hatte er sie ohnehin nicht in seiner Nähe haben wollen.

Roxie hatte keine Ahnung, ob er sie von sich stieß, weil er in seinem Zustand nicht schwach wirken wollte – wobei Carter alles andere als schwach war – oder ob er sie ganz allgemein nicht mehr um sich haben wollte.

In Anbetracht der angespannten Stimmung während der letzten Monate befürchtete sie, dass Letzteres der Fall war.

Davor hatte sie Angst.

Nach der Arbeit hatte sie kurz zu Hause vorbeigeschaut, bevor sie Carter abgeholt hatte. Sie hatte die Post aus dem Briefkasten geholt und auf den Tisch geworfen. Dabei war ihr nicht aufgefallen, dass sie schwerer als sonst gewogen hatte. Obwohl sie den Umschlag erwartet hatte, waren ihr sowohl sein Gewicht als auch seine schwerwiegende Bedeutung entgangen.

Sie hatte nichts bemerkt, weil sie sich den Kopf darüber zerbrochen hatte, was sie Carter sagen würde. In Gedanken sah sie ihn friedlich schlafend mit entspannten Gesichtszügen. Doch er war schon lange nicht mehr entspannt gewesen. Sowohl die Arbeit als auch ihre Eheprobleme hatten dafür gesorgt, dass sich stets diese kleine Falte zwischen seinen Augenbrauen bildete, als würde er über etwas Schmerzhaftes nachdenken. Wahrscheinlich grübelte er angestrengt darüber, was er ihr sagen sollte. Denn sie wusste genauso wenig, was sie ihm sagen sollte.

Sie waren nicht mehr dieselben Menschen wie damals, als sie geheiratet hatten oder wie bei ihrer ersten Verabredung.

Und offenbar waren sie nicht einmal mehr dieselben Menschen wie vor dem Unfall.

Roxies Hände zitterten. Hastig wischte sie sich eine Träne aus dem Gesicht und ärgerte sich über sich selbst, weil sie ihren Schmerz nach außen trug. Sie sollte weder um ihn weinen, noch durfte sie sich erlauben, ihren Emotionen freien Lauf zu lassen. Wenn sie sich ihren Gefühlen hingab, würde sie zusammenbrechen. Sie vermisste Carter so sehr – selbst die Vorstellung von ihm versetzte ihr einen Stich ins Herz. Fast hätte sie ihn für immer verloren.

Nicht nur ihre Schwester wäre beinahe gestorben, Roxie hätte auch fast ihren Mann verloren.

Den Mann, den sie nicht mehr kannte.

Den Mann, von dem sie befürchtete, sich verabschieden zu müssen, weil ihnen nicht mehr viel blieb, woran sie sich noch festhalten konnten.

Manche Menschen glaubten, man könne seine Probleme einfach mit einem klärenden Gespräch lösen. Doch das stimmte nicht. Das Schwierigste war, sich für das zu wappnen, was der andere vielleicht sagen könnte. Und das wollte Roxie nicht hören.

Denn sie wusste genau, was Carter sagen würde.

Und sie hatte Angst, dass sie nicht mehr sie selbst sein würde, sobald sie diese Worte hörte.

Doch das war selbstsüchtig.

Sie musste sich ein Herz fassen und durfte sich nicht von ihrem Egoismus leiten lassen.

Aber ... das war nicht so einfach.

Sie wollte nicht hören, dass er sie nicht mehr liebte. Sie wollte nicht hören, dass er die Frau nicht mehr kannte, zu der sie geworden war. Sie wollte nicht hören, dass der Grund, warum sie geheiratet hatten, keine Gültigkeit mehr hatte. Alles stand auf der Kippe, während sie in einen Abgrund blickten und hofften, dass am Ende irgendwo ein Licht die Tiefe beleuchten würde.

Diejenigen, die glaubten, nur mit Worten alle Probleme lösen zu können, sahen sich nicht mit der Notwendigkeit konfrontiert, ein klärendes Gespräch führen zu müssen. Sie mussten nicht ihrer Gefühle Herr werden und sich überlegen, was sie sagen sollten, wenn sie sich schließlich mit ihrem Partner zusammensetzten. Sie mussten sich nicht anhören, dass er sie nicht mehr liebte.

Und sie mussten nicht zu der Erkenntnis gelangen, dass die Liebe vielleicht einfach nicht ausreichte.

Denn Roxie glaubte, dass Carter sie noch liebte, allerdings nicht die Roxie, die sie heute war.

Denn nach allem, was passiert war, konnte sie nicht mehr dieselbe sein.

Sie war nicht mehr die Roxie, die sie am Anfang

ihrer Beziehung war. Und sie war nicht mehr die Frau, die damals eine solche Anziehungskraft auf ihn ausgeübt hatte.

Sie wusste nicht einmal, ob sie diese Frau überhaupt noch sein wollte.

Allerdings mochte sie die Frau nicht, die sie heute war. Und wenn sie sich selbst nicht lieben konnte, wie sollte Carter sie dann lieben?

Also verdrängte sie diese Gedanken und fuhr mit dem Finger über den Umschlag, der das Ende ihrer Ehe enthielt. Carter hatte ihn gesehen. Jetzt gab es kein Zurück mehr.

Sie musste ihn gehen lassen, weil sie ihn von ganzem Herzen liebte. Manchmal war es einfach zu schwer weiterzukämpfen.

Denn wenn sie kämpfte, würde sie zerbrechen, doch von Roxie war nicht mehr viel übrig, was sie noch hätte geben können.

Sie hatte nicht gewusst, wie sie Carter von den Scheidungspapieren hätte erzählen sollen, aber sie hatte auch nicht gewollt, dass er auf diese Weise davon erfuhr. Ihre Ehe hatte nicht funktioniert, und es war besser, den Schaden zu begrenzen, bevor sie sich am Ende noch mehr hassten oder noch mehr verletzten, als sie es ohnehin schon getan hatten. Für sie beide wäre es einfacher, getrennte Wege zu gehen. Sie hatten nicht aus den richtigen Gründen geheiratet und sie wollte auf keinen Fall aus den falschen Gründen verheiratet bleiben.

Doch damit würde sie warten, bis Carter vollständig genesen war. Er wäre fast gestorben, um ihre Schwester zu retten. Roxie würde nicht mehr in den Spiegel blicken können, wenn sie ihn jetzt aus dem Haus werfen oder ihn zwingen würde, allein hierzubleiben, während er sich erholte. Er hatte weit mehr verdient, denn er war immer noch der Mann, den sie geheiratet hatte – zumindest zum Teil.

Alles andere konnten sie später klären.

Das redete sie sich zumindest seit über einem Jahr täglich ein.

Sie straffte die Schultern, strich über ihre Bluse, um die Falten zu glätten, die gar nicht da waren, und folgte Carter ins Gästezimmer.

Das große Schlafzimmer befand sich im ersten Stock, und sie war sich nicht sicher, ob er über genügend Energie oder Kraft verfügte, um sich nach oben zu schleppen.

Trotzdem tat es weh, dass er unten geblieben war.

Allerdings hatte es in letzter Zeit ohnehin keine Zärtlichkeit gegeben, auch wenn sie im selben Bett geschlafen hatten. Es war, als seien sie zwei Fremde, während sie sich bemüht hatten, nicht über das zu reden, worauf es wirklich ankam.

Roxie hasste das Gefühl, Carter nicht sagen zu können, was sie dachte, weil sie es selbst nicht wusste. Vielleicht würde sie sich etwas Klarheit verschaffen können, wenn sie etwas Abstand zu ihm gewinnen würde. Doch dafür war jetzt keine Zeit. Sie würde ihn nicht zwingen, bei ihr zu bleiben, denn das würde sie am Ende nur beide zerstören. Sie brauchten den Freiraum, den sie so verzweifelt zu vermeiden versuchten.

Sie unterdrückte ein Schluchzen, wie jedes Mal, wenn sie an ihn dachte. Sie durfte nicht weinen. Nicht jetzt. Niemals. Ihre Gefühle waren im Moment zweitrangig. Wichtig war nur seine Genesung. Sobald er wieder gesund war, würden sie sich überlegen können, wie es weitergehen sollte.

Es spielte keine Rolle, dass sie sich mit jedem verstreichenden Tag etwas mehr verabscheute.

Es spielte keine Rolle, dass sie das Gefühl hatte, er würde sie hassen.

Denn so waren sie nun einmal. Sie waren Roxie und Carter, das Mysterium der Montgomerys aus Colorado Springs.

Roxie war sich nicht einmal sicher, ob sie sich überhaupt noch liebten.

Sie liebte die Vorstellung von ihm, aber sie kannte ihn nicht mehr wirklich. Wie konnte sie sich also in jemanden verlieben, der im Grunde ein Fremder für sie war?

Wie konnte sie einen Mann lieben, den sie nicht wiedererkannte?

»Carter?«

»Hier hinten«, rief er aus dem Gästebad. Sie nickte, obwohl er sie nicht sehen konnte, und ging zu ihm, wobei sie auf dem Weg ihre Schuhe abstreifte.

»Kann ich dir helfen?«

»Ich weiß nicht, womit du mir helfen könntest«, erwiderte er mit rauer Stimme.

»Carter«, flüsterte sie, weil sie nicht wusste, was sie sonst sagen sollte.

»Ich habe keine Ahnung, was du sagen könntest, um die Situation besser zu machen, Roxie. Doch genau da scheint unser Problem zu liegen, nicht wahr?«

Sie erstarrte und versuchte zu verstehen, was er damit meinte. Dies war das erste Mal, dass er den Mangel an Kommunikation zwischen ihnen tatsächlich ansprach. Sie waren beide so gut darin, um den heißen Brei herumzureden, um den anderen nicht zu verletzen. Aber Roxie liebte ihn genug, um ihn gehen zu lassen. Doch zuvor musste sie ihm bei seiner Genesung helfen.

Bei dem Gedanken hasste sie sich selbst noch mehr. Genau deshalb musste sie diese Ehe beenden.

Denn je länger sie in dieser Situation verharrte, desto mehr verabscheute sie sich selbst. Sie zog sich immer mehr zurück, wurde schweigsamer und unterkühlter. Um nicht vollständig gefühllos zu werden, musste sie den Menschen, der diese Veränderung in ihr auslöste, aus ihrem Leben verbannen.

Doch dieser Mensch war nicht Carter.

Sondern sie selbst. Oder zumindest die Version ihrer selbst, zu der sie in Carters Nähe wurde.

»Lass mich dir mit den Verbänden helfen. Die Krankenschwestern haben mir gezeigt, was zu tun ist. Danach bringe ich dich ins Bett.«

»Ich gehe nicht nach oben, Roxie.«

»Ich weiß.«

Er seufzte schwer. »Ja, ich sollte wohl ohnehin im Gästezimmer schlafen, nicht wahr?« In seiner Stimme schwang weder Zorn noch Sarkasmus mit. Doch gerade weil er die Worte so emotionslos äußerte, trafen sie Roxie umso härter.

Aber hatte sie sich das nicht gewünscht? Wollte sie ihn nicht gehen lassen, damit er er selbst sein konnte, während sie herausfand, wer sie eigentlich war?

Auch wenn mit jedem seiner Worte ein kleiner Teil von ihr in tausend Stücke zerbrach.

»Ich dachte nur, es sei besser für dein Bein, da das Gästezimmer sich im Erdgeschoss befindet.«

»Also wollen wir die Scheidungspapiere einfach ignorieren, die auf dem Tisch liegen und uns verhöhnen?«

Er hatte sich ihr zwar nicht zugewandt, doch er begegnete ihrem Blick im Spiegel. Mit ausdrucksloser Miene und dunklen Augen starrte er sie an. Er wirkte weder aufgebracht noch traurig, sondern sah schlicht aus wie der Carter, mit dem sie nun schon seit einer Weile zusammenlebte. Wie der Mann, aus dem sie nicht mehr schlau wurde.

Sie wusste nicht, ob er sich damit selbst schützte oder ob es ihm einfach egal war.

Trotzdem würde sie sich nicht von ihm abwenden, solange er in so schlechter Verfassung war. Sobald es ihm besser ging, würde sie sich überlegen, was als Nächstes zu tun war.

Zuerst musste er jedoch wieder gesund werden.

»Ich weiß nicht, was du von mir hören willst, Carter. Eigentlich sollte das für dich keine Überraschung sein.« Selbst in ihren eigenen Ohren klang ihre Stimme fremd. So kühl, beherrscht und fast eisig. Diese Tonlosigkeit hatte nichts mit der Roxie zu tun, die sie kannte. Es war, als hätte sie einen Schutzschild hochgefahren, den sie hasste, dem gegenüber sie sich aber machtlos fühlte.

»Ich verstehe.« Er umfasste den Rand des Waschbeckens mit festem Griff. Roxie war versucht, ihm eine Hand an den Rücken zu legen, um ihn wie früher zu trösten. Doch sie besann sich eines Besseren. Einerseits sträubte er sich gegen ihre körperliche Nähe, und andererseits glaubte sie nicht, dass sie die Berührung verkraften würde.

»Fürs Erste wird sich nichts ändern, Carter. Du musst gesund werden, und ich werde dir dabei helfen.«

»Und *danach* wirst du mich aus dem Haus werfen?«

Sie schluckte.

»Nein, die Frage musst du nicht beantworten«, fuhr er fort. »Wir müssen nicht darüber reden. Ich werde so schnell wie möglich genesen und dann von hier verschwinden. Du hast dieses Haus immer geliebt, und ich werde nicht hierbleiben, wenn du mich nicht hier haben willst.« Mit diesen Worten drehte er sich um und drängte sich an ihr vorbei zur Tür, wobei er darauf achtete, sie nicht zu berühren.

Sie fragte sich, warum sie nicht weinte. Sie fragte sich, warum es nicht mehr wehtat.

War ein gebrochenes Herz nicht schmerzhaft? War es nicht mit Qualen verbunden, wenn das Leben, das man gekannt hatte, plötzlich ein jähes Ende fand? Warum vergoss sie keine Tränen? Warum konnte sie nicht um den Mann weinen, den sie zu lieben glaubte?

Sie hatte wegen ihrer Schwester geweint, dabei war Thea nicht annähernd so schwer verletzt wie Carter. Roxie ließ sich sogar von herzerweichenden Werbespots, von emotionalen Telefonaten, Liedern und Erinnerungen zu Tränen rühren.

Aber in diesem Moment, in dem er an ihr vorbeiging, als sei sie eine Fremde für ihn, war sie nicht in der Lage zu weinen, obwohl ihr alles, was sie zu wollen geglaubt hatte, durch die Finger glitt.

Vielleicht gab es einen Grund dafür.

Möglicherweise hatte sie sich nur eingeredet, dass sie sich dieses Leben gewünscht hatte. Und nun, da es nicht so lief wie geplant, war es ihrem Verstand und ihrem Herzen einfach egal.

Trotzdem tat es weh. Es tat so weh.

Und die Erkenntnis, dass etwas tief in ihrem Inneren zerbrochen war, das sie nicht reparieren konnte, schmerzte noch mehr. Sie glaubte nicht, dass sich etwas ändern würde, wenn sie auch nach Carters Genesung bei ihm blieb.

Denn egal was passierte, am Ende würde sie sich immer noch selbst hassen.

Vielleicht sogar mehr, als Carter sie hasste.

Mit großer Anstrengung und einem gequälten Ausdruck auf dem Gesicht setzte Carter sich aufs Bett. Roxie ging zu ihm, schlug die Decke zurück und half ihm, wobei sie ihm eine Hand an die Schulter legte. Sein Körper war so erhitzt, dass sie das Gefühl hatte, sich an seiner Haut die Handfläche zu verbrennen.

Carter war gut in Form, muskulös und dennoch schlank. Sie hatte es immer geliebt, ihn auf sich zu spüren und seinen durchtrainierten Körper zu bewundern. Auch er hatte sie stets zärtlich verehrt. Die Vorstellung, sich von all dem abzuwenden und einfach zu gehen, war kaum zu ertragen.

Carter erstarrte kurz, dann ließ er sich von ihr helfen. Offensichtlich hatte er wirklich große Schmerzen, denn für gewöhnlich mochte er es nicht, auf die Hilfe anderer angewiesen zu sein. Er war so selbstständig und ging bei allem, was er tat, immer mit Bedacht und Genauigkeit vor. Die Tatsache, dass Roxie ihm nun zur Hand gehen durfte, war bezeichnend.

Obwohl sie nicht einmal daran denken wollte, ihn leiden zu sehen, hätte sie nie geglaubt, dass Carter jemals aufgeben würde.

Die Kapitulation war eher ihr Metier.

Roxie war diejenige, die ihrer Ehe den Rücken

zuwandte. Sie gab auf, bevor es noch schmerzhafter werden würde, als es ohnehin schon war.

»Möchtest du etwas zu essen oder zu trinken?«

Er schüttelte den Kopf und verzog dann das Gesicht. »Vielleicht sollte ich ein paar der Schmerztabletten schlucken. Ich glaube, laut Plan müsste ich jetzt welche einnehmen, nicht wahr?«

Sie nickte und fischte ihr Handy aus der Tasche, um nachzusehen, wann die nächste Dosis fällig war. »Du hast recht, du bist sogar etwas spät dran. Wahrscheinlich hast du deshalb so starke Schmerzen. Ich hole sie dir. Aber solltest du nicht zuerst etwas essen?«

»Ich denke schon. Ich kann mir aber selbst etwas holen«, erwiderte Carter und versuchte aufzustehen.

Sie legte ihre Hände an seine Schultern, ohne wirklich Druck auszuüben. Aber er wehrte sich nicht.

Er lenkte immer ein.

Vielleicht war das das Problem.

»Ich kann dir etwas Suppe holen. Außerdem haben wir noch die Cracker, die du so gern magst. Gib mir ein paar Minuten. Ich kann dir aber auch einen Proteinshake bringen, dann kannst du deine Tabletten sofort einnehmen.«

»Klingt gut«, stimmte er zu, wobei er sie jedoch keines Blickes würdigte. Roxie wäre am liebsten auf der Stelle in Tränen ausgebrochen. Aber wie immer riss sie sich zusammen. Sie durfte sich nicht gehen lassen.

Sie glaubte schon, Carter wollte noch etwas sagen,

doch er konnte sie nicht einmal ansehen. Hasste er sie etwa? Oder gab es einen anderen Grund? Allerdings hatte sie keine Ahnung, was der Grund sein könnte. Roxie betrachtete ihn und wusste nicht, wie sie seine ausdruckslose Miene deuten sollte. Sie wusste nur, dass er sich verändert hatte. Insgeheim wusste sie auch, dass ihre Beziehung endgültig vorbei sein würde, sobald er in der Lage war, dieses Bett zu verlassen.

Aber sie würde nicht zusammenbrechen.

Sie durfte sich nicht unterkriegen lassen.

Obwohl sie sich vorbeugen und ihm einen Kuss auf die Stirn drücken wollte, widerstand sie dem Drang.

Stattdessen ging sie in die Küche. Zu gern hätte sie ihm versichert, dass alles gut werden würde und sie ihn nicht verlassen wollte.

Aber es war leicht, jemandem zu raten, über seine Probleme zu reden. Es tatsächlich zu tun war unendlich schwer. Einerseits wusste sie nicht, was sie sagen sollte, und andererseits hatte sie Angst, er könnte ihr sagen, dass er sie nicht mehr wollte. Und das würde sie nicht verkraften.

Also ging sie in dem Wissen, dass sie ihm bald für immer den Rücken zukehren würde.

Schließlich ließ sie ihren Tränen freien Lauf. Sie spürte, wie sie langsam innerlich zerbrach.

Aber noch war sie nicht vollständig gebrochen.

KAPITEL DREI

Früher hatte er sich bei den Abendessen bei den Montgomerys nie wirklich wohlgefühlt, da er der Neue in der Runde gewesen war. Doch sie hatten ihn in ihren Kreis aufgenommen und ihm ein heimeliges Gefühl von Zugehörigkeit vermittelt.

Heute war Carter sich nicht mehr sicher, was er von ihnen halten sollte. Er wusste nur, dass er gern irgendwo anders gewesen wäre, statt mit ihnen auf der Couch zu sitzen, während er sich bemühte, sie nicht anzustarren. Ihm tat alles weh. Vor allem sein Kopf schmerzte, weil er all seine Kraft aufbringen musste, um ein gewisses Maß an Normalität vorzutäuschen. Vermutlich war sein Herz inzwischen so taub, dass er rein gar nichts fühlen konnte.

Es war fast einen Monat her, seit er aus dem Krankenhaus entlassen worden war. Obwohl er sich langsam erholte, brachte er immer noch nicht die nötige Energie auf, um einen ganzen Tag zu überstehen, ohne sich zu fühlen, als sei er von einem Lkw überfahren worden.

Er machte seine Physiotherapie-Übungen und hatte fast wieder seine volle Bewegungsfähigkeit erlangt, aber er war nicht in der Lage, acht Stunden am Tag zu stehen und zu arbeiten. Also war er noch nicht bereit, seine Sachen zu packen und zu gehen, bevor Roxie ihn aus dem Haus warf.

Zudem konnte er niemandem erzählen, dass ihre Ehe gescheitert war und die Papiere zur Unterschrift bereitlagen. Er musste nur noch mit der Tinte sein Herzblut auf das Papier fließen lassen, auf der gestrichelten Linie unterzeichnen und dadurch das beenden, was er für seine Zukunft gehalten hatte.

Fast einen ganzen Monat hatte er im Gästezimmer verbracht. Einen Monat lang hatte er nicht neben Roxie geschlafen, hatte nicht ihren warmen Körper neben seinem gespürt. Vor dem Unfall hatte er sie immer nur entspannt erlebt, wenn sie geschlafen hatte. Sie war ständig so gestresst. Carter hatte immer geglaubt, das läge an ihrer Arbeit, doch mit der Zeit war ihm klar geworden, dass er der Grund für ihre Anspannung war.

Es war ein langer Monat gewesen, in dem Carter einfach versucht hatte, sich zu erholen und herauszufinden, was zum Teufel er als Nächstes tun sollte. Sein Körper war nicht so schlimm lädiert, wie er befürchtet hatte, aber sein Herz und seine Seele hatten mehrere schwere Schläge einstecken müssen. Und nun hatte er Angst, dass er langsam zu einem Menschen wurde, den er selbst nicht sonderlich mögen würde.

Momentan saß er auf der Couch und hatte das Bein hochgelegt, obwohl er es mittlerweile fast vollständig belasten konnte. Nichtsdestotrotz hatte er auf Roxie gehört, als sie ihn angewiesen hatte, sich etwas abseits zu setzen und sich so wenig wie möglich zu bewegen. Weil sie ihn dabei mit großen Augen angesehen hatte, hatte er eingelenkt.

Vielleicht wollte sie nur, dass er sich schonte und sich nicht noch mehr verletzte. Möglicherweise wollte sie auch den Blickkontakt mit ihm vermeiden, während sie die Wahrheit vor allen anderen verbargen.

Denn soweit er informiert war, wusste niemand in der Familie, dass sie ihn um die Scheidung gebeten hatte.

Nun, das war nicht ganz richtig. Roxie hatte ihn nicht gebeten. Sie hatte die Scheidungspapiere beantragt und hatte nicht einmal den Anstand besessen, sie ihm zu überreichen.

Aber das war ungerecht, nicht wahr? Sie hatten einfach auf dem Tisch gelegen. Vielleicht hatte sie vorgehabt, sie ihm zu geben. Wie dem auch sei, er wusste nicht mehr, wo ihm der Kopf stand. Alles war so verdammt kompliziert, und er war müde. Er war es leid, sich den Kopf darüber zu zerbrechen, was Roxie wollte, und dabei gleichzeitig herauszufinden, was *er* wollte.

Erst einmal musste er genesen, dann würde er sich um alles kümmern. Und diesmal würde er gründlich sein, denn seiner Untätigkeit in der Vergangenheit war es zu verdanken, dass sie sich jetzt in dieser Lage befanden.

»Du siehst aus wie eine wandelnde Leiche«, merkte Mace an, als er sich auf den hölzernen Couchtisch neben Carter setzte.

»Ich dachte, es heißt ›wie der wandelnde Tod‹.«

»Stimmt, aber ich versuche, das Wort ›Tod‹ in deiner Gegenwart zu vermeiden, da du ihm gerade noch von der Schippe gesprungen bist, verdammt noch mal.« Bei diesen Worten bedachte Mace ihn mit einem Zwinkern, doch Carter wusste, wie erschüttert der Mann gewesen war. Verdammt, die ganze Familie hatte sich Sorgen gemacht. Er nahm es ihnen nicht übel, schließlich hatte er selbst eine Heidenangst gehabt. Aber er war es leid, von den anderen wie ein Invalide behandelt zu werden.

»So nahe bin ich dem Tod gar nicht gekommen«, widersprach Carter. »Und hier im Haus solltest du vielleicht nicht fluchen.«

Mace schnaubte. »Wie bitte? Du kennst doch die Montgomerys. Sie fluchen ständig.«

Carter verlagerte sein Gewicht und verzog die Lippen zu einem zaghaften Lächeln. »Da hast du recht.« Die Montgomerys waren laut, direkt und fürsorglich. Irgendwie schafften sie es, all diese Eigenschaften zu einer funktionierenden Einheit zu verbinden. Carter vermisste die Zeiten, als er noch eine eigene Familie hatte. Doch nun war Roxie seine Familie … zumindest im Moment noch. Das bedeutete, dass auch die Montgomerys zu seiner Familie gehörten. Wenn auch nicht mehr lange.

Mace stieß hörbar den Atem aus. »Die anderen sind gerade in der Küche, bereiten das Essen vor und unterhalten sich. Du kannst uns gern Gesellschaft leisten, weißt du?«

Carter schüttelte den Kopf. »Nein, das kann ich nicht.«

»Du musst nur den ersten Schritt tun, Carter.«

Carter wusste, dass Mace nicht nur davon sprach, dass er sich zu den anderen gesellen sollte. Doch Mace wusste nicht, wie sehr sich alles verändert hatte und welche großen Veränderungen noch folgen würden, sobald Carter in der Lage war, sich länger als eine Stunde auf den Beinen zu halten.

Denn obwohl er Roxie zuliebe noch das Bett hütete, war er fast vollständig genesen. Schon bald würde sein Leben sich grundlegend ändern, und er ging nicht davon aus, dass die Montgomerys ihn danach noch mit offenen Armen empfangen würden. Sie würden ihn nicht mehr in ihr Haus einladen, als sei er ein Mitglied ihrer Familie. Nur Roxie war es geschuldet, dass er in ihrem Clan willkommen war. Die Montgomerys schlossen zwar viele Menschen in ihren Kreis ein, die nicht mit ihnen verwandt waren, doch Carter würde bald nicht mehr dazugehören.

Ohne Roxie wäre Carter wieder auf sich allein gestellt. Doch er war gut darin. Schließlich hatte er außer seiner Werkstatt nichts gehabt, bevor er Roxie Montgomery getroffen und sich Hals über Kopf in sie verliebt hatte.

Wahrscheinlich hatte er sich viel zu schnell von seinen Gefühlen mitreißen lassen.

Aber genau da lag das Problem: Er machte nie halbe Sachen.

Scheinbar war es Roxie genauso ergangen.

Und jetzt mussten sie mit den Konsequenzen leben.

»Also schön, ist es dir erlaubt, Wein oder Bier zu deinen Medikamenten zu trinken?«, fragte Adrienne, als sie mit einer Flasche Bier in der einen und einem Glas Wein in der anderen Hand ins Wohnzimmer kam. Sie reichte beides Mace und zwinkerte ihm zu. »Wenn du keinen Alkohol trinken darfst, kann Mace sich zweifellos beides einverleiben.«

Mace verdrehte die Augen. »Danke, meine Liebe. Oder sollte ich sagen, *mein Weib*? Irgendwie klingt das gut.«

Adrienne verengte die Augen und starrte ihren Verlobten an. »Wenn du dich weiterhin wie ein Höhlenmensch aufführst und mich als dein Eigentum bezeichnest, sollte ich vielleicht ...« Sie hielt inne, warf einen Blick auf Carter und errötete. Die Schamesröte stieg Adrienne nur selten ins Gesicht, daher vermutete Carter, dass er lieber nicht hören wollte, was ihr fast entfahren wäre.

»Vergiss es, ich werde einfach wieder gehen und ...«

Carter hob beschwichtigend die Hände. »Meinetwegen musst du nicht gehen. Ich sitze nur hier herum und frage mich, was es zum Abendessen gibt und worüber ihr euch alle unterhaltet. Außerdem trinke ich gern ein Bier. Ich nehme keine Schmerzmittel mehr.« Das war sowohl seine Entscheidung als auch die seines Arztes gewesen. Er war wieder fast der Alte, doch er fürchtete sich schon jetzt vor dem Tag, an dem er Roxie davon erzählen würde. »Mace kann den Wein haben.«

Mace reichte ihm das Bier, und Carter trank einen Schluck. »Nur damit du es weißt, ich mag Wein.« Mace prostete Carter zu und nippte an seinem Glas. »Zudem haben die Montgomerys immer ein gutes Tröpfchen im Haus.«

»Das stimmt. Die Montgomerys verstehen sich darauf, Feste zu feiern.«

Adrienne warf Carter einen vielsagenden Blick zu. Wenn das so weiterging, würde er noch den Verstand verlieren. Für gewöhnlich redete er nicht viel, meistens gab er nur ein Brummen von sich oder murmelte etwas vor sich hin. Außer in Gegenwart von Roxie. Wenn er mit ihr zusammen war, fühlte er sich wie er selbst. Zumindest war es früher so gewesen.

Anfangs hatte sie ihn mit ihrer Schönheit, ihrer Art und ihrem ganzen Wesen eingeschüchtert. Sie beherrschte alles, was sie anpackte, meisterlich. Bis auf die Malerei, der sie sich hin und wieder zusammen mit ihren Schwestern zum Vergnügen widmete.

Alles andere ging ihr leicht von der Hand, sodass Carter häufig das Gefühl hatte hinterherzuhinken, als sei er nicht gut genug für sie. Das war auch heute noch so, und manchmal fragte er sich, ob diese selbst empfundene Unzulänglichkeit ihre Beziehung überschattete. Aber nun gab es kein Zurück mehr.

Schließlich brach Mace die Stille, als er sich zu Adrienne hinüberbeugte. »Also, was wolltest du gerade sagen, als ich dich mein Weib genannt habe?«, fragte er mit knurrender Stimme. Dabei hatte er jedoch ein Lächeln auf den Lippen, das Carter verriet, dass Mace nur scherzte.

Carter störte es nicht. Im Gegenteil, er langweilte sich auf dieser Couch zu Tode. Er vermisste seinen Job. Seit ein paar Tagen war er zwar wieder in der Werkstatt, aber er erledigte ausschließlich Papierkram. Seine Angestellten hatten den Laden am Laufen gehalten, doch nun musste er sich ins Zeug legen, andernfalls würde er rote Zahlen schreiben. Also würde er Überstunden machen müssen, sobald er wieder vollständig genesen war.

Und wenn er so viel Zeit in der Werkstatt verbrachte, würde er nicht bei Roxie sein.

Scheiße.

»Ich wollte sagen, dass ich dir vielleicht einen Tritt gegen das Schienbein verpassen sollte, wenn du mich weiterhin dein Weib nennst«, antwortete Adrienne mit übertrieben süßlichem Tonfall.

»Das wolltest du nicht sagen.«

»Aber ich sage es jetzt.«

Adrienne wandte sich an Carter, errötete und räusperte sich. »Du musst nicht hier warten, bis wir zurück ins Wohnzimmer kommen. Wir können in der Küche für dich ein Plätzchen finden.« Sie zuckte sichtlich zusammen. »Roxie ist mit den Kartoffeln beschäftigt, sonst wäre sie sicher bei dir.«

Carter wusste, dass das eine Lüge war, aber er wollte Adrienne nicht widersprechen. »Ich fühle mich hier wohl.«

»Nein, das ist nicht wahr«, entgegnete sie und sah Carter direkt in die Augen. Am liebsten hätte Carter sie gebeten, sich nicht so sehr zu bemühen. Denn Roxie tat es auch nicht mehr. Er weigerte sich, an einer Familie oder der bloßen Vorstellung einer Beziehung festzuhalten, die längst zerbrochen war. Dabei ging es ihm weniger darum, seine Selbstachtung zu wahren – davon war ohnehin nicht mehr viel übrig. Vielmehr wollte er sich nicht in ein Leben drängen, in dem er nicht mehr willkommen war.

Wenn er dennoch versuchen würde, sich der Familie aufzuzwingen, würde er sich wahrscheinlich selbst nicht mehr im Spiegel betrachten können.

»Also schön, meine Lieben, das Abendessen ist fast

fertig«, rief Mrs. Montgomery, als sie das Wohnzimmer betrat. Sie wandte sich Carter zu. »Dann wollen wir dich mal ins Esszimmer bringen.«

Carter hatte Roxies Eltern immer gemocht. Sie waren freundlich, offenherzig und hatten sich stets für ihn interessiert. Zuweilen waren sie vielleicht ein wenig zu neugierig, aber er hatte ihre jüngste Tochter geheiratet, daher hatte er sich mit ihren Fragen abgefunden. Das bedeutete jedoch nicht, dass er ihnen alles erzählt hatte.

Eigentlich gab es ohnehin nicht viel zu sagen. Er war Carter Marshall, ein Waisenkind und ganz allein in einer großen Welt, die scheinbar von unzähligen Montgomerys bevölkert war. Nun stand er kurz davor, ihre Tochter zu verlassen, weil sie es so wollte. Er würde nicht an einem Ort verharren, an dem er nicht erwünscht war. Auch in der Vergangenheit war er lieber gegangen, auch wenn es einfacher gewesen wäre zu bleiben.

Möglicherweise würde er sich nicht gleich morgen in Selbsthass ergehen, aber früher oder später würde das Gefühl ihn überwältigen.

»Ich schaffe das schon«, antwortete Carter und bemühte sich um einen beschwingten Tonfall. »Wahrscheinlich habe ich schon lange genug auf der Couch herumgelungert.« Er zwang sich zu einem Lächeln, doch er wusste, dass es wenig überzeugend war, als Mace ihm einen vielsagenden Blick zuwarf.

Carter war schlecht gelaunt. Sobald er wieder

gesund war, würde seine Stimmung sich noch verschlechtern, denn dann würde er all dem den Rücken kehren müssen. Aber er konnte Roxie nicht wirklich dafür verantwortlich machen, dass sie die Scheidungspapiere beantragt hatte, nicht wahr? Sie hatten sich schon vor langer Zeit emotional voneinander entfernt. Die Papiere waren nur noch eine Formalität.

»Na gut, wenn du meinst, aber wir werden dich trotzdem ins Esszimmer bringen. Denn Roxies Kartoffelpüree ist fast fertig, und mein Braten ist hervorragend.«

Carter lächelte und ihm lief das Wasser im Mund zusammen. »Ich liebe deinen Braten. Den esse ich am liebsten.«

Auch den Braten würde er vermissen.

Wie so viele andere Dinge.

»Oh, ich weiß, wie gern du ihn magst. Deshalb habe ich ihn heute zubereitet. Schließlich ist dies seit deinem Unfall das erste Abendessen bei uns. Du sollst alles haben, was du dir wünschst.«

Mace half Carter beim Aufstehen und führte ihn zu seiner Gehhilfe. Eigentlich brauchte er sie nicht mehr, aber er fühlte sich damit sicherer. »Danke.«

Während er langsam in Richtung Esszimmer schlurfte, dachte er über ihre Worte nach. Alles, was er sich wünschte? Das hatte er bereits.

Und nun würde er es verlieren.

Nein, er hatte es bereits verloren.

Weil er ein verdammter Idiot war.

Er hatte es verloren, obwohl er nicht einmal wusste, ob er es je wirklich hatte. Und er wusste nicht, ob er stark genug war, um daran festzuhalten.

Roxie setzte sich neben ihn an den Tisch, und Carter verspürte augenblicklich einen schmerzhaften Stich im Herzen. Sie saß immer auf diesem Platz. Hätte sie sich auf einem anderen Stuhl niedergelassen, hätten sie den anderen sofort offenbart, dass ihre Beziehung auf wackeligen Beinen stand.

Aber warum nur tat es so weh?

Er wusste schon seit Monaten, dass es so kommen würde. Sie hatten sich so weit entfremdet, dass er nicht einmal mehr sicher war, wer Roxie und Carter eigentlich waren. Daher hätte es keine Überraschung sein sollen.

Doch das war es gewesen.

Beim Anblick der Papiere hatte er sich gefühlt, als hätte ihm jemand einen Schlag in die Magengrube versetzt. Für einen Moment war ihm die Sicht vor den Augen verschwommen, während er nach Atem gerungen hatte. Der Gedanke, sie zu verlieren, war unerträglich.

Und diese Papiere hatten ihm das Ende ihrer Ehe klar und deutlich vor Augen geführt.

»Könnte ich bitte ein Brötchen haben?«, fragte Dimitri und riss Carter aus seinen Gedanken.

Alle saßen am Esstisch, reichten die Speisen herum und unterhielten sich angeregt. Auch die Kinder saßen am Tisch, lächelten, lachten und kicherten miteinander. Und Dimitris Hund Captain hatte sich neben seinem Herrchen niedergelassen und blickte immer wieder auf in der Hoffnung, dass ein Happen hinunterfiel. Obwohl der Golden Retriever eigentlich nichts vom Tisch bekam, tat er so, als sei er kurz vorm Verhungern.

Alle waren zusammengekommen. Sie waren eine große Familie. Und Roxie hatte noch kein einziges Wort mit ihm gewechselt.

Allerdings war er genauso wenig imstande, mit ihr zu reden.

»Brauchst du die Gehhilfe denn immer noch?«, fragte Shep mit einem Stirnrunzeln. »Vorhin bist du ohne Probleme eigenständig gegangen.«

»Ich komme auch ohne das Gestell zurecht«, erklärte Carter und ignorierte Roxies finsteren Blick. Sie wirkte sichtlich aufgebracht.

»Warum benutzt du es dann?«, fragte Roxies Bruder, während er sich von dem Kartoffelbrei nahm.

»Der Arzt hat mir das Ding bei der ersten Nachuntersuchung gegeben für den Fall, dass mein Bein versagt. Bisher ist aber nichts dergleichen geschehen. Die Stütze dient nur dazu, euch alle zu beruhigen. Mir geht es gut.«

»Du hast die Gehhilfe, weil der Arzt der Meinung ist, dass du sie benutzen sollst«, warf Roxie ein. Das waren die ersten Worte, die sie heute an ihn gerichtet hatte. Sie hatten den ganzen verdammten Tag in ihrem Haus zusammen verbracht, in dem eine gähnende Leere zu herrschen schien, die ihn daran erinnerte, was sie alles verloren hatten. Die ganze Zeit über hatte Roxie kein einziges Wort mit ihm gewechselt, sondern ihm schweigend geholfen, obwohl er ihre Hilfe nicht gebraucht hätte.

Es wäre untertrieben zu behaupten, dass ihre Ehe endgültig vorbei war.

»Ich bin froh, dass es dir besser geht, auch wenn du die Gehhilfe nur noch pro forma benutzt. Zumindest hoffe ich das.« Thea saß auf seiner anderen Seite, tätschelte ihm die Hand und sah ihn mit strahlenden Augen an. Seit der Explosion hatten sie nicht wirklich miteinander geredet, aber er machte ihr keinen Vorwurf, denn sie hatte im letzten Monat viel um die Ohren gehabt. Selbst wenn sie sich bei ihm hätte bedanken wollen, hatte Carter das unbestimmte Gefühl, dass sie ihn nicht zu Hause besuchen wollte, weil sie nicht zwischen Roxie und ihm stehen wollte. Da sie Roxies Schwester war, würde Thea sich natürlich auf ihre Seite schlagen. Carter war die Tatsache zuwider, dass sie überhaupt auf verschiedenen Seiten standen.

Obwohl Carter bei dem Versuch, Thea zu retten, verletzt worden war, hatte er ihren Dank weder erwartet, noch brauchte er ihn. Jeder andere hätte genauso reagiert.

Sowohl die Hoffnung als auch die Dankbarkeit, mit

denen die Montgomerys ihn betrachteten, machte ihn krank.

Denn für ihn gab es keine Hoffnung, da Roxies und seine Ehe schon bald ein jähes Ende finden würde.

Während des Abendessens unterhielten die anderen sich über Belanglosigkeiten und versuchten nicht weiter, Carter in ein Gespräch zu verwickeln. Ihm entging nicht, dass Roxie auch nicht viel sagte. Obwohl er die angespannte Stimmung zwischen ihnen hasste, schien er nichts daran ändern zu können. Sie hatte die Scheidung eingereicht und er würde sich höchstwahrscheinlich nicht dagegen sträuben.

Als sie endlich nach Hause fuhren, war Carter erschöpft. Aber nicht körperlich, sondern mental. Sein Herz schmerzte, während er sich den Kopf über alle möglichen Dinge zerbrach, die ihn bedrückten.

Roxie stand am Fuß der Treppe, um nach oben in ihr gemeinsames Schlafzimmer zu gehen, das er nicht mehr mit ihr teilte, während er sich dem Gästezimmer zuwandte, in dem er schlafen würde, solange er noch unter diesem Dach lebte.

»Brauchst du meine Hilfe, bevor du ins Bett gehst?«, fragte Roxie mit ausdruckslosem Tonfall. Carter hatte keine Ahnung, was sie dachte oder fühlte.

Aber genau da lag das Problem, nicht wahr?

»Nein danke. Gute Nacht.«

Keiner von beiden würde sofort zu Bett gehen, doch das erwähnten sie nicht. Stattdessen gingen sie getrennte Wege und lieferten somit einen Vorgeschmack auf ein Leben nach Carters Genesung.

Roxie nickte ihm knapp zu und ging dann nach oben. Er gab sich alle Mühe, sie nicht anzusehen. Denn jedes Mal, wenn er ihrem Blick begegnete, zerriss es ihm das Herz.

Seine Frau fehlte ihm. Er vermisste ihr Lächeln, er vermisste alles an ihr.

Er vermisste die Art, wie sie über etwas Belangloses lachte und dann ihr Gesicht in den Händen vergrub, weil sie wusste, wie albern ihre Reaktion war.

Er vermisste ihre Berührungen, ihren Geschmack. Ja, er vermisste den Sex. Früher hatten sie die Finger nicht voneinander lassen können, doch heute gab es keine Intimität mehr zwischen ihnen.

Irgendwann hatten sie aufgehört, miteinander zu reden.

Sie hatte aufgehört zu lächeln.

Und er wusste nicht, wie er sie dazu bringen konnte, beides wieder zu tun. Er hatte es versucht, aber es hatte nicht funktioniert.

Schließlich hatte er aufgegeben.

Und sie hatte sich nicht mehr bemüht.

Am Ende war es also seine Schuld. Er hatte es versucht und war gescheitert. Es würde immer seine Schuld sein.

Immer.

KAPITEL VIER

Der *feuchtfröhliche Pinsel* Abend war eine Tradition, der Roxie und ihre Freundinnen einmal im Monat frönten. Insgeheim hasste sie die Treffen, aber nur, weil sie nicht sonderlich gut malen konnte. Oh, sie hatte nichts gegen den feuchtfröhlichen Teil ihrer Zusammenkünfte, denn sie genoss gern ein Glas Wein in Gesellschaft. Aber wenn sie dabei tatsächlich einen Pinsel schwingen musste, fühlte sie sich jedes Mal unzulänglich. Unter anderem lag das vermutlich daran, dass der Rest ihrer Familie mit künstlerischem Talent gesegnet zu sein schien.

Der *feuchtfröhliche Pinsel* Abend – sie wiederholte den Namen im Geiste, da sie befürchtete, sich andernfalls eines Tages zu versprechen – wurde von Kaylee geleitet, die erst vor Kurzem zum Freundeskreis der Familie gestoßen war. Aber sie war bereits allen ans

Herz gewachsen. Zumindest hatten die anderen ein enges Verhältnis zu ihr. Roxie selbst bereute es, Kaylee noch nicht so gut zu kennen, doch das lag vor allem daran, dass sie in letzter Zeit zu sehr mit sich selbst und ihren eigenen Problemen beschäftigt gewesen war. Sie hatte sich von vielen Menschen abgeschottet, um sich auf wichtigere Dinge zu konzentrieren.

Es war selbstsüchtig von ihr, doch zu mehr schien ihr Verstand momentan nicht fähig zu sein. Ihre Arbeit und ihr eigenes Leben hatten Vorrang, denn Letzteres brach gerade zusammen.

Deshalb war ihr vieles entgangen. Sie hatte keine Ahnung, wie es Shea und Shep ging. Die beiden waren vor über einem Jahr mit ihrer Tochter Livvy aus New Orleans hierhergezogen. Man hätte meinen können, dass Roxie deshalb ein enges Verhältnis zu ihrem Bruder und seiner Familie pflegte, doch manchmal glaubte sie, dass sie sich nähergestanden hatten, als sie noch über Skype und Telefon kommuniziert hatten.

Verdammt, wahrscheinlich hatte sie sich enger mit Shep verbunden gefühlt, als sie ihm noch Briefe geschrieben hatte. Damals war er nach New Orleans gezogen, um sich selbst als Künstler zu finden. Jetzt war er als Ehemann und Vater nach Colorado zurückgekehrt und war sesshaft geworden.

Trotzdem wusste Roxie nicht, wie es dem Paar ging oder ob Livvy sich in ihrem neuen Zuhause wohlfühlte. Sie hatte keine Ahnung, ob ihrer Schwägerin ihre neue Umgebung gefiel. Shea arbeitete zwar im gleichen Metier wie Roxie, aber sie hatten beruflich im Grunde nichts miteinander zu tun. Roxie wusste nicht viel über das Leben ihres Bruders und seiner Familie, weil sie sich nicht danach erkundigt hatte. Sie war zu sehr mit sich selbst beschäftigt gewesen und hatte deshalb ein schlechtes Gewissen. Doch es gab noch einen anderen Grund, warum sie sich von ihnen ferngehalten hatte. Wahrscheinlich würden sie Roxie auf ihre Beziehung zu Carter ansprechen, und sie war nicht bereit, darüber zu reden. Noch nicht. Vielleicht würde sie niemals bereit sein.

Sie wusste nicht einmal, ob ihr Bruder und ihre Schwägerin noch ein Kind bekommen wollten. Bei dem Gedanken, dass Shea wieder schwanger werden würde, verspürte sie jedes Mal einen schmerzhaften Stich. Sie ignorierte ihn jedoch und betrat das Studio, in dem der *feuchtfröhliche Pinsel* Abend stattfand.

Sie zuckte zusammen, als ihr Blick auf Abby fiel, die neben Shea saß. Roxie hatte gerade erst erfahren, dass Abby frisch verliebt war. Ihr neuer Freund war ein Tätowierer namens Ryan, der ein Freund der Montgomerys war. Sie wusste nichts über die Beziehung der beiden, weil sie sich so darauf konzentriert hatte, Carter gesund zu pflegen.

Abby und Ryan waren zwar noch nicht lange ein Paar, aber sie waren bis über beide Ohren ineinander verliebt.

Der Gedanke machte Roxie nervös, doch sie unterdrückte das Gefühl. Nicht alles, was so heiß und schnell brannte, war zwangsläufig zum Scheitern verurteilt. Roxie konnte nur hoffen, dass die Beziehung von Ryan und Abby nicht so enden würde wie ihre eigene. Vor allem wegen Abbys Tochter. Julia hatte ihren Vater zwar nie kennengelernt, weil dieser starb, als Abby schwanger war, doch das kleine Mädchen sollte nicht noch einen Mann in ihrem Leben verlieren.

Keiner sollte einen Verlust erleiden müssen.

Roxie setzte sich neben Abby und schenkte ihr ein zaghaftes Lächeln. Sie zwang sich, auch weiterhin zu lächeln, als sie sich ihren beiden Schwestern zuwandte. Thea und Adrienne beobachteten sie mit Adleraugen. Vielleicht warteten sie nicht unbedingt darauf, dass Roxie zusammenbrach, doch sie lagen zweifellos auf der Lauer und hofften, dass sie endlich mit der Sprache herausrückte.

Allerdings war sie noch nicht bereit, sich ihnen zu öffnen. Auch das war egoistisch, aber so war sie nun einmal. Selbstsüchtig, unterkühlt und bösartig. Zumindest redete sie sich das immer wieder ein, während sie sich fragte, warum sie keine Lösung für ihre Eheprobleme hatte. Manchmal gab es jedoch keine Lösung und es war besser zu gehen, bevor jemand noch mehr leiden musste.

»Ich habe mich schon gefragt, ob du überhaupt noch kommst«, sagte Thea und schenkte ihr ein geduldiges Lächeln. »Normalerweise bist du immer pünktlich.«

Roxie zuckte zusammen und stellte ihre Tasche unter den Tisch. »Es tut mir leid. Ich musste länger arbeiten. Und da ich ein Kostüm trug, war ich noch kurz zu Hause, um mich umzuziehen.« Sie war gerade einmal zwanzig Minuten dort gewesen, wobei sie zehn Minuten vor Carters Tür gestanden und überlegt hatte, was sie ihm sagen könnte oder ob sie überhaupt mit ihm sprechen sollte.

Letztendlich hatte sie sich entschieden, nicht anzuklopfen.

Sie hatte ihn nicht stören wollen.

»Aber dein Kostüm steht dir wirklich gut«, bemerkte Adrienne, während sie Roxie mit durchdringendem Blick anstarrte. Adrienne war weder eine Klatschbase noch war sie übertrieben neugierig, doch genau wie Thea wollte sie nur helfen. Roxie wusste das, doch sie wollte ihre Schwestern nicht um Hilfe bitten. Statt alles noch mehr durcheinanderzubringen, wollte sie es lieber selbst regeln. Am Ende konnte sie sich immer noch an ihre Familie wenden.

Wenn sie recht darüber nachdachte, klang das alles ziemlich idiotisch. Aber sie *war* eben eine Idiotin.

Roxie verzog die Lippen zu einem noch breiteren Lächeln und hoffte, dass es nicht gezwungen wirkte. »Ich weiß, wie gut ich in einem Kostüm aussehe. Da kann ich von Glück reden, denn Geschäftskleidung gehört nun einmal zu meinem Job.«

»Ich weiß, was du meinst«, warf Shea ein. »Allerdings glaube ich, dass Shep mich gern in Geschäftskleidung sieht. Als er mich in Anzug und mit zusammengebundenen Haaren gesehen hat, bin ich ihm sofort ins Auge gestochen.« Shea grinste, während die anderen lachten. Shea hatte Shep kennengelernt, als sie sich in New Orleans eine Tätowierung hatte stechen lassen. Angeblich war sie damals etwas kühler und zurückhaltender gewesen als heute und hatte sich erst durch Shep geöffnet. Die beiden waren wie füreinander geschaffen. Sie hatte eine beruhigende Wirkung auf ihn und er brachte die ihr innewohnende Wärme zum Vorschein.

Roxie hatte Shea nicht gekannt, bevor diese Shep getroffen hatte, aber soweit sie gehört hatte, hatten die beiden sich gegenseitig aus ihren Schneckenhäusern gelockt. Sie waren wirklich wie füreinander geschaffen.

Bei dem Gedanken empfand Roxie einen Anflug von Neid. Auch sie hatte geglaubt, Carter sei der Mann, der sie aus ihrem Schneckenhaus herauslocken und ihr helfen würde, auf eigenen Beinen zu stehen. Denn das fiel ihr zuweilen schwer.

Sämtliche Mitglieder von Roxies Familie waren äußerst talentiert, tiefgründig und ehrenhaft. Shep war der älteste und weiseste der Geschwister. Obwohl er sich durch Verantwortungsbewusstsein auszeichnete, war er stets der Mittelpunkt jeder Party. Er war zudem einer der besten Tätowierer des Landes und schien lediglich mit dem Rest der Familie zu konkurrieren. Denn Adrienne beherrschte die Tätowier-Kunst ebenso meisterlich. Selbst wenn sie das Gefühl hatte zu versagen, schien sie immer alles im Griff zu haben. Zusammen mit Shep hatte sie ein florierendes Studio eröffnet. Zudem hatte sie stets ein neues Hobby, wobei sie das alte nicht aufgab, weil sie das Interesse daran verlor, sondern weil sie es irgendwann meisterte und eine neue Herausforderung suchte. Zuerst war es Stricken gewesen, dann Singen, dann wieder Stricken, und jetzt übertraf sie Roxie in der Malerei. Das war jedoch kein Wunder, schließlich war Adrienne eine Künstlerin, selbst wenn ihre Leinwand die menschliche Haut war.

Adrienne hatte inzwischen ihre Leidenschaft für die Malerei entdeckt und sich in ihrem Haus sogar ein eigenes kleines Atelier eingerichtet. Roxie hatte es bisher noch nicht gesehen, doch das würde sie nachholen, sobald sie wieder einen klaren Kopf hatte und die Kraft fand, am Familienleben teilzunehmen.

Und dann war da noch Thea. Die perfekte Thea. Moment, dieser Gedanke war ungerecht. Roxie war nicht neidisch auf ihre Schwester, sondern verehrte sie dafür, dass sie so viele Talente in sich vereinte. Thea war eine großartige Geschäftsfrau und Unternehmerin und – Roxies Meinung nach – die beste Bäckerin der Welt. Obwohl Thea das nie zugegeben hätte, beherrschte sie ihr Handwerk meisterlich und gab immer ihr Bestes. Ihr Geschäft *Colorado Icing* wuchs stetig und nun hatte sie sich endlich in den Mann verliebt, den sie von Anfang an hätte lieben sollen.

Während Roxies gesamter Freundeskreis und all ihre Geschwister im Glück zu schwelgen schienen, fragte sie sich unweigerlich, was sie falsch gemacht hatte.

Sie liebte Carter und verehrte die Vorstellung von ihm.

Doch die Realität sah momentan anders aus, denn sie mochte das Gefühl nicht, das sie in seiner Gegenwart verspürte.

Sie war so sehr in ihre Gedanken vertieft, dass das Leben an ihr vorbeizuziehen schien.

Also würde sie Ruhe bewahren und einen Tag nach dem anderen angehen müssen.

Selbst wenn alle anderen darin keinen Sinn sahen.

In diesem Moment betrat Kaylee mit einer Flasche Rosé in der Hand den Raum. Grinsend stellte sie die Flasche auf dem Tisch ab. »Das ist meine Belohnung dafür, dass ich mein Bild fertiggestellt habe. Aber ich werde erst etwas davon trinken, wenn ich eure Werke kritisieren darf.« Sie lachte, und die anderen stimmten mit ein.

Roxie hatte jedoch ein mulmiges Gefühl im Magen, als sie das Wort »kritisieren« hörte.

Natürlich beurteilte Kaylee ihre Bilder nicht wirklich, da es in dem Kurs weniger darum ging, Kunst zu schaffen, die sich verkaufen ließ, sondern eher darum, Freundschaften zu knüpfen und zu pflegen. Doch das machte es Roxie nicht leichter, denn sie war nicht einmal imstande, eine gerade Linie zu zeichnen. Immerhin versuchte sie es und hatte sogar mit dem

Gedanken gespielt, Privatunterricht zu nehmen. Wäre sie nicht so beschäftigt mit den Steuererklärungen gewesen, während sie gleichzeitig versuchte herauszufinden, was zwischen ihr und Carter vor sich ging, hätte sie sich vielleicht Zeit nehmen können, um zeichnen zu lernen.

Thea betrachtete sich selbst zwar nicht als Künstlerin, doch sie war äußerst begabt, und zwar nicht nur, wenn es um das Dekorieren von Kuchen und Keksen ging. Abby und Shea hatten ebenfalls ein Händchen fürs Malen, aber keine von ihnen konnte mit Adriennes Talent mithalten.

Keine der Frauen verglich sich mit den anderen. Außer Roxie. Letztere ließ sich nur dazu hinreißen, weil es ihr an Begabung mangelte, und das missfiel ihr.

Sie wagte sich genauso häufig wie Adrienne an neue Hobbys heran und meisterte sie für gewöhnlich spielend. Manchmal musste sie jedoch feststellen, dass sie etwas nicht konnte.

Und sie hasste es, zu versagen.

Ihr war durchaus bewusst, dass sie krampfhaft versuchte, keinen Zusammenhang zwischen ihrer Abneigung gegen das Scheitern in der Kunst und dem Scheitern ihrer Ehe herzustellen. Doch sie schob den Gedanken beiseite. Denn je länger sie darüber nachdachte, desto misslungener wurden ihre künstlerischen Versuche – und desto mehr drängte es sie zum feuchtfröhlichen Teil dieses Abends.

»Also schön, meine Lieben. Heute bringen wir eine Mondlandschaft auf die Leinwand. Ihr seid sicher überrascht, dass wir bei dem *feuchtfröhlichen Pinsel* Abend eine Mondlandschaft malen ... Aber ich weiß doch, wie sehr ihr alle den Mond und Bäume liebt! Außerdem befinden wir uns mitten in der dunklen und kalten Jahreszeit. Das Motiv hätte genauso gut ein verschneiter Wald sein können. Vielleicht arbeiten wir beim nächsten Mal mit leuchtenden Farben an Palmen in der Karibik. Dann können wir uns vorstellen, wir seien in den Tropen.« Kaylee lachte mit den anderen, während Roxie lächelnd den Kopf schüttelte.

Sie mochte Kaylee wirklich sehr. Ihr war zu Ohren gekommen, dass die Frau möglicherweise mit einem Mann namens Landon aus ihrer Clique zusammen war. Im Gegensatz zu ihren Schwestern kannte Roxie Landon kaum. Aber es schien, als entbrannten derzeit alle um sie herum in Liebe und Leidenschaft. Alle außer Roxie.

Auch diesen Gedanken schob sie beiseite.

Sie war ohnehin am Boden zerstört. Wenn sie länger darüber nachdachte, würde sie in noch tiefere Depressionen versinken. Ihre Schwestern würden sich noch mehr bemühen, ihr keine unangenehmen Fragen zu stellen. Adrienne und Thea wollten ihr ihren Freiraum lassen, doch paradoxerweise fühlte Roxie sich dadurch eingeengt. Die beiden balancierten wie auf Eierschalen um sie herum, waren so vorsichtig, dass Roxie schon gar nicht mehr wusste, wer sie eigentlich war. Sie fragte sich immerzu, wie sie sich verhalten sollte, ohne allen zu zeigen, dass ihre Welt gerade in sich zusammenfiel.

»Wir schaffen das schon«, sagte Shea grinsend. »Nicht wahr?«

»Ich glaube, ich brauche noch mehr Wein.« Roxie bemühte sich um einen beschwingten Tonfall, nahm aber trotzdem einen großen Schluck von ihrem Drink. Wenn der Abend so weiterging, würde sie definitiv ein Taxi bestellen müssen.

»Der Mond ist kein Problem, aber die Lichtreflektionen werden ein Problem werden«, erklärte Thea und biss sich nervös auf die Unterlippe.

»Aber Kaylee wird uns zeigen, wie es geht, nicht wahr?«, fragte Roxie und erschauerte bei dem Gedanken, vor einer leeren Leinwand zu stehen. Diese symbolisierte nicht nur ihr mangelndes künstlerisches Talent, sondern auch ihre unmittelbare Zukunft, die unweigerlich eintreffen würde, sobald Carter vollständig genesen war. Ihm ging es von Tag zu Tag besser, sodass er bereits wieder arbeiten konnte, wenn auch nicht mehr so viele Stunden wie früher. Das war ohnehin für sie beide nicht gesund gewesen. Nun würde sich alles ändern und Roxies Leben würde dieser leeren Leinwand gleichen.

Vielleicht hatte sie bereits zu viel Wein getrunken. Sie gab sich ihren düsteren Gedanken hin, dabei hatte sie noch nicht einmal einen Pinselstrich auf die Leinwand gesetzt. Obwohl sie nur einen großen Schluck zu sich genommen hatte, drehte sich ihr der Kopf vor lauter Adrenalin und Sorge um die Zukunft.

Roxie hatte das Gefühl, kaum zu Atem zu kommen, so schnell stürmte alles auf sie ein.

»Es wird alles gut. Ein Pinselstrich nach dem anderen.« Abby konzentrierte sich auf Kaylee, die den Abend mit einem einzigen Pinselstrich eröffnete. Und plötzlich war die Leinwand nicht mehr leer. Der Anfang war gemacht. War er der Beginn eines Kunstwerks? Der Anfang vom Ende? Oder einfach ein Neuanfang?

Die Leinwand war nicht mehr leer.

Etwas war darauf zu sehen.

Das durfte Roxie nicht vergessen.

Die Frauen machten sich lachend an die Arbeit. Solange Roxie sich darauf konzentrierte, ihre Maltechnik zu verbessern, statt über ihre Ehe nachzugrübeln, konnte sie ihre Sorgen für eine Weile ausblenden. Sie verbrachte gern Zeit mit ihrer Familie und ihren Freundinnen. Es war nur leichter, wenn sie keine Fragen stellten, sie nicht mit mitleidigen Blicken bedachten und sich nicht fragten, was zwischen ihr und ihrem Mann im Argen lag. Ihr Freundeskreis war schließlich nicht dafür verantwortlich, dass Roxie in letzter Zeit häufig versagte. Sie alle wollten ihr beistehen, doch das konnten sie nicht. Roxie wusste ohnehin nicht, wie sie sie um Hilfe bitten sollte, also wollte sie sie nicht damit belästigen. Die Frauen führten ihr eigenes Leben und waren erfolgreich, während Roxie immer wieder scheiterte.

Also trank Roxie ein Glas Wein und malte mit ihren Freunden und ihrer Familie, während sie sich bemühte, eine fröhliche Fassade aufrechtzuerhalten. Letztendlich war ihr Bild gar nicht so schlecht. Es war zwar kein Meisterwerk, aber niemand machte sich darüber lustig. Tatsächlich lästerte nie jemand über sie. Denn bei dem *feuchtfröhlichen Pinsel* Abend ging es nicht um Können. Es spielte keine Rolle, dass Roxie ehrgeizig war und es hasste zu versagen, oder dass sie sich diesen Druck selbst auferlegt hatte. Sie hatte stets das Gefühl, noch besser sein zu müssen.

Am Ende des Abends kam Kaylee auf Roxie zu und umarmte sie.

»Das hast du toll gemacht, meine Liebe.« Die Frau drückte sie erneut.

Roxie schenkte ihr ein Lächeln. »Danke für das Kompliment. Aber ich glaube, du übertreibst.«

»Ganz sicher nicht. Du weißt, dass ich immer ganz offen bin. Ich gebe dir eine Richtung vor, aber ich würde dich niemals täuschen. Du warst von Anfang an gut und wirst immer besser. Verdreh bloß nicht die Augen. Nur weil sich deine Bilder von denen deiner Schwestern unterscheiden und du die Malerei nicht studiert hast wie ich«, sagte Kaylee und verdrehte demonstrativ die Augen, woraufhin Roxie lachte, »heißt das nicht, dass du keine Künstlerin bist. Bei der Kunst geht es weniger um das Werk an sich, sondern vielmehr um den Schaffensakt. Entscheidend ist, was der Schöpfer dabei fühlt. Tatsächlich hassen die meisten Künstler ihr Werk in der Phase der Entstehung. Meiner Meinung nach machen gerade dieser Abscheu und diese innere Zerrissenheit gute Kunst aus.« Kaylee lachte gemeinsam mit den anderen, während Roxie nur schnaubte.

»Das ist ein bisschen dramatisch, findest du nicht?«

Kaylee verengte die Augen. »Das musst du gerade sagen, nicht wahr?«

»Autsch.« Das tat weh. Denn Kaylee hatte recht. Roxie hatte zwar einen Hang zum Drama, aber meist nur in ihrer Fantasie. Es war, als könne Kaylee Gedanken lesen. Verblüffenderweise schien die Frau immer zu wissen, wann Roxie sich wieder einmal in Selbsthass erging. Nicht einmal ihre Schwestern konnten das spüren. Sie gingen meist davon aus, dass sie wegen irgendetwas gestresst war. Aber Kaylee wusste immer genau, wann Roxie sich wegen einer Lappalie aufregte. Oder wenn es so wichtig war, dass Roxie es ins Lächerliche ziehen wollte.

»In diesem Sinne gehe ich jetzt nach Hause. Ich wünsche euch einen schönen Abend.«

Zum Abschied umarmten sie einander und gaben sich das Versprechen, sich bald wiederzusehen – ein Versprechen, das sie halten würden, denn sie alle standen sich ziemlich nahe. Doch Roxie hatte sich in letzter Zeit isoliert. Das musste sie ändern. Sie musste aufhören, sich vor sich selbst zu verstecken. Und das würde sie tun. Danach.

Alles geschah danach.

Zuerst musste sie sich mit der Tatsache abfinden, dass ihre Ehe nicht nur scheiterte, sondern bereits gescheitert war.

Als sie nach Hause kam, war Carter in seinem Zimmer. Die Tür war geschlossen.

Er war in seinem Zimmer. Nicht im Gästezimmer, sondern in *seinem* Zimmer. Seit einem Monat schlief er nun unten, und für Roxie war es nun sein Bereich. Ihr gemeinsames Schlafzimmer teilten sie nicht mehr. Im Grunde teilten sie gar nichts mehr.

Zudem schritt Carters Genesung stetig voran. Es ging ihm so viel besser. Wie die ganze Woche über war er auch heute wieder zur Arbeit gegangen. Um sich nicht zu überanstrengen, arbeitete er wohl meist im Büro. Zumindest hatte Dimitri das erwähnt. Roxie selbst hatte Carter nicht danach gefragt, und er hatte kein Wort darüber verloren. Doch seine Genesung und die Rückkehr ins Arbeitsleben bedeuteten, dass er bald ausziehen würde. Vielleicht sollte stattdessen sie gehen? Sie brauchte dieses Haus nicht, es barg zu viele Erinnerungen an das, was hätte sein können und was ihr entglitten war. Trotzdem hatte sie das Gefühl, dass Carter derjenige sein würde, der die Koffer packte. Aus Stolz. Doch sie war genauso stolz.

Bald würde sich alles ändern. Der Hammer war kurz davor zu fallen.

Sie würden sich trennen.

Weil er sie nicht liebte. Vielleicht hatte er sie nie geliebt.

Und sie konnte ihn nicht zwingen, bei ihr zu bleiben.

Nicht mehr.

KAPITEL FÜNF

Noch nie zuvor hatte er sich so sehr darüber geärgert, dass es ihm gut ging. Carter sträubte sich gegen seine Genesung. Er wollte nicht, dass sein Körper vollkommen geheilt war. Da er sich nun wieder uneingeschränkt bewegen und Überstunden einlegen konnte, würde sich alles ändern.

Genau genommen hatte sich bereits alles verändert, und zwar so schnell, dass Carter kaum hatte Schritt halten können. Er hatte sich so verzweifelt an die Überreste dessen geklammert, was Roxie und er einst verbunden hatte, dass seine Fingerknöchel weiß hervorgetreten waren.

Aber er war geheilt.

Und er musste das Richtige tun.

Sein Arzt hatte ihm grünes Licht gegeben. Er saß

auf seinem Bett im Gästezimmer, das keines mehr war, und vergrub das Gesicht in den Händen.

Es war Zeit.

Wenn er das Unvermeidliche hinauszögerte, würde er ihnen beiden damit nur wehtun. Und er war es leid, auf ein Ende zu warten, das längst eingetroffen war.

In drei Wochen war Valentinstag. Für die meisten Leute war das Datum lediglich eine Marketingstrategie, um Herzchen, Pralinen und Grußkarten an den Mann zu bringen. Aber für Roxie und ihn symbolisierte er das Ende ihrer Ehe. Das, was sie einst verbunden hatte, war verloren, denn sie hatte die Scheidung eingereicht und zwischen ihnen herrschte Funkstille.

Roxie wollte nicht mit ihm sprechen, und er wusste nicht, wie er sie zum Reden bringen sollte.

Er wollte nicht darauf warten, dass sie ihn bat, das Haus zu verlassen.

Roxie hatte zwar die Scheidung eingereicht, aber bisher hatte sie die Worte nicht ausgesprochen. Also würde er ihr zuvorkommen, denn er wollte nicht drei weitere Wochen bis zum Valentinstag hier herumsitzen. Er weigerte sich, den Moment abzuwarten, in dem sie sich in die Augen blickten und erkannten, dass die Liebe einfach nicht ausgereicht hatte.

Er verdrehte die Augen und schalt sich innerlich für diesen Gedanken. Aber vielleicht lag er damit richtig, vielleicht war die Liebe allein einfach nicht genug.

Weil Beziehungen harte Arbeit und ständige Kommunikation erforderten. Anfangs hatten Roxie und er zwar über alles geredet, doch selbst das hatte nicht ausgereicht.

Lust, Sehnsucht und die Widrigkeiten des Lebens machten alles unendlich schwer.

Carter wusste aus eigener Erfahrung, wie hart das Leben sein konnte. Trotzdem war es ihm wichtig, den Menschen, die er liebte, das Leben zu erleichtern. Er wollte nicht, dass Roxie ihn hasste, genauso wenig wie er sie hassen wollte. Also konnte er nicht bis zum Valentinstag warten – diesem Tag im Zeichen der Liebe, des Glücks und all dem anderen Mist. Das würde einfach nicht funktionieren.

Er seufzte, stand auf und sah sich in dem Zimmer um, das nach seiner Rückkehr aus dem Krankenhaus zu *seinem* geworden war. Zuletzt war er nur dann nach oben gegangen, als Roxie nicht zu Hause gewesen war, um schnell ein paar Sachen aus ihrem gemeinsamen Schlafzimmer zu holen.

Inzwischen befanden sich die meisten seiner Sachen hier unten. Er besaß ohnehin nicht viel, genau wie Roxie. Es war geradezu deprimierend, wie mühelos es gewesen war, sein gesamtes Hab und Gut in ein paar Taschen zu verstauen und sie ans Fußende des Bettes zu stellen.

Vielleicht würde er den Rest irgendwann holen, vielleicht auch nie. Er könnte auch einfach alles hierlassen. Genauso wie er den größten Teil von sich selbst zurücklassen würde.

Herrgott, er wollte nicht gehen. Er wollte diesem Leben, das er sich so verzweifelt wünschte, nicht den Rücken kehren. Zumindest glaubte er das. Trotzdem war er hier nicht länger erwünscht.

Und er wollte nicht an einem Ort bleiben, an dem er nur im Weg stand.

Roxie wollte die Scheidung.

Also würde er einwilligen.

Er atmete tief durch und nahm seine Taschen. Er war dankbar, dass sein Körper nicht schmerzte und die Narben an seinen Beinen kaum noch zogen. Die Wunden in seinem Herzen hingegen brannten höllisch. Aber er würde sie ignorieren und nicht darüber nachdenken, was als Nächstes passieren würde.

Er würde Roxie geben, was sie wollte, was sie brauchte, und dann würde er herausfinden, was er mit dem Rest seines Lebens anfangen sollte.

Er hatte Roxie aus Liebe geheiratet. Die Umstände hatten sie zwar zu einer schnellen Heirat gedrängt, aber er hatte sein Leben mit ihr teilen wollen. Als sich plötzlich alles verändert hatte, hatte er verzweifelt versucht, an dieser Liebe festzuhalten.

Leider erfolglos.

Jetzt war es an der Zeit, sich den Konsequenzen zu stellen.

Roxie würde jeden Moment von der Arbeit zurückkehren. Wegen der fälligen jährlichen Steuererklärungen war dies ihre geschäftigste Zeit. Aber anstatt wie früher Überstunden im Büro zu machen und das Abendessen zu verpassen, nahm sie die Arbeit jetzt mit nach Hause.

Seinetwegen.

Fast hätte er darin ein Zeichen gesehen, dass sie vielleicht doch noch eine Chance hatten. Aber sie war ihm gegenüber so verschlossen. Und wenn er ehrlich zu sich selbst war, war er ihr gegenüber genauso verschlossen. Also war es wohl doch kein Zeichen.

Carter verließ das Haus, den Blick stur geradeaus gerichtet, um sich nicht ablenken zu lassen und stehen zu bleiben. Er wollte unbedingt vermeiden, dass Roxie seine gepackten Taschen sah, bevor er ihr erklären konnte, was er vorhatte. Zwar hatte er die Scheidungspapiere gesehen, bevor sie ihm davon erzählen konnte, doch er wollte sie nicht derart vor den Kopf stoßen. Inzwischen konnte er wieder klar denken und wusste, dass sie es nicht mit Absicht getan hatte.

Es war nicht ihre Art, sich gegenseitig zu verletzen.

Stattdessen schwiegen sie sich an.

Und genau da lag das Problem. Die ganze Zeit über tänzelten sie um das eine Thema herum, das keiner von ihnen ansprechen wollte.

Und weil Carter schon bei dem bloßen Gedanken daran Bauchschmerzen bekam, verdrängte er ihn wie immer und verstaute seine Taschen in seinem Pick-up, bevor Roxie nach Hause kam.

Er würde mit ihr im Haus reden, wo sie sich sicher fühlte und nicht die Bestätigung für seinen Weggang in Form seines Gepäcks vor Augen hatte. Ganz zu schweigen davon, dass er einen einfachen Ausweg brauchte. Wenn er zuerst seine Sachen packte, würde er den unvermeidlichen Schmerz, der ihn zerreißen würde, sobald er diese Tür zum letzten Mal hinter sich schloss, nur unnötig hinauszögern.

Er konnte nicht glauben, dass es so weit gekommen war. Es hätte nie so weit kommen *dürfen*. Aber er hatte keine Ahnung, was er hätte tun sollen. Roxie wollte die Scheidung, und ihr Verhalten ließ vermuten, dass dieser Wunsch schon länger in ihr schwelte. Jetzt musste er einen Weg finden, in die Zukunft zu blicken – ohne krank zu werden oder sich am Ende selbst zu verlieren.

Carter ging zurück ins Haus und steckte die Hände in die Taschen seiner Jeans. Er würde diesen Ort vermissen, obwohl er so viele Erinnerungen an die Stille, die gequälten Blicke und die Angst vor der Zukunft barg. Roxie hatte das Haus gekauft, bevor sie ihn kennengelernt hatte, und hatte bereits darin gewohnt, als sie sich verlobten. Sie hatte es erst vollständig eingerichtet, als er einzog, weil sie mit der Arbeit beschäftigt gewesen war. Außerdem hatte sie behauptet, kein Händchen für die Inneneinrichtung zu haben.

Sie hatte die Angewohnheit, sich selbst kleinzureden, sobald es um Kunst ging oder um alles, was ihrer

Meinung nach in das Fachgebiet ihrer Geschwister fiel. Er hatte sich bemüht, ihr diese Selbstzweifel zu nehmen, und hatte ihr oft genug gesagt, wie talentiert sie war. Aber sie hatte sich seine Worte nie wirklich zu Herzen genommen. Vielleicht war sie einfach zu sehr davon überzeugt, dass sie zu bestimmten Dingen nicht fähig war, sodass selbst seine Bemühungen, ihr vor Augen zu führen, wie heimelig sie das Haus gestaltet hatte, auf taube Ohren gestoßen waren.

Die Tatsache, dass sie sich mit der *feuchtfröhlichen Pinsel* Veranstaltung quälte, bewies Carter nur, dass sie ihr Bestes geben würde, um ein Talent zu entdecken, von dem sie felsenfest glaubte, es nicht zu besitzen. Aber sie *hatte* Talent, in vielerlei Hinsicht. Sie wollte es nur einfach nicht wahrhaben.

Carter wusste nicht, wie er ihr in dieser Hinsicht helfen konnte.

Und jetzt würde er gehen und könnte es nicht einmal mehr versuchen.

Warum tat dieser Gedanke so weh?

Hinter ihm wurde die Eingangstür geöffnet. Er drehte sich um und erblickte Roxie, die ihn mit großen Augen anstarrte. Sie war so verdammt hübsch. Das würde sie immer sein. Ihr dunkles Haar hatte sie zu einem Knoten zurückgebunden, den sie, wie er sich erinnerte, Chignon nannte. Sie trug Make-up, das natürlich wirkte, aber er wusste, dass sie sich Zeit genommen hatte, um diesen Effekt zu erzielen. Er liebte sie geschminkt wie ungeschminkt. Sie konnte ihre Augen und ihre Lippen auf erstaunliche Weise zur Geltung bringen, aber ebenso genoss er den Anblick ihres frisch gewaschenen Gesichts. Selbst wenn sie zu lange aufgeblieben war und behauptete, furchtbar auszusehen – auch dann betrachtete er sie gern.

Er liebte sie einfach.

Die Trennung von ihr würde viel mehr wehtun als die Verbrennungen an seinen Beinen.

»Carter? Ist alles in Ordnung? Ich habe nicht erwartet, dich hier vorzufinden.« Sie räusperte sich, schloss die Tür hinter sich und stellte ihre Handtasche auf den Tisch im Eingangsbereich. Denselben Tisch, auf dem er die Papiere zum ersten Mal gesehen hatte. Sie hatten ihn gemeinsam auf einem Flohmarkt erstanden und versucht, ihn abzuschleifen und so professionell wie möglich zu restaurieren. Leider war ihnen das nur halbwegs gelungen. An einigen Stellen war er abgenutzt; diese Makel wurden jetzt von antik anmutenden Laternen verdeckt. Wenn man etwas zu Schweres darauf ablegte, wackelte er bedenklich, und Carter war sich ziemlich sicher, dass eines der Metallteile an der Unterseite nicht richtig befestigt war.

Aber er gehörte ihnen. Sie hatten gemeinsam daran gearbeitet. Und er schien ein Symbol für das zu sein, was von ihnen noch übrig war, nicht wahr?

Er räusperte sich ebenfalls. »Roxie.«

Sie blinzelte und verschränkte die Hände vor ihrem Körper. Die Geste war ein Schutzschild, den sie immer vor sich hielt, wenn sie nervös war. Jetzt schützte sie sich vor ihm.

Er hasste es.

Er hasste sich selbst dafür.

Aber er hatte keine andere Wahl.

»Ich bin vollkommen gesund, Rox. Zwar gehe ich noch zur Physiotherapie, aber der Arzt hat mir grünes Licht gegeben und gesagt, dass ich wieder ganz normal arbeiten kann.«

Sie nickte. »Du hast dich wirklich gut erholt.«

Er erwiderte die Geste, doch ihm war unbehaglich zumute. Die Hände hatte er nach wie vor tief in den Hosentaschen vergraben. Dort waren sie sicherer, denn so würde er nicht der Versuchung nachgeben, die Hand nach ihr auszustrecken. Er vermisste das Gefühl ihrer Haut und die Art, wie sie sich an ihn schmiegte, wenn er ihr Gesicht umfasste.

Doch er durfte sie nicht berühren. Nicht mehr. Um den körperlichen Kontakt zu vermeiden, musste er Stärke beweisen. Wenn er auch nur einen Schritt auf sie zuging und sie zurückweichen würde, würde ihn das innerlich zerreißen. Sie waren nicht mehr dieselben Menschen. Er war nicht der Mann, den sie brauchte. Nicht mehr. Vielleicht war er das nie gewesen.

»Ich weiß nicht, was ich als Nächstes tun soll, Rox. Deshalb werde ich gehen. Die Papiere werde ich zu gegebener Zeit unterschreiben.« Sein Mund war wie ausgetrocknet und seine Hände schweißnass. »Ich werde gehen«, wiederholte er. »Dies ist dein Haus, Roxie. Ich will es dir nicht wegnehmen. Also werde ich eine Weile bei Landon bleiben und dann überlegen, wohin ich ziehen werde.«

Er begegnete ihrem Blick und wartete auf eine Reaktion von ihr. Vielleicht würde sie ihm sagen, dass er nicht gehen solle. Doch das tat sie nicht. Sie sagte kein einziges Wort, und er wusste, dass er verloren hatte. Alles war verloren. Und er hatte keine Ahnung, was er als Nächstes tun sollte.

»Ich habe ein paar Taschen im Wagen verstaut und komme wahrscheinlich bald zurück, um den Rest meiner Sachen zu holen. Vielleicht auch nicht. Ich weiß es nicht. Aber jetzt werde ich gehen.« Er wiederholte diese Worte immer wieder. Er hasste sie.

»Was immer du willst, Carter.« Ihre Stimme klang so ruhig und sanft.

Warum brach sie nicht innerlich zusammen, so wie er?

Aber im Grunde brach er gar nicht zusammen, nicht wahr? Wenn doch, dann hätte er ihr gesagt, dass er nicht gehen, sondern bleiben und eine Lösung finden wolle. Aber er glaubte nicht mehr daran, dass das möglich war.

Mein Gott, er war im Begriff, seine Frau zu verlassen.

Er ging, weil sie den ersten Schritt unternommen und die Scheidungspapiere beantragt hatte.

Und er würde nicht bleiben und ihr wehtun. Auch für ihn selbst wäre es zu schmerzhaft.

»Dann ... sprechen wir uns bald.«

Sie nickte knapp, bevor sie schließlich einen Schritt zur Seite trat. Dann noch einen. Sie wich beiseite, damit er durch die Tür treten konnte. Sie ging weg, damit er gehen konnte.

Keiner von ihnen kämpfte um ihre Ehe.

Warum begehrten sie nicht auf?

Er bewegte sich auf den Ausgang zu und blieb direkt neben ihr stehen. Er hatte den Blick starr auf die Tür gerichtet, während sie geradeaus ins Innere des Hauses starrte. Sie sahen einander nicht an.

»Ich ...« Er konnte den Satz nicht beenden, wusste nicht, was er sagen sollte.

»Es tut mir leid«, flüsterte sie. Dann lief sie schnellen Schrittes die Treppe hinauf.

Und er ließ sie gehen. Weil es ihr *leidtat*.

Auch ihm tat es leid.

Es war zu spät. Keiner von ihnen konnte noch etwas an der Situation ändern.

Also verließ er das Haus, in dem er für einige Zeit ein Heim gefunden hatte, und ging zu seinem Wagen. Er verließ die Frau, die er liebte, ohne zu wissen, ob sie ihn auch liebte. Er verließ das Leben, das er sich aufgebaut hatte.

Er ließ alles zurück, weil sie ihn darum gebeten hatte.

Er ließ alles zurück, weil er Angst hatte, dass nichts mehr übrig war.

Er ließ alles zurück.

Und ihr tat es leid.

Carter wischte sich eine Träne aus dem Gesicht und fuhr los. Es war vorbei. Und er hatte kampflos aufgegeben, weil er nicht wusste, wo er anfangen sollte.

Er würde es bereuen.

Dessen war er sich sicher.

Er würde es bereuen.

Und er würde zerbrechen.

Der erste Riss war bereits entstanden.

Der nächste ließ nicht lange auf sich warten.

KAPITEL SECHS

Roxie hatte Seitenstechen, doch sie kämpfte sich weiter, wobei sie sich auf ihre Atmung und das Brennen in ihren Beinen konzentrierte. Sie musste sich nur daran erinnern, dass sie dieses Gefühl genoss – zumindest lernte sie, es zu genießen.

Während der Highschool-Zeit und im College hatte sie Skilanglauf betrieben, hatte jedoch sofort damit aufgehört, als sie einen Job fand und sich in die Arbeit stürzte. Sie hatte schon seit einigen Jahren nicht mehr auf Skiern gestanden, und dafür bekam sie jetzt die Quittung.

Sie stieß den Atem aus und versuchte, ein Tempo anzuschlagen, das sie bis zum Gipfel durchhalten konnte. Die Abfahrt würde ein Kinderspiel werden, denn dann würde ihre Lunge nicht so sehr brennen. Zumindest theoretisch.

Vor einem Monat war sie einer Gruppe beigetreten, die an den Wochenenden Ski fahren ging, und hatte es bisher nicht bereut. Sie arbeitete fünf Tage die Woche, zehn bis zwölf Stunden am Tag, und wenn sie samstags und sonntags nicht mit Papierkram beschäftigt war, zog es sie in die Natur. Sie hatte ihr ganzes Leben in Colorado verbracht, doch die Berge und ihre Schönheit hatte sie immer als selbstverständlich betrachtet.

Offenbar hatte sie vieles als selbstverständlich angesehen.

Nein, darüber wollte sie gar nicht erst nachdenken. Sie wollte an nichts denken, was sie von ihrem Training und dem Spaß ablenken würde, den sie hatte, wenn sie etwas nur für sich selbst tat. Also konzentrierte sie sich voll auf ihre Atmung und machte sich auf den Weg zum Gipfel des Hügels, während die meisten anderen an ihrer Seite oder bereits vor ihr waren.

Sie war nicht unbedingt die Schnellste. Wahrscheinlich war sie sogar die Langsamste in der Gruppe, doch das störte sie nicht im Geringsten. Überraschenderweise war das Gegenteil der Fall. Die anderen trainierten schon seit Jahren, während sie gerade erst wieder begonnen hatte. Sie musste mit niemandem konkurrieren, sondern lediglich sich selbst etwas beweisen. Für jemanden, der sich sonst selbst mit der eigenen Familie maß, war das ein enormer Fortschritt.

Im vergangenen Monat hatte sie sich komplett

zurückgezogen und sich sowohl in die Arbeit als auch in ihr neues Hobby gestürzt. Anrufe, E-Mails, Nachrichten und Besucher hatte sie ignoriert. Alle wollten sie trösten, während sie sich am liebsten vom Rest der Welt isolieren und sich in etwas verbeißen wollte, das sie tun konnte, ohne zu versagen.

Wenn sie sich auf diese Weise ablenken konnte, dann nahm sie die eisigen Temperaturen, den Schnee, die brennende Lunge und die schmerzenden Muskeln gern in Kauf.

Denn sie hatte verdammte Angst davor, was passieren würde, wenn sie sich nicht mehr auf den Hügel vor ihr konzentrierte, sondern stattdessen auf die Hürden, die sie hinter sich gelassen hatte.

Roxie kämpfte weiter und genoss den kühlen Wind auf ihrem Gesicht. Es brannte, allerdings nicht auf die gleiche Weise wie der Rest ihres Körpers. Morgen würde sie ohne Zweifel Schmerzen haben, aber es würde sich lohnen. Denn es ging ihr gut. Es würde ihr gut gehen. Eine andere Möglichkeit gab es nicht.

Sie warf einen Blick nach rechts und lächelte den Mann neben sich an. Sie konnte seine Augen nicht sehen, denn wie sie trug er eine dunkle Sonnenbrille, aber sie hatte das Gefühl, dass er ihr zuzwinkerte. Liam zwinkerte ständig. Er mimte gern den Unbeschwerten und gab vor, dass alles in bester Ordnung war. Genau wie sie. Deshalb verstanden sie sich so gut. Er war der Grund, warum sie dieser Gruppe überhaupt beigetreten war und warum sie diesen Ort gefunden hatte. Vielleicht würde sie sogar einen Teil von sich selbst wiederfinden.

Er war das einzige Familienmitglied, zu dem sie momentan regen Kontakt pflegte. Liam Montgomery, ihr Cousin aus Boulder. Obwohl er eine Hütte in den Wäldern in der Nähe von Boulder hatte, nahm er die einstündige Fahrt hierher auf sich, um mit ihr langlaufen zu gehen. Zweifellos gab es Gruppen in der Nähe von Boulder, mit denen er hätte trainieren können.

Aber er kam ihretwegen hierher und verlor kein Wort darüber, dass ihre Ehe gescheitert war oder dass Carter sie vor einem Monat verlassen hatte. Liam fragte sie nicht, wie es ihr ging oder ob sie mit ihrem Mann gesprochen hatte.

Das hatte sie nicht getan.

Liam hatte ihr keine einzige Frage gestellt, sondern ihr lediglich mitgeteilt, dass er einer Gruppe von Langlauf-Enthusiasten beigetreten war, die sich ganz in ihrer Nähe trafen, um jeden Samstag und Sonntag in die Berge zu gehen und etwas zu tun, was sie früher geliebt hatte. Er hatte sie nicht einmal explizit eingeladen, sondern ihr nur davon erzählt. Also hatte sie sich ihnen angeschlossen.

Nun war sie Teil eines Langlauf-Teams, das sich durchaus sehen lassen konnte. Natürlich würde keiner von ihnen an den Olympischen Spielen teilnehmen oder gar um eine Medaille wetteifern. Einige Mitglieder hatten mit alten Verletzungen zu kämpfen und waren streng genommen keine Athleten, doch die Freude am Sport teilten sie alle. Zudem hatte das Wetter im vergangenen Monat mitgespielt, was zu dieser Jahreszeit ungewöhnlich war. Roxie ignorierte die Tatsache, dass der Valentinstag an ihr vorübergegangen war – vielmehr hatte sie ihn mit aller Kraft ignoriert.

Sie würde nur noch diesen einen Hügel erklimmen, dann auf der anderen Seite hinabgleiten und zu ihrem Wagen gehen. Denn sie war erschöpft und wollte eigentlich nur noch nach Hause.

Nein, das war nicht ganz richtig. Sie wollte nicht nach Hause. Inzwischen hasste sie ihr Zuhause. Die Wände schienen mit ihr zu sprechen, und ständig glaubte sie, Carters Stimme oder sein Lachen zu hören, nur um dann festzustellen, dass alles still war. Sie hasste dieses Gefühl. Überall, wohin sie sich wandte, fiel ihr Blick auf etwas, das sie an Carter erinnerte. Und das machte ihr umso bewusster, dass er nicht mehr da war.

Sie war es gewesen, die die Scheidungspapiere beantragt hatte. Sie war es gewesen, die den Prozess ins Rollen gebracht hatte.

Aber *er* war gegangen.

Sie wusste nicht, warum sie sich dafür hasste oder warum sie ihn hasste. Es ergab keinen Sinn. Denn sie hatten beide eine Entscheidung getroffen. Warum hatte Roxie das Gefühl, dass sie jemandem dafür die Schuld geben musste?

Aber so war das Leben. Herzen funktionierten nun einmal nicht logisch. Nichts ergab mehr Sinn, nachdem sich alles um sie herum verändert hatte.

Roxie wandte sich von Liam ab, lief den Hügel hinauf und glitt auf der Rückseite wieder hinab. Wenig später versammelten sie sich alle auf dem Parkplatz. Sie lachten, scherzten und tranken heißen Kakao oder Kaffee, doch Roxie wusste nicht, was sie sagen sollte. In dieser Gruppe war sie immer etwas zurückhaltend. Die anderen kannten sie im Grunde nur als Liams Cousine und als die Frau, die das Langlaufen von Neuem erlernen wollte. Sie wussten nichts von Roxies Vergangenheit, nichts davon, dass sie Steuerberaterin war und viel arbeitete. Sie hatten keine Ahnung, dass sie die Jüngste von vier Geschwistern war oder unzählige Cousins und Cousinen hatte. Vor allem aber wussten sie nicht, dass ihr Mann sie verlassen hatte. Keiner von ihnen ahnte etwas. Daher war in ihren Augen auch kein Mitleid zu sehen.

Unterschwellig spürte Roxie, dass alle Fragen hatten, doch niemand sprach sie aus. Es schien, als hätte jeder in diesem Team seine Geheimnisse, aber niemand wollte sich vorwagen und herausfinden, was die anderen verbargen. Roxie war das nur recht. Es war erfrischend, Teil einer Gruppe zu sein, die sie nicht bemitleidete, weil sie allein war. Auf diese Weise musste sie nicht zu viel darüber nachdenken.

Aber sie würde sich damit auseinandersetzen müssen. Sie musste Carter die Papiere überreichen, damit er sie unterschreiben konnte.

Bisher hatte sie selbst sie noch nicht einmal unterzeichnet.

Sie musste mit Carter reden und klären, was sie mit dem Haus und all ihren gemeinsamen Sachen machen würden.

Denn die Einrichtung gehörte nicht nur ihr, sondern ihnen beiden. Sie hatten einen Großteil des Hauses gemeinsam renoviert und das meiste Mobiliar gemeinsam gekauft. Ja, ihre Ehe hatte nicht lange gehalten, aber in der kurzen Zeit hatten sie beide ihr Herzblut in dieses Haus gesteckt.

Jetzt wusste sie nicht, was sie tun sollte. Und sie hasste dieses Gefühl der Hilflosigkeit.

»Du denkst schon wieder zu viel«, sagte Liam mit gedämpfter Stimme. Sie sah zu ihm auf und betrachtete sein markantes Kinn und seine durchdringenden blauen Augen. Er trug eine Mütze, aber sie wusste, dass er volles dunkelbraunes Haar hatte, das sich lockte, wenn es etwas zu lang wurde.

Die Frauen lagen Liam Montgomery zu Füßen, und Roxie bezweifelte, dass er sich jemals binden würde. Nicht dass sie sich das unbedingt für ihn gewünscht hätte, zumal sie sich nicht einmal mehr sicher war, ob sie selbst noch an das Konzept der Ehe glaubte. Einige ihrer Cousinen und Cousins sowie all ihre Geschwister hatten die Liebe ihres Lebens gefunden. Einst hatte Roxie gedacht, sie hielte ebenfalls das Glück in Händen, doch dann hatte sie versagt. Auf ganzer Linie.

Sie war also noch nicht bereit, wieder an die große Liebe zu glauben.

Momentan ignorierte sie den Schmerz in ihrem Herzen, der inzwischen in ihren ganzen Körper ausstrahlte.

»Mir geht es gut. Ich bin nur ein wenig erschöpft. Den letzten Hügel haben wir ziemlich zügig bewältigt.«

Liam warf ihr einen zweifelnden Blick zu, der ihr verriet, dass er ihr die Ausrede nicht abkaufte. Doch er äußerte sich nicht dazu. So war Liam. Er war einfach nur für sie da. Und genau das brauchte sie in diesem Moment.

Sie würde die Zähne zusammenbeißen und sich der Realität stellen. Aber nicht sofort.

Zuerst brauchte sie etwas Zeit zum Durchatmen. Und Liam würde ihr diese Zeit geben. Danach erst würde sie den restlichen Mitgliedern ihrer Familie gegenübertreten und ihre mitleidigen Blicke über sich ergehen lassen. Vielleicht würden einige von ihnen sie sogar verurteilen. Sie alle liebten Roxie, doch sie wünschten sich ein Leben für sie, das sie nun nicht mehr führen konnte. Und Roxie wusste nicht so recht, wie sie damit umgehen sollte.

»Hast du Lust, irgendwo etwas zu Mittag zu essen,

bevor wir nach Hause fahren?«, wollte Liam wissen. Er drehte den Verschluss seiner Wasserflasche zu und warf sie dann auf den Rücksitz seines Wagens.

Sie hatten die Heckklappen ihrer Geländewagen geöffnet, die nebeneinander geparkt waren, und sich auf den Rand des Kofferraums gesetzt. Die anderen packten ihre Ausrüstung zusammen und winkten zum Abschied, als sie einer nach dem anderen davonfuhren. Liam und Roxie waren die Letzten. Sie hatte das Gefühl, dass er nur blieb, um ein Auge auf sie zu haben.

Er stellte ihr zwar keine Fragen noch drängte er sie zum Reden, doch er ließ sie auch nie wirklich allein. Sie hatte keine Ahnung, ob Liam sie kontaktiert hatte, weil ein Familienmitglied ihn darum gebeten hatte, oder ob er aus eigenem Antrieb gekommen war. Tatsächlich wollte sie die Antwort gar nicht wissen, also würde sie ihn nie danach fragen. Seine bloße Anwesenheit stimmte sie traurig. Obwohl sie diejenige war, die die Scheidung beantragt hatte, wollte sie nicht allein sein, und die Tatsache, dass Liam ihr nun beistand, erinnerte sie daran, dass sie zu viele Fehler begangen hatte.

Vielleicht war das eine Schwäche, doch das war ihr egal. Sie hatte ohnehin genügend davon. Eine mehr würde keinen Unterschied machen. Vor allem war sie nicht stark genug, um jene bedeutenden Fragen zu stellen, mit denen sie sich eigentlich hätte auseinandersetzen müssen.

Genug davon.

»Ich könnte etwas vertragen. Um genau zu sein, sollte ich wohl etwas essen. Ich glaube nicht, dass ich viele Vorräte im Haus habe. Wahrscheinlich muss ich einkaufen gehen.«

Liam schüttelte nur den Kopf und lächelte traurig. »Also gut. Zuerst essen wir zu Mittag, dann stocken wir deinen Bestand auf.«

Er hielt kurz inne.

»Damit meine ich, dass wir in den Supermarkt gehen und für dich ein paar Grundnahrungsmittel einkaufen. Danach fährst du nach Hause. Es gibt da übrigens eine tolle neue Erfindung, die nennt sich Online-Shopping. Du musst dafür nicht einmal das Haus verlassen und bekommst die Lebensmittel geliefert. Ich liebe es. Wie du weißt, hasse ich Menschen, Warteschlangen und Einkaufswägen, die aus dem Nichts auftauchen und mir gegen das Bein fahren. Ich werde dabei jedes Mal an den Knien getroffen. Warum ist das so?«

Roxie schüttelte den Kopf und lächelte. »Du bist ein Trottel, Liam.«

»Und ob. Schließlich bin ich ein Montgomery. Trotteligkeit liegt uns im Blut. Wie dem auch sei, du solltest wirklich ein paar Lebensmittel im Haus haben, Roxie. Du musst besser auf dich achten. Ich muss dir nicht sagen warum, das weißt du selbst gut genug. Aber wenn du nicht auf dich aufpasst, muss jemand kommen und ein Auge auf dich haben. Und ich weiß, dass du das nicht willst. Vielleicht würde es dir guttun, aber darüber reden wir nicht, nicht wahr?«

Roxie verengte die Augen und leerte den Rest ihres Kaffees, der inzwischen abgekühlt war. »Liam.«

Er hob abwehrend die Hände und verzog die Lippen zu einem Lächeln. »Ich sage ja nur, dass wir zu Mittag essen, dann einkaufen gehen und online weitere Lebensmittel bestellen. Vielleicht sollten wir gleich ein paar Reinigungsutensilien und Müllsäcke besorgen. Ich habe keine Ahnung, was dir in deinem Haushalt fehlt, aber ich könnte wetten, dass du im vergangenen Monat nicht einmal nachgesehen hast. Also, du tust, was du tun musst, und ich stehe dir bei und gebe keinen Ton von mir.«

Sie starrte ihn an. »Für jemanden, der keinen Ton von sich gibt, redest du ziemlich viel.«

»Ich kann den Mund halten, aber im Moment ist das nicht nötig. Hier ist niemand, der uns belauscht oder Fragen stellt. Niemand will wissen, worüber wir reden, denn im Grunde tanzen wir ohnehin nur um den heißen Brei herum, wenn du verstehst, was ich meine.«

»Du redest nur Unsinn.« Natürlich verstand Roxie, was er meinte, aber das würde sie Liam nicht sagen.

»Wenn du mir so kommst, kann ich auch den Namen aussprechen, den du nicht hören willst, und dir die Fragen stellen, die ich bisher bewusst umgangen bin.«

Diesmal hob Roxie kapitulierend die Hände. »Lass

uns etwas essen gehen. Ich hätte Lust auf ein Steak. Und Eier. Ein richtig gutes Frühstück.«

»So ist es gut, Mädchen.« Liam stieß sich vom Kofferraum seines Wagens ab und ging auf sie zu, um ihr einen Kuss auf die Stirn zu drücken. »Ich liebe dich, Roxie. Du bist eine meiner Lieblingscousinen, auch wenn ich dich nicht so oft sehe. Für dich stehe ich gern früh auf und nehme die lange Fahrt hierher auf mich, denn das alles tut mir sehr leid. Aber du bist viel stärker, als du denkst. Du musst diese Stärke nur in dir finden. Also werden wir jetzt Steak und Eier essen gehen, denn das klingt ziemlich lecker. Und dann kümmern wir uns um den Rest. Weil ich dich liebe, Roxie. Vergiss das nicht. Du wirst geliebt. Du wurdest immer geliebt. Und du wirst immer geliebt werden. Es tut mir so leid, dass du das durchmachen musst.«

Roxie wischte sich die Tränen aus dem Gesicht und war wütend auf sich selbst, weil sie ihnen freien Lauf gelassen hatte. Sie musste damit aufhören. Wenn sie allein war, konnte sie weinen, aber im Beisein von anderen tat es einfach weh. Sie wollte Liam nicht wissen lassen, wie schmerzhaft die Trennung tatsächlich für sie war. Niemand sollte erfahren, dass sie innerlich zerbrochen war und sich leer fühlte. Es war ihr zuwider.

Warum konnte es ihr nicht einfach gut gehen?

Warum konnte nicht einfach alles wieder so sein wie früher?

Aber wie weit wollte sie die Zeit zurückdrehen? Zu

einem Zeitpunkt, bevor sie Carter kennengelernt hatte? Damals war sie allein und hatte keine Ahnung, was Liebe – oder Verlust – wirklich bedeutete. Ihr stieg die Galle in die Kehle, doch sie schluckte sie hinunter, umarmte ihren Cousin und stieß sich vom Kofferraum ihres Wagens ab. Liam schloss die Heckklappe für sie, und sie räusperte sich. Er half ihr ständig, obwohl sie das Gefühl hatte, es auch allein schaffen zu können.

Vielleicht lag genau darin das Problem. Womöglich dachte sie, sie müsse alles im Alleingang bewältigen. Mehrere Leute hatten ihr das schon gesagt, doch sie hatte sie alle ignoriert. Das schien einfacher, als darüber nachzudenken, was mit ihr nicht stimmte und warum sie der Liebe nicht würdig war.

Leise schluchzend startete sie den Wagen. Niemand sollte sie derart aufgebracht sehen. So wollte sie nicht sein. Aber sie kannte es nicht anders. Nicht mehr.

Auf dem Weg zu ihrem Haus machten sie halt in einem Restaurant. Obwohl dort reges Treiben herrschte, fanden sie einen Tisch. Glücklicherweise war unter den Gästen kein bekanntes Gesicht. Ihre Nachbarn waren sehr zurückhaltend gewesen und hatten sie nicht gefragt, warum Carters Pick-up nicht mehr in der Einfahrt stand, aber Roxie hatte ihre Blicke bemerkt. Da sie jedoch viel arbeitete, lief sie ihnen kaum über den Weg. Nichtsdestotrotz wurde es immer schwieriger, die Tatsache zu verbergen, dass ihr Mann sie verlassen hatte. Nein, das stimmte nicht. Er war gegangen, weil sie ihn dazu gedrängt hatte. Er war gegangen, weil sie ihn hatte gehen lassen.

»Bist du sicher, dass du keine Pfannkuchen möchtest? Zucker ist meiner Meinung nach ein Allheilmittel.« Liam nippte an seinem Kaffee und starrte sie über den Rand seiner Tasse hinweg an.

Sie schüttelte den Kopf. »Das Steak, die Eier und die Kartoffelpuffer sind bereits fettig und ungesund genug, da muss ich nicht auch noch Zucker zu mir nehmen. Mit Fett kann ich umgehen, aber bei Zucker gehe ich sofort in die Breite.«

Er schnaubte. »Ich glaube nicht, dass du dir je um dein Gewicht Sorgen machen musstest, Roxie. Also fang jetzt nicht damit an. Bei all dem Langlauf und dem enormen Stress in deinem Job bist du ohnehin viel zu dünn. Das verdammte Steak kannst du auf jeden Fall vertragen.«

Sie zuckte zusammen und sah sich um, um sicherzugehen, dass niemand ihn fluchen gehört hatte. »Hüte deine Zunge, Montgomery.«

»Ich kann nicht anders. Du verleitest mich dazu zu fluchen, Montgomery-Marshall.«

Sie erstarrte. Warum hatte er den Namen ausgesprochen? Ursprünglich hatte sie den Doppelnamen angenommen, weil sie von ganzem Herzen eine Montgomery war und Carter zugleich zeigen wollte, wie sehr sie ihn liebte. Weder Liam noch sie selbst hatten ihren vollen Namen in den vergangenen Monaten erwähnt, und sowohl Carters Namen als auch das

Thema ihrer Trennung gemieden. Nach einem Monat war Liam es offenbar leid, um den heißen Brei herumzureden. Er preschte zwar nicht mit voller Kraft voraus, aber er legte die Tatsachen offen, sodass sie sie nicht mehr ignorieren konnte.

Und das gefiel Roxie ganz und gar nicht.

Sie hob trotzig das Kinn. »Ich bin nicht zu dünn. Mir geht es gut. Ich will einfach nicht so viel Zucker essen«, erklärte sie knapp, wobei sie sich ihres schroffen Tonfalls bewusst war.

Ihr war bewusst, dass ihre Kleidung momentan zu locker saß, doch sie war machtlos dagegen. Sowohl die Trennung von Carter als auch die vielen Steuererklärungen zehrten an ihr und machten es ihr unmöglich, regelmäßig zu essen. Sie nahm gerade genügend Nahrung zu sich, um ihre Gesundheit nicht ernsthaft zu gefährden – das hatte sie zumindest geglaubt. Offenbar lag sie falsch, denn für Liam war ihr Zustand unübersehbar.

»Iss einfach dein verdammtes Steak.« Sie zuckte erneut zusammen und hätte ihm fast ihre Kaffeesahne an den Kopf geworfen. Doch dann kam die Kellnerin und servierte die Mahlzeiten. Roxie hatte Steak und Eier mit Toast bestellt – sie liebte es, den Toast ins Eigelb zu tunken. Liam hatte dasselbe, sowie einen Stapel Pfannkuchen mit Erdbeeren und Schlagsahne.

Bei dem bloßen Anblick lief ihr das Wasser im Mund zusammen. Beinahe hätte sie sich ebenfalls eine Portion bestellt, doch sie wusste, dass sie ihr eigenes

Mittagessen kaum schaffen würde, geschweige denn eine Extraportion Pfannkuchen.

Roxie und Liam unterhielten sich derweil über Belanglosigkeiten wie das Skifahren und seine Geschwister. Wie sie selbst hatte auch er drei Geschwister, doch im Gegensatz zu ihr war er der Älteste.

Sie kannte ihre Cousins nicht so gut, wie es ihr lieb gewesen wäre, aber sie versuchten alle, über die sozialen Medien in Kontakt zu bleiben. Zwar lebten sie alle im selben Bundesstaat, aber sie waren alle erwachsen und berufstätig, daher waren persönliche Treffen oft nicht machbar. Also sahen sie sich hauptsächlich bei Familienfeiern und Zusammenkünften, die heutzutage allerdings nur selten stattfanden.

Nach dem Essen übernahm Liam die Rechnung. Roxie tadelte ihn zwar dafür, doch im Grunde bezahlte er immer, wenn sie nach ihren Ausflügen in die Berge essen gingen. Sie war sich nicht sicher, ob er es aus Mitleid tat oder sich als Mann verpflichtet fühlte, aber sie würde sich wahrscheinlich auch künftig dagegen wehren – einfach weil es ihr Spaß machte.

Da Liam sich gleich nach dem Essen verabschiedete, ging sie allein einkaufen. Schließlich war sie erwachsen und fähig genug, den Supermarkt ohne Begleitung zu betreten. Nur weil sie ihr eigenes Wohlbefinden bisher ignoriert hatte, bedeutete das nicht, dass sie es auch in Zukunft vernachlässigen würde. Sie machte einfach eine schwere Zeit durch –

aber sie würde das schon schaffen. Nachdem sie einige Grundnahrungsmittel besorgt hatte, fuhr sie nach Hause, räumte alles ein und bestellte weitere Lebensmittel online. Damit würde sie eine Weile auskommen. Sie wollte niemandem begegnen und sich nicht in der Öffentlichkeit blicken lassen. Wahrscheinlich hätte sie in ihrem verschwitzten Zustand nicht einmal einen Supermarkt betreten sollen. Sie stellte sich unter die Dusche und ließ ihren Tränen endlich freien Lauf. Es tat weh. Alles tat so verdammt weh.

Diesmal plagten sie jedoch nicht die Schmerzen in ihren Beinen oder das Brennen in ihrer Lunge, sondern die Leere, die sich in ihrem Inneren auszuweiten schien. Sie wollte nicht sterben, aber in diesem Zustand wollte sie nicht weiterleben. Sie hatte keine Ahnung, was sie tun sollte, um daran etwas zu ändern.

Sie wusste gar nichts.

Sie sank auf den Boden der Dusche und weinte, bis das Wasser kalt wurde und sie die Spülung mit eiskaltem Wasser aus den Haaren waschen musste. Doch das weckte sie immerhin so weit auf, dass sie sich aufrappeln konnte. Irgendwie würde sie das durchstehen, denn eine Alternative gab es nicht.

Als sie nackt vor ihrem Spiegel stand, wischte sie sich die letzten Tränen aus dem Gesicht, cremte sich ein und ging ihrer gewohnten Routine nach. Sie würde einen Weg finden, um zurechtzukommen. Sie musste es schaffen. Sie musste Mut beweisen.

Aber im Moment hatte sie das Gefühl, keinen Funken Mut zu besitzen.

Sie vermisste ihn.

Sie vermisste Carter so sehr.

Und sie fragte sich, warum sie ihn hatte gehen lassen.

KAPITEL SIEBEN

Carter fluchte, als er sich die Fingerknöchel an dem Motor aufschürfte. Er zog die Hand zurück und widerstand dem Drang, die Lippen an die Wunde zu pressen; er wollte sie weder mit Öl noch mit Schmutz oder Bakterien infizieren.

Eigentlich hätte er gar nicht in der Werkstatt stehen, sondern im Büro sitzen sollen, um den Berg an Papierkram abzuarbeiten, der auf ihn wartete. Er war weit im Rückstand, aber einer seiner Mitarbeiter hatte sich krankgemeldet, also hatte er einspringen müssen. Außerdem standen noch ein Ölwechsel und einige weitere Fahrzeuge an. Danach würde er die Arbeit mit nach Hause nehmen können – vielmehr in seine aktuelle Bleibe. Schließlich würde er umgeben von Papieren einschlafen. Das war die momentane Realität seiner tristen Existenz.

Vor einem Monat hatte er das Haus verlassen, das

einmal sein Zuhause gewesen war. Seitdem hatte er Roxie nicht gesehen. Sie war so beschäftigt, dass er seine restlichen Sachen hatte holen können, ohne ihr über den Weg zu laufen. Sie hatte ihn nicht gefragt, wo er nun lebte, aber er hatte das unbestimmte Gefühl, dass sie es wusste. Er hatte ihr zwar erzählt, wo er zunächst unterkommen wollte, aber darüber hinaus hatte er nichts erwähnt. Sie teilten denselben Freundeskreis, der sichtlich bemüht war, nicht über ihre Trennung zu sprechen. Seit seinem Auszug hatte er kein Familienmitglied der Montgomerys gesehen oder von einem von ihnen gehört. Er hatte keine Ahnung, ob sie ihn hassten, weil er gegangen war. Er war es ihnen schuldig, mit ihnen zu reden und ihnen zu versichern, dass ihm ausschließlich Roxies Wohlergehen am Herzen lag. Doch er wusste nicht wie. Wahrscheinlich würde er sich nie wieder von einem der Montgomerys tätowieren lassen. Das Tattoo auf seinem Rücken, an dem er seit über einem Jahr arbeitete, würde unvollendet bleiben.

Er wusste, dass er Theas Bäckerei nie wieder betreten würde, um dort eine Tasse Kaffee und die Zimtschnecke zu genießen, die er so mochte. Wahrscheinlich würde er nicht einmal mehr den Teeladen besuchen, der einer von Roxies Freundinnen gehörte. Er würde keine einzige Teemischung mehr aussuchen, die Roxie gern zur Beruhigung trank, wenn sie gestresst war.

Er würde nie wieder etwas davon tun. Seine

Freunde waren auch mit ihrer Familie befreundet, und abgesehen von seinen Mitarbeitern in der Werkstatt hatte er keine Bekannten, die nicht auch ihre waren. Doch das alles hätte keine Rolle spielen dürfen, weil seine Ehe nicht hätte scheitern dürfen. Nun hatte er das Gefühl, auf ganzer Linie versagt zu haben.

Doch seit jener Nacht, in dem sie einen Verlust erlitten hatten, der alles verändert hatte, war er nicht mehr in der Lage, die richtigen Worte zu finden. Irgendwann hatte er überhaupt keine Worte mehr gefunden.

»Chef, brauchst du Hilfe?«

Er wandte sich Anthony zu, der erst seit Kurzem für ihn arbeitete, und schüttelte den Kopf. »Es ist alles in Ordnung. Ich gehe nur kurz nach hinten, um mir die Hände zu waschen und mich um die Schnittwunde zu kümmern. Hast du vielleicht einen Moment Zeit, um dir diesen Motor hier anzusehen? Ich will mich nur vergewissern, dass ich nicht noch etwas vermassle.«

Anthony nickte und kam auf ihn zu. Der Mann war jung, energiegeladen und gab Carter das Gefühl, alt zu sein. Natürlich war er mit Mitte dreißig alles andere als ein Greis, aber in letzter Zeit hinkte er oft vor Erschöpfung, schlief schlecht und fühlte sich meist elend. Er hätte schwören können, dass er bereits in seinen Achtzigern war.

»Du vermasselst nichts, Chef. Wie kommst du denn darauf?« Anthony beugte sich über den Motor und machte sich summend an die Arbeit.

Von all seinen Angestellten war Anthony der Einzige, der Roxie noch nicht kennengelernt hatte. Deshalb hatte er keine Ahnung, was in Carters Leben vor sich ging. Die anderen wussten zwar auch nicht wirklich Bescheid, aber sie hatten mitbekommen, dass Carter momentan in Landons Gästezimmer schlief. Carter glaubte allerdings nicht, dass jemand von den Scheidungspapieren wusste.

Vor einigen Wochen hatte Carter Versuche unternommen, bei Landon auszuziehen, doch sein Freund hatte davon nichts wissen wollen. Landon war Börsenmakler und früher Finanzplaner gewesen, und es schien, als würde er bald zu seinem alten Beruf zurückkehren. Er weigerte sich, Carter gehen zu lassen, bevor dieser sich nicht einen Plan zurechtgelegt hatte.

Carter wusste nur, dass er sein Leben nicht noch mehr vermasseln und Roxie nicht verletzen wollte. Davon abgesehen hatte er keinen Plan, also hatte er Landon einfach die Kontrolle überlassen.

Irgendwie musste er sich zusammenreißen. Ansonsten wusste er einfach nicht, was er tun sollte. Also verharrte er in Landons Gästezimmer und versuchte, seinem Freund nicht zur Last zu fallen, während er seiner täglichen Routine nachging. Er musste etwas Geld sparen und sich dann überlegen, wie er weiter verfahren wollte.

Er war einfach nicht gut darin.

Und … er musste sich wirklich zusammenreißen.

Carter ging ins Badezimmer seines Büros, wusch sich die Hände, gab etwas Salbe auf seine Fingerknöchel und legte einen Verband an. In seinem ersten Jahr als Mechaniker hatte er sich eine Infektion zugezogen, deshalb war er jetzt übervorsichtig. Zudem waren seine Verbrennungen zwar verheilt, aber er wusste, dass ein einziger Fehltritt alles zunichtemachen konnte. Jeden Morgen und bei Kälte hatte er noch immer Schmerzen. Dann fühlte er jeden Knochen im Körper und ein Spannen der Haut. Zum Glück waren seine Wunden nicht so tief gewesen, wie er zunächst befürchtet hatte, und dafür war er dankbar. Er hätte nicht gewusst, was er getan hätte, wenn die Verbrennungen schlimmer gewesen wären, denn er glaubte nicht, dass er noch länger in Roxies – nein, in ihrem gemeinsamen – Haus hätte bleiben können. Wahrscheinlich hätte er keine andere Wahl gehabt. Außerdem wäre es eine Katastrophe gewesen, wenn er der Werkstatt noch länger hätte fernbleiben müssen. Doch glücklicherweise war es nicht dazu gekommen.

Um das Einzige, was ihm noch blieb, nicht zu verlieren, schuftete er unermüdlich. Er hatte seine ganze Energie in diese Werkstatt gesteckt, bevor er Roxie kennengelernt hatte. Und dann hatte er sich mit Leib und Seele in ihre Ehe eingebracht, doch sie war trotzdem gescheitert. Sein Laden schrieb schwarze Zahlen, aber nur knapp. Wenn er noch weitere Tage ausfiel oder noch weiter in Rückstand geriet, würde er rote Zahlen schreiben. Dann würden ihm die Kredite im Nacken sitzen und ihm schlaflose Nächte bereiten.

Carter wollte gar nicht daran denken, dass er alles verlieren könnte. Obwohl er alles andere in seinem Leben vermasselt hatte, würde er für seine Werkstatt kämpfen.

Genug davon. Er suhlte sich schon viel zu lange in Selbstmitleid. Um auf andere Gedanken zu kommen, würde er sich wieder in die Arbeit stürzen.

Kaum hatte er diesen Gedanken zu Ende geführt, kehrte er in seine Werkstatt zurück, nur um Landon und Ryan dort stehen zu sehen. Die beiden wirkten in ihren unterschiedlichen Outfits völlig gegensätzlich.

Landon trug eine fast knielange, zweireihige schwarze Cabanjacke, die äußerst elegant wirkte. In diesem Aufzug wäre er in den Straßen von New York besser aufgehoben gewesen als in einer Autowerkstatt in Colorado Springs. Ryan hingegen war in eine alte, abgetragene Lederjacke gehüllt, unter der der Kragen seines Flanellhemdes hervorlugte. Beide Männer waren tätowiert, doch Ryans Tattoos waren offensichtlicher. Landon tat sein Bestes, um seine vor der Außenwelt zu verbergen, da nicht viele Leute einem tätowierten Mann ihr Geld anvertrauen würden. Carter hatte jedoch das unbestimmte Gefühl, dass sein Freund irgendwann jegliche Vorsicht über Bord werfen und sich ein Tattoo an der Hand oder einer ähnlich auffälligen Stelle stechen lassen würde, nur um seine Mitmenschen zu verärgern. Das wäre typisch für

Landon. Nichts liebte er mehr, als die Leute zu provozieren, die sich vorschnell ein Urteil über ihn bildeten.

»Was macht ihr denn hier?«, fragte Carter und ging auf sie zu. Er zog jeden von ihnen in eine dieser halben Umarmungen, die er nicht wirklich verstand.

»Wir laden dich zum Mittagessen ein.«

Carter zog skeptisch eine Augenbraue in die Höhe. »Im Ernst? Ihr wart noch nie hier, um mich zum Mittagessen einzuladen.«

»Das stimmt nicht ganz«, erwiderte Ryan kopfschüttelnd. »Wir haben es auch zuvor schon versucht, aber du warst ständig in deinem Büro, hast mit irgendwelchen Händlern telefoniert oder warst anderweitig beschäftigt. Diesmal akzeptieren wir kein Nein. Wenn nötig, entführen wir dich.«

»Obwohl ich schlank bin und charmant wirke, kann ich dir trotzdem in den Hintern treten«, fügte Landon zwinkernd hinzu.

Ryan schnaubte und verdrehte die Augen. »Wirklich? Wer zum Teufel bezeichnet sich selbst als charmant?«

Carter musste lächeln. Es war das erste aufrichtige Lächeln seit einer gefühlten Ewigkeit. »Ihr seid beide Idioten.«

»Na und? Aber mal ehrlich, findest du nicht, dass einer von uns beiden ein viel größerer Idiot ist als der andere?«, fragte Landon in gehobenem Tonfall, der fast schon an Spott grenzte. Carter hätte seinem Freund fast die Faust ins Gesicht gerammt.

Sowohl Landon als auch Ryan hatten Carter sehr geholfen. Die beiden hatten dafür gesorgt, dass er sich nicht völlig isoliert und allein fühlte. Trotzdem hatte er sich teilweise in sein Schneckenhaus zurückgezogen. Daran konnte er nichts ändern.

»Ich habe heute viel zu tun, Leute.«

»Wir auch. Aber das ist uns scheißegal. Du kommst mit uns zum Mittagessen. Es wird nicht einmal eine Stunde dauern. Aber du wirst etwas essen und dich mit uns unterhalten. Und versuch gefälligst, dich dabei nicht wieder mit Fett einzusauen.«

»Ihr ...«, begann er, verstummte dann aber. Kapitulierend schüttelte er den Kopf und setzte sich in Bewegung. Tatsächlich vermisste er es, Zeit mit seinen Freunden zu verbringen. Landon arbeitete genauso viel wie Carter. Außerdem hatte der Mann mit seiner eigenen Beziehung zu Kaylee zu kämpfen. Darüber wusste Carter allerdings nicht allzu viel, denn Landon war noch verschlossener als Carter, wenn es um private Probleme ging. Nun, vielleicht war er nicht verschwiegener, aber ähnlich zurückhaltend.

Carter wandte sich an seine Mitarbeiter. »Hey, Leute, ich gehe zum Mittagessen. Kümmert ihr euch um die Festung?«

Die Männer nickten und winkten Carter zum Abschied zu.

»Lass dir Zeit, Chef. Schön, dass du mal rauskommst«, rief Anthony. Die anderen warfen dem jüngeren Mann einen finsteren Blick zu, als hätten sie hinter Carters Rücken über ihn geredet. Wahrscheinlich hatten sie das auch. Anthony zuckte nur mit den Schultern und wandte sich wieder dem Motor zu.

Carter schüttelte den Kopf und fragte sich, was er davon halten sollte, dass seine Angestellten sich um ihn sorgten. Wie sollte er ihnen je dafür danken, dass sie ihm das Gefühl gegeben hatten, nicht allein zu sein? Genau wie Landon und Ryan.

Die drei gingen in ein Café ganz in der Nähe. Dort störte sich niemand daran, dass einer von ihnen einen Anzug trug, während der andere in Jeans, Flanellhemd und Henley-Shirt gekleidet war, oder dass Carters Finger mit Öl beschmiert waren. Er hatte versucht, einen Großteil davon abzuwaschen, doch das war zumeist ohnehin sinnlos.

Er bestellte ein Reuben-Sandwich mit einem Beilagensalat. Obwohl er Lust auf eine Portion Pommes hatte, musste er auf seine Figur achten. Er trainierte nicht mehr so viel wie früher und ging auch nicht mehr mit Roxie spazieren oder wandern. Damals war er gut in Form gewesen. Außerdem hatte er früher auch im Bett mit ihr seinen Puls in die Höhe getrieben ... doch darüber wollte er jetzt nicht nachdenken. Ganz und gar nicht.

»Willst du darüber reden?«, fragte Landon und spielte mit dem Eis in seiner Cola light.

»Es gibt nichts zu bereden. Das weißt du. Ich schlafe in deinem Gästezimmer.«

Ryan beugte sich vor und betrachtete Carter voller

Sorge. »Du weißt, dass Dimitri, Mace und Shep auch hier wären, wenn sie könnten. Ich habe ihnen erzählt, dass ich dich besuchen will. Doch das würde die Situation noch unangenehmer machen, als sie es ohnehin schon ist, weißt du?«

Carter erstarrte, doch dann schenkte er seinen Freunden ein knappes Nicken. »Ich weiß. Mir ist klar, dass sie sich nicht auf eine Seite schlagen, denn in dieser Sache gibt es keine Seiten. Da sind Roxie und ihre Familie, und dann bin da ich. Ein Nicht-Montgomery. Ich werde immer ein Außenstehender sein. Das verstehe ich. Und ihr müsst genauso wenig Partei ergreifen, wenn ihr das nicht wollt. Denn Kaylee und Abby sind beide mit Roxie befreundet. Wenn ihr euch also dabei nicht wohlfühlt, werde ich euch sicher nicht dafür verurteilen, in Ordnung? Ich verstehe, wenn ihr zu euren Frauen stehen müsst.«

Landon hob einen Finger. »Erstens ist Kaylee nicht meine Frau.«

»Blödsinn«, murmelte Ryan hinter vorgehaltener Hand. Carter schnaubte, ließ Landon aber fortfahren.

»Zweitens sind wir deine Freunde. Die anderen Jungs sind ebenfalls deine Freunde, aber sie haben entweder in die Familie eingeheiratet oder sind Blutsverwandte. Außerdem denke ich, dass wir gar nicht Partei ergreifen müssten, wenn du dich mit deiner Frau zusammensetzen und mit ihr reden würdest.«

Carter seufzte. »Landon.«

»Nein, du solltest mit deiner Frau sprechen. Ich

weiß nicht genau, was zwischen euch vorgefallen ist, aber ich weiß, dass du in letzter Zeit ziemlich missmutig warst und nur an ihr Wohlergehen denken konntest. Denn so bist du eben. Du bist der Ritter, der alles in seiner Macht Stehende tut, um seine holde Maid zu beschützen. Aber deine holde Maid muss mit dir sprechen. Und du mit ihr. Ihr beide habt ein offenes Gespräch verdient. Ich verstehe es einfach nicht.«

»Landon«, warf Ryan mit gedämpfter Stimme ein. »Deshalb sind wir nicht hier. Das weißt du.«

Carter schüttelte erneut den Kopf. »Es gibt bestimmte Dinge, von denen du nichts weißt.«

»Ja, die Dinge, die du uns nicht erzählen willst. Aber ich verstehe, dass es schwer ist. Glaub mir, ich kann ein Lied davon singen. Aber wenn du einfach aufgeben willst, dann solltest du alles hinter dir lassen und nach vorn blicken. Tu etwas. Denn es bringt mich noch um, dich in diesem Zustand zu sehen. Und obwohl ich mit Roxie nur wenig Kontakt habe, tut es mir im Herzen weh, dass sie ebenfalls leidet.«

Carter hob ruckartig den Kopf. »Wie bitte?«

Ryan kam Landon zuvor und antwortete: »Sie hat sich quasi von ihrer Familie abgeschottet, Mann. Sie war schon lange nicht mehr im Laden, und auf einen Kaffee oder Tee kommt sie auch nicht mehr vorbei. Zudem hat sie einige Spieleabende und Familienessen verpasst. Angeblich hat sie mit den Steuererklärungen alle Hände voll zu tun, aber das hat Shea nicht abgehalten.«

Shea war Sheps Frau und ebenfalls Steuerberaterin. Sie hatte außerdem eine kleine Tochter. Bei dem Gedanken wäre Carter beinahe zusammengezuckt. Ein kleines Mädchen. Verdammt.

»Du weißt also nicht, ob es ihr gut geht?«

»Wenn du sie fragen würdest, würdest du es vielleicht wissen«, blaffte Landon und stieß dann den Atem aus. »Entschuldige. Ich bin selbst ein wenig gestresst und lasse es an dir aus.«

»Schon in Ordnung. Wahrscheinlich habe ich es verdient.«

Ryan blickte zwischen Carter und Landon hin und her, dann sagte er niedergeschlagen: »Roxie hat sich so weit in ihr Schneckenhaus zurückgezogen, dass es schon bedenklich ist. Genau wie du. Aber ich weiß, dass ihr beide euch zusammenraufen werdet. Eine andere Möglichkeit gibt es nicht. Ansonsten weiß ich, dass Roxie sich etwas Zeit für sich nimmt. Sie ist viel mit Liam unterwegs und geht mit ihm Langlaufen.«

Carter zog sich unwillkürlich der Magen zusammen. Wer zum Teufel war Liam? Und warum tat es so weh zu hören, dass sie wieder Langlaufen ging? Carter hatte sie erzählt, dass sie das Hobby aufgegeben hatte, weil sie zu beschäftigt war und lieber Zeit mit ihm verbringen wollte.

»Liam Montgomery«, fügte Landon leise hinzu. »Ihr Cousin aus Boulder.«

Carter gab sich Mühe, seine Erleichterung zu verbergen. Denn hätte er sie gezeigt, hätte er sich eingestehen müssen, wie sehr es ihn noch immer beschäftigte, ob sie mit ihrer gemeinsamen Vergangenheit abgeschlossen hatte. Eigentlich sollte es ihm gleichgültig sein. Sie lebten nicht mehr zusammen. Sie sprachen kaum ein Wort miteinander.

Sie würden sich scheiden lassen.

Sie waren nicht mehr Roxie und Carter. Wenn sie mit einem Mann namens Liam ausgehen wollte, dann hatte sie jedes Recht dazu. Aber die Tatsache, dass dieser Liam ihr Cousin war, war durchaus beruhigend. Das musste Carter sich eingestehen, auch wenn er es nicht laut aussprach.

»Ich hasse diese ganze Situation.« Er hatte die Worte nicht laut von sich geben wollen, doch in gewisser Weise war er froh, dass er es getan hatte.

»Wir hassen sie um deinetwillen«, erwiderte Ryan mit sanfter Stimme. Die Männer schwiegen für einen Moment, als die Kellnerin mit ihrer Bestellung zurückkam.

»Was wirst du nun tun, Carter?«, wollte Landon wissen und spielte mit seinen Chips, sobald sie wieder allein waren.

»Ich liebe sie. Von ganzem Herzen. Aber wenn das Leben plötzlich eine Wendung nimmt und man einen Verlust erleidet, dann stellt man fest, dass Liebe allein nicht ausreicht. Und ich werde nicht um etwas kämpfen, das nicht existiert. Ich werde nicht herabwürdigen, was wir hatten – oder was ich zumindest glaubte, mit Roxie zu teilen. Sie liebt mich nicht. Vielleicht hat sie mich früher geliebt, aber heute nicht mehr. Ich erkenne es in ihren Augen und höre es in ihren Worten. Also bin ich gegangen, weil sie es so wollte. Und ich hasse mich dafür, doch ich kann nichts daran ändern.«

Seine beiden Freunde starrten ihn nur verwirrt an. Ja, das konnte er nachvollziehen, denn er war selbst ganz durcheinander. Es war bereits ein Monat vergangen, seit er das letzte Mal mit seiner Frau gesprochen hatte. Ein Monat, seit er ausgezogen war.

Carter wusste einfach nicht mehr weiter.

Roxie und er hatten einen unsagbaren Verlust erlitten, der das, was sie einst verbunden hatte, in etwas Dunkles und Verdorbenes verwandelt hatte.

Davon würden sie sich nicht mehr erholen.

Es gab keine Möglichkeit, zwei Menschen zu vereinen, die einander nicht mehr kannten.

Carter ahnte, dass dies wirklich das Ende war. Es konnte nicht anders sein.

KAPITEL ACHT

Roxie hatte endlich die Zähne zusammengebissen und ihre Familie kontaktiert. Obwohl sie Mut bewiesen und ihre Schwestern zum Abendessen eingeladen hatte, war sie sich nicht sicher, ob sie ihnen wirklich gegenübertreten konnte.

Es war viel zu lange her, seit Thea und Adrienne zuletzt bei Roxie zu Besuch waren. Sie wusste nicht einmal mehr, wie lange ihr letztes gemeinsames Mahl zurücklag. Thea lud sie häufig zu Spieleabenden und zum Essen ein. Adrienne blieb dagegen zurückhaltend und überließ Thea oder den Eltern die Gastgeberrolle, da ihr Haus wenig Platz bot und sie im Begriff war, zu Mace zu ziehen. Auf diese Weise musste Mace' Tochter Daisy nicht innerhalb so kurzer Zeit erneut umziehen.

Und Shep und Shea waren gerade erst nach Colorado Springs zurückgekehrt. Genau genommen waren sie schon eine Weile hier, denn das Tattoostudio war längst eröffnet und florierte. Roxie hatte das Gefühl, als würde alles sich rasend schnell entwickeln, und sie hatte Mühe, Schritt zu halten.

Roxie wusste, dass sie sich wieder mehr in ihre Familie einbringen musste. Sie hatte so angestrengt versucht, zu sich selbst zu finden, dass sie dabei alle anderen von sich gestoßen hatte.

Einschließlich Carter.

Das hatte sie jetzt erkannt. Sie hatte nicht mit ihm gesprochen, ihm nicht erklärt, was sie fühlte. Im Grunde hatte sie gar nichts gesagt, nachdem ihr Leben auf den Kopf gestellt worden war. Stattdessen hatte sie sich in sich selbst zurückgezogen und versucht, so zu tun, als sei alles in Ordnung. Und als die Fassade zu bröckeln begann, hatte sie es vermasselt.

Sie hatte zwar keine Ahnung, wie es weitergehen sollte, aber sie wusste, dass sie sich nicht länger vor allen verschließen konnte. Und um wieder aus sich herauszugehen, musste sie wieder eine Montgomery sein. Sie musste aufhören, die Anrufe und Nachrichten ihrer Schwestern zu ignorieren, und sich stattdessen mit ihnen treffen. Roxie hatte befürchtet, dass sie versuchen würden, sich in ihre Angelegenheiten einzumischen, doch das hatten sie nicht getan. Genau genommen hatten sie das noch nie getan.

Adrienne und Thea machten sich zwar ständig Sorgen um sie und wollten ihr helfen, aber sie waren nie so anmaßend, die Kontrolle an sich zu reißen. Das durfte Roxie nicht vergessen.

Bevor sie zu sehr ins Grübeln geriet und das Essen absagen konnte, weil sie sich entschieden zu viele Gedanken darüber machte, wie sie reagieren würde, klopfte und klingelte es an der Tür. Draußen war lautes Gelächter zu hören.

Ihre Schwestern waren da.

Roxie wusste nicht, warum sie gleichzeitig nervös und freudig erregt war. Oh, richtig, es lag daran, dass sie sie von sich gestoßen hatte, während sie sich in sich zurückgezogen hatte.

Kein Wunder, dass sie nun aufgeregt war.

»Hallo«, sagte sie zur Begrüßung, als sie die Tür öffnete. Sie gab sich betont lässig, um den Anschein zu erwecken, dass es ihr gut ging, obwohl das ganz und gar nicht zutraf. Doch darüber wollte sie jetzt nicht nachdenken.

Meine Güte, in letzter Zeit schob sie diesen Gedanken wirklich häufig beiseite.

Adrienne schenkte ihr ein breites Grinsen. Ihr langes dunkles Haar hatte sie zu einem Dutt zusammengebunden. Thea schüttelte nur den Kopf, verdrehte die Augen und lächelte sie an. Ihr Haar wehte im Wind und wirkte leicht verändert, seit sie sich honigfarbene Strähnchen hatte machen lassen.

Ihre Schwestern sahen sich mit ihren strahlend blauen Augen und markanten Gesichtszügen sehr ähnlich. Roxies Haar war jedoch schon immer eine

Nuance heller und ihre Augen ein wenig dunkler gewesen, wodurch sie eher nach Shep schlug. Da er zehn Jahre älter war, fehlte ihr als Kind der direkte Vergleich, doch von alten Fotos wusste sie, dass ihre Gesichtszüge fast identisch mit seinen gewesen waren. Und Sheps und Sheas Tochter Livvy war der kleinen Roxie aus Kindertagen wie aus dem Gesicht geschnitten.

»Warum verdrehst du die Augen?«, fragte Roxie und trat beiseite, um ihre Schwestern eintreten zu lassen.

»Weil ich entweder einen langen Vortrag von dir oder unangenehme Stille erwartet hatte. Ich habe aus reiner Nervosität die Augen verdreht. Es tut mir leid. Ich habe Käse mitgebracht. Wie könnte es anders sein, schließlich habe ich immer Käse dabei.«

Sie hob einen Charcuterie-Teller mit mindestens fünf Käsesorten, ein paar Wurstsorten, etwas Honig, Chutney und einigen anderen Beilagen in die Höhe. Thea war wahrscheinlich die beste Bäckerin, die Roxie kannte, und dennoch hatte ihre Schwester diese seltsame Vorliebe für Käse. Da Dimitri diese Leidenschaft mit ihr teilte, war Roxie froh, dass die beiden einander gefunden hatten.

Das bedeutete auch, dass es Roxie niemals an Käse mangeln würde.

Bei dem Gedanken an Käse fiel ihr auf, dass sie tatsächlich Hunger hatte.

Zum Glück hatten sie einen ganzen Teller davon.

»Im Ernst?« Roxie schüttelte nur den Kopf, nahm den Teller entgegen und trug ihn in die Küche. »Das sind also deine einleitenden Worte?«

»Wir waren noch nie in einer so unangenehmen Situation und ich kann nicht sonderlich gut damit umgehen. Mein ganzes Leben ist zwar ein unangenehmes Durcheinander, aber das ist ja nichts Neues.«

Roxie schnaubte nur und schenkte ihnen ein Glas Wein ein. Sie musste ihre Schwestern nicht einmal fragen, ob sie lieber Weißen oder Roten tranken. Nachdem sie ihnen ihre Gläser gereicht hatte, nahm sie ihre Jacken und hängte sie in der Garderobe auf.

Dann machten sie es sich gemütlich und bemühten sich, eine unbeschwerte Atmosphäre zu schaffen.

Irgendwann sagte Roxie: »Ich habe keine Ahnung, wie ich mich verhalten soll. Es tut mir leid, dass ich mich wie eine Närrin aufführe und dass ich euch von mir gestoßen habe. Ich liebe euch, aber ich weiß nicht, was ich tue.«

»Was geht zwischen dir und Carter vor sich, Roxie?«, fragte Adrienne mit sanfter Stimme. »Wir lieben dich und haben unser Bestes getan, um dir deinen Freiraum zu lassen, aber wir machen uns Sorgen.«

»Ich dachte, Liam hätte euch inzwischen auf den neuesten Stand gebracht«, erklärte Roxie. Sie war sich unschlüssig, ob sie wirklich an einer Antwort interessiert war oder ob sie lediglich versuchte, sie aus der Reserve zu locken.

Beide Schwestern zuckten zusammen, und Roxie wusste, dass sie auf der richtigen Spur war. »Es tut uns leid. Eigentlich hören wir von Liam so gut wie nichts«, gestand Thea und stellte ihr Weinglas ab. »Das klingt wahrscheinlich schrecklich, aber Shep, Adrienne und ich dachten, es würde dir guttun, mit jemandem Zeit zu verbringen, der dieselben Interessen hat wie du. Aber er erzählt uns nicht, worüber ihr redet. Er sagt uns nicht einmal, wann ihr euch trefft, also fragen wir ihn ab und an. Meist bekommen wir nur ein Brummen oder eine knappe Nachricht. Es tut mir leid, aber wir haben uns Sorgen um dich gemacht und wussten nicht, was wir sonst hätten tun können.«

»Mir tut es auch leid«, warf Adrienne ein. »Wir lieben Liam und sind froh, dass er auch unter Leute kommt. Gott weiß, dass er Gesellschaft nötig hat. Eine bessere Idee hatten wir nicht, und wir lieben dich so sehr, Roxie.«

Roxie wischte sich eine Träne aus dem Gesicht und war dankbar, dass sie nicht noch weitere vergoss. Im Moment war sie nicht in der Stimmung, ungehemmt zu schluchzen. »Ich dachte mir schon, dass irgendjemand Liam erzählt hat, dass ich einen Freund gut gebrauchen kann. Bis vor Kurzem hat er nie etwas erwähnt, doch neulich hat er mich auf meine Situation angesprochen. Wahrscheinlich bedeutet das, dass ich mich zusammenreißen muss. Ich habe mich jetzt einen Monat lang wie ein Baby benommen und Trübsal geblasen. Das ist lange genug.«

»Du benimmst dich nicht wie ein Baby.«

Roxie winkte ab. »Ich habe mich nicht mit meinen Gefühlen auseinandergesetzt und meine Mitmenschen gemieden, damit ich nicht darüber nachdenken muss, was wirklich von Bedeutung ist. Das klingt durchaus wie das unreife Verhalten eines Babys.« Jedes Mal wenn das Wort *Baby* fiel, zuckte Roxie innerlich zusammen, doch zum Glück bemerkten ihre Schwestern davon nichts. Sie war dankbar, dass Thea und Adrienne sie nicht mit durchdringenden Blicken musterten, wenn sie das Wort aussprach.

»Also, was ist zwischen dir und Carter vorgefallen?«, fragte Adrienne erneut.

»Ich will nicht ins Detail gehen. Irgendwann werde ich mit euch darüber reden, aber zuerst muss ich mir selbst über alles im Klaren werden. Nicht einmal dazu bin ich im Moment in der Lage. Ich muss auch mit ihm sprechen. Ich weiß nicht, was ich sonst tun soll. Es ist einiges geschehen, das zwischen uns steht, und ich glaube nicht, dass wir die Richtigen füreinander sind. Deshalb habe ich die Scheidung eingereicht.«

Ihre beiden Schwestern saßen wie erstarrt da, rissen die Augen auf und blinzelten dann hastig.

»Du hast die Scheidung eingereicht?«, fragte Thea

mit täuschend ruhigem Tonfall. »Du warst die treibende Kraft?«

Roxie nickte und schluckte schwer, als sie wieder Carters Gesicht vor sich sah, nachdem sein Blick auf die Papiere gefallen war. »Wir haben noch nichts unterschrieben und ich weiß nicht, wie es weitergeht. Aber es ist vorbei. Und ich glaube, es ist für alle das Beste, denn er lebt nicht mehr hier. Sobald er vollständig genesen war, ist er ausgezogen. Ihr wisst ja, dass er bei Landon wohnt. Er kommt nicht zurück. Eine Ehe funktioniert nur, wenn beide Partner etwas verbindet, das sie zusammenschweißt. Ich glaube nicht, dass wir diese Verbindung noch haben.«

»Das kannst du nicht wissen, Roxie. Du hast selbst gesagt, dass du mit ihm reden musst. Also rede mit ihm«, flehte Adrienne.

»Das will ich ja. Wir haben es versucht. Es hat einfach nicht geklappt. Er liebt mich nicht mehr.«

»Das weißt du nicht, Roxie«, warf Thea ein.

»Doch, das weiß ich. Genau da liegt das Problem. Wenn er mich lieben würde, hätte es funktioniert.«

»Liebst du ihn denn?«, fragte Adrienne.

Roxie wollte sich mit der Antwort am liebsten Zeit lassen und ihre Worte sorgfältig abwägen. Doch es fiel ihr schwer, ihre Gedanken in Worte zu fassen, denn in ihrem Kopf herrschte Chaos. Sie liebte die Vorstellung von Carter. Und sie liebte *ihn*. Aber allein die Liebe war nicht genug gewesen. Seit sie ihn liebte, war sie zu einem Menschen geworden, den sie nicht mochte. Sie wusste nicht einmal mehr, wer sie war, denn in seiner Gegenwart schien sie sich zu verlieren. Daran war sie jedoch selbst schuld.

Wenn sie wieder zu sich selbst finden und die Teile auflesen wollte, die von ihr noch übrig waren, nachdem alles auseinandergebrochen war, dann konnte sie nicht mit jemandem zusammen sein, der sie nicht liebte. Vor allem nicht, da sie befürchtete, ihn nicht mehr zu lieben.

»Manchmal ist die Liebe einfach nicht genug.«

Sie bemerkte erst, dass ihre Schwestern erstarrt waren und die Augen weit aufgerissen hatten, als sich jemand hinter ihr räusperte. Für einen Moment versteifte sie sich, dann stellte sie ihr Weinglas ab und stand auf.

»Ich habe dich gar nicht hereinkommen hören«, sagte sie mit fast emotionsloser Stimme.

Ihr Mann schüttelte den Kopf. »Ich wollte euch nicht stören, aber ich muss ein paar Sachen holen, die ich hier vergessen habe. Ich habe eure Wagen in der Einfahrt gar nicht gesehen.«

»Ich habe meinen in der Garage geparkt«, antwortete Roxie. Früher hatte sie ihn immer in der Einfahrt abgestellt, da die Garage sonst nicht ausreichend Platz für die Wäsche geboten hatte. Doch da er seinen Wagen nun nicht mehr darin unterbrachte, konnte sie problemlos waschen und ihren eigenen Wagen parken. Es war unübersehbar, dass seine Gedanken in eine ähnliche Richtung gingen. Roxie hätte am liebsten losgeweint, aber wenn sie nicht zusammenbrechen wollte, musste sie ihre Tränen zurückhalten.

Es waren diese kleinen Dinge – wie die Tatsache, dass sein Wagen nicht mehr da war und sie ihren nun in die Garage fahren konnte –, die ihnen beiden deutlich vor Augen führten, dass ihre Trennung von Dauer sein würde.

»Wir haben uns ein Taxi genommen«, brach Adrienne die Stille. »So können wir etwas trinken. Deshalb sind unsere Wagen nicht hier. Tut mir leid, Carter.«

»Es ist schön, dich zu sehen, Carter«, fügte Thea hastig hinzu und zuckte zusammen, bevor sie und Adrienne sich erhoben. Die beiden murmelten etwas Unverständliches und zogen sich ins Esszimmer zurück. Roxie war zwar froh, dass sie nicht mehr im Raum waren und ihr Gespräch mit Carter nicht mithören konnten. Andererseits hätte sie ihre Schwestern gern dabeigehabt. Sie wollte das nicht allein tun und wusste, dass sie sofort zur Stelle wären, wenn sie sie rufen würde. Ihre Familie war immer für sie da. Aber warum hatte sie das Gefühl, ihre Unterstützung zu brauchen, wenn sie mit ihrem eigenen Mann sprach?

»Brauchst du Hilfe?«, fragte sie Carter, weil ihr sonst nichts einfiel.

»Das ist nicht nötig. Ich kann auch später wiederkommen.«

»Geh nicht«, platzte es aus ihr heraus. Carter musterte sie und steckte die Hände in die Hosentaschen. Roxie hätte gern geglaubt, dass er das tat, weil er dem Drang, sie zu berühren, kaum widerstehen konnte. Andererseits wollte sie sich nicht zu viele Hoffnungen machen.

Sie vermisste seine Berührungen. Es war schon so lange her. Sie vermisste ihn.

Sie vermisste ihren Mann so sehr.

»Ich hole nur ein paar Sachen und bin gleich wieder weg.« Er hielt inne. »Du siehst gut aus, Roxie.«

»Danke«, antwortete sie leise. »Du auch.«

Das entsprach der Wahrheit. Carter wirkte gesünder, obwohl die dunklen Ringe unter seinen Augen genauso sichtbar waren wie damals, als sie beide zu viel gearbeitet hatten. Trotzdem schienen sie sich beide langsam wieder aufzurappeln und sahen aus wie vor der Zeit, in der sich alles verändert hatte. Und Roxie wusste nicht, was sie davon halten sollte. Ging es ihnen jetzt besser, weil sie nicht mehr zusammen waren? Waren sie selbstbewusster?

Dieser Gedanke schmerzte am meisten. Was, wenn sie nur deshalb ins Straucheln geraten waren, weil sie einander in einen Abgrund gezogen hatten?

»Ich beeile mich. Deine Schwestern können wieder hereinkommen. Ich bleibe nicht lange.«

Mit diesen Worten ging er ins Gästezimmer. Roxie konnte hören, wie er ein paar Sachen zusammenpackte, und stand wie angewurzelt da. Sie rief weder nach ihren Schwestern noch nach ihm.

Nach einer Weile kam er zurück, blieb direkt neben

ihr stehen, beugte sich vor und drückte ihr einen Kuss auf die Wange.

Er hatte sie tatsächlich geküsst.

Sie spürte die Berührung seiner Lippen auf ihrer Haut und erinnerte sich plötzlich an alles, was sie verbunden hatte. Im selben Moment durchfuhr sie ein stechender Schmerz bei der Erinnerung an das, was sie verloren hatten. Sie hatten längst aufgehört, miteinander zu reden, und mieden das Thema um jeden Preis. Roxie war sich nicht einmal sicher, ob sie überhaupt dazu in der Lage war, darüber zu sprechen. Dabei war es der eigentliche Grund für ihre Heirat gewesen.

Zumindest theoretisch.

Sie war vollkommen durcheinander.

»Ich melde mich bald bei dir«, sagte Carter schnell. »Wir müssen reden, Roxie. In Ordnung?«

Sie schluckte schwer. »Natürlich. Wir müssen reden.«

»Gut.«

Und dann war er weg. Plötzlich waren ihre Schwestern zurück und hielten sie fest, während Roxie sich an sie lehnte.

Aber sie weinte nicht. Wenn sie ihren Tränen freien Lauf gelassen hätte, hätte sie sich eingestehen müssen, dass es endgültig vorbei war. Obwohl sie wusste, dass ihre Ehe gescheitert war, wollte sie sich noch nicht damit abfinden. Im Moment wollte sie einfach nur Käse essen, Wein trinken und so tun, als sei alles wie gehabt.

Doch das war es nicht. Nichts würde jemals wieder so sein wie früher. Alles hatte sich geändert, als sie fast auf dem Teppich verblutet wäre und ihr Ende nahen sah.

Aber jetzt stand sie einfach nur da. Diesmal blutete ihr Herz statt ihr Körper.

Und es war vorbei.

Ein für alle Mal.

KAPITEL NEUN

Carter hätte heute alles Mögliche tun können, aber er musste vor allem eine Sache hinter sich bringen, vor der er sich bisher gedrückt hatte.

Er hatte lange gewartet und würde es einfach durchstehen müssen, auch wenn er am liebsten woanders gewesen wäre.

Er saß seiner Frau gegenüber und tat sein Bestes, sie nicht anzusehen. Hätte er es getan, wäre der Schmerz unerträglich gewesen. Natürlich hatte er den Blick nicht von ihr abwenden können, als sie den Laden betreten hatte, doch es hatte höllisch wehgetan.

Sie saßen in einem Café, in dem sie noch nie gewesen waren. Zumindest nicht gemeinsam. Darüber war er froh, denn er wollte nicht an einem Ort mit ihr reden, der gemeinsame Erinnerungen barg. Auf keinen Fall hätte er dieses Gespräch in dem Haus führen wollen, in dem sie so viel gemeinsam erlebt hatten. Sie wohnte dort noch immer, doch für ihn war es schon lange kein Zuhause mehr. Er glaubte nicht, dass jemand aus ihrer Familie oder einer seiner Mitarbeiter hierherkam, weshalb sie kein bekanntes Gesicht sehen würden. Das war gut.

Er wollte sich weder den Fragen der anderen stellen noch ihren Blicken ausgesetzt sein. Im Grunde wollte er es nur hinter sich bringen. Es würde wehtun. Es würde ihm so heftige Schmerzen bereiten, als würde ihm ein Teil seines Herzens herausgerissen werden. Aber er würde es tun, weil er keine andere Wahl hatte.

Er wusste, dass die Liebe allein schon lange nicht mehr ausreichte. Also hatte er Roxie angerufen und sie gebeten, ihn hier zu treffen und die Scheidungspapiere mitzubringen, die er an dem Tag, an dem er aus dem Krankenhaus entlassen wurde, zufällig gesehen hatte. Damals hatte er in mehrfacher Hinsicht Schmerzen erlitten.

Irgendwie würde das Leben weitergehen. Er würde einen Weg finden, weiteratmen zu können. Sie wollte die Scheidung. Sie hatte ein Leben verdient, in dem sie sich nicht ständig in ihr Schneckenhaus zurückziehen musste. Vielleicht hatte auch er ein glücklicheres Dasein verdient, doch er war sich nicht mehr sicher.

Er wusste nur, dass ihre Ehe nicht funktionierte, und er wollte nicht etwas erzwingen, was sie nur beide ins Unglück stürzen würde. Denn wenn er weiter in diesem Zustand der inneren Unruhe und des tief empfundenen Versagens verharrte, würde der Treibsand unter seinen Füßen ihn nur noch schneller nach unten ziehen.

»Danke, dass du dich zu diesem Treffen bereit erklärt hast«, sagte Carter mit gedämpfter Stimme. Endlich begegnete er ihrem Blick. Er musste sich zusammenreißen, um nicht nach Luft zu schnappen, nicht die Hand auszustrecken und ihr die Haare aus dem Gesicht zu streichen. Am liebsten hätte er sie angefleht und ihr gesagt, dass sie einen Fehler begingen. Er wollte ihr versichern, dass sie alles wieder in Ordnung bringen konnten, doch er hielt sich zurück.

Das hätte sie nicht gewollt. Und es wäre für sie beide nicht das Richtige gewesen. Zumindest redete Carter sich das ein. Er würde weder betteln noch vor ihr auf die Knie fallen.

Auch wenn ein innerer Drang es ihm befahl.

Zumindest ein Teil von ihm.

»Ich wusste gar nicht, dass es dieses Café gibt«, merkte Roxie an, wandte ihren Blick von ihm ab und sah sich um.

Er vermisste ihre blauen Augen, er vermisste sie mehr, als er zugeben wollte. Vielleicht würde er sie nie wiedersehen.

Nun, er würde sie wiedersehen, denn um eine Scheidung über die Bühne zu bringen, reichte es nicht, einfach ein paar Dokumente zu unterzeichnen. Doch er würde diese Papiere durchlesen und sie unterschreiben.

Verdammt, als er seine Werkstatt eröffnet hatte, hatte er so viele Geschäftsunterlagen gelesen, dass die Scheidungspapiere kein Problem für ihn darstellen sollten.

Aber wahrscheinlich würde er sich in mehr als einer Hinsicht ein Stück seines Herzens herausreißen, wenn er die Dokumente schließlich unterzeichnete.

Es war vorbei.

Er musste der Realität ins Auge sehen, auch wenn es wehtat. Er räusperte sich. »Ich bin schon ein paarmal an diesem Laden vorbeigefahren und dachte, es sei besser, wenn wir uns hier unterhalten statt im Haus.«

Sie begegnete seinem Blick und riss die Augen auf. Er fragte sich, ob ihre Reaktion daher rührte, dass er ihr ehemals gemeinsames Zuhause lediglich als Haus bezeichnet hatte. Aber es war nicht mehr sein Zuhause. Das konnte nicht sein. Er würde dafür sorgen, dass sie das Haus bekam. Zumindest hatte er das vor.

Er wollte das alles nicht.

Es gab viele Dinge im Leben, auf die er gern verzichtet hätte: das Zahlen seiner Steuern, den Wocheneinkauf oder das Zusammenlegen seiner Kleidung. Trotzdem rang er sich dazu durch. Das hier würde genauso eine Sache sein, dachte er. Doch das war es nicht. Ganz und gar nicht.

»Ich bin froh, dass wir uns hier treffen. Ich habe die Papiere mitgebracht, aber du solltest sie noch nicht unterschreiben«, erklärte sie mit angespannter Stimme. Er nahm an, dass seine Stimme ähnlich klang. Sie beide wussten nicht, wie sie sich verhalten sollten, doch das war nichts Neues.

»Warum soll ich sie nicht unterschreiben?«

»Weil wir zuerst darüber reden müssen. Du solltest sie mit deinem Anwalt durchgehen, während ich sie mit meinem durchlese.«

Carters Magen zog sich zusammen, doch er bemühte sich um eine emotionslose Miene. Schon seit einer Weile waren ihm seine Gefühle nicht mehr anzusehen. »Warum brauchen wir einen Anwalt? Ich will mich nicht mit dir streiten, Roxie. Du bekommst alles, was du willst. Auch die Scheidung.«

Roxie sah ihn an, als hätte er ihr eine Ohrfeige verpasst, obwohl er natürlich niemals die Hand gegen sie erhoben hatte. Er vermutete, dass er etwas schroff klang, aber er wusste nicht, was er eigentlich tat. Er vermasselte alles, was er anpackte, und musste überlegen, wie es weitergehen sollte. Eines war jedoch sicher: Sie begingen einen Fehler. Aber er würde damit leben müssen, denn es gab kein Zurück mehr. Sie wollte die Scheidung, und er würde sie ihr geben. Am nächsten Morgen würde er sich dafür hassen.

Doch solange er sie nicht hasste, würde er sich auch damit abfinden.

»Vielleicht brauchen wir keine Anwälte, aber du

solltest die Papiere trotzdem durchlesen. Du musst sicherstellen, dass die Bedingungen für dich akzeptabel sind. Ich will dir nichts wegnehmen, Carter.«

Sie hatte ihm bereits das Herz aus der Brust gerissen, was sollte sie ihm sonst noch nehmen?

»Ich bin sicher, dass alles korrekt ist, aber ich werde die Dokumente gleich hier durchlesen, während du deinen Kaffee trinkst. Ich werde nicht lange brauchen.«

Sie schüttelte den Kopf. »Nein, du solltest dir Zeit dafür nehmen. Bitte?«

Bat sie ihn darum, weil sie nicht wollte, dass er unterschrieb? Oder wollte sie sichergehen, dass er alle Punkte gründlich geprüft hatte? Da er keine Antwort auf diese Fragen hatte, wusste er, dass es vorbei war. Er schien seine Frau nicht mehr zu kennen und hatte keine Ahnung, was sie wollte oder brauchte. Er musste sich damit abfinden, dass er selbst nicht mehr ausreichte. Wäre er der Richtige gewesen, hätte er einen Weg gefunden, mit ihr zu reden. Er hätte sie aus ihrem Schneckenhaus gelockt und herausgefunden, was sie bedrückte.

Das war ihm nicht gelungen, und das hatte er nur sich selbst zuzuschreiben. Auch wenn sie sicher *beide* zum Scheitern ihrer Ehe beigetragen hatten, war es hauptsächlich seine Schuld.

Carter atmete tief durch, denn er wusste, dass Roxie recht hatte. Er konnte die Papiere nicht einfach in einem Café unterzeichnen, ohne sie vorher gelesen zu haben. Er hatte keine Ahnung, ob er wirklich einen Anwalt brauchte, aber er würde auf jeden Fall mit Landon reden. Sein Freund war zwar kein Anwalt, aber Carter war sich sicher, dass er wissen würde, was zu tun war. Carter selbst war absolut überfordert.

»Ich nehme sie mit und schaue sie mir an.«

Roxie nickte hastig und umfasste ihre Kaffeetasse mit beiden Händen. Carter erinnerte sich daran, wie kalt ihre Finger immer gewesen waren. Sogar im Sommer hatte sie sich im Schlaf manchmal an ihn geschmiegt und sich unter eine dicke Decke gekuschelt. Er selbst hatte geschwitzt, doch kaum hatte sie ihn mit ihren kalten Händen und Füßen berührt, hatte er sich gefühlt, als befände er sich in der sibirischen Steppe.

Sie waren beim Arzt gewesen, um sich zu vergewissern, dass sie gesund war und der schreckliche Vorfall nichts mit ihren kalten Händen und Füßen zu tun hatte. Aber es hatte nicht an mangelnder Durchblutung gelegen. Zumindest hatten die Ärzte das gesagt. Er wusste jedoch nicht, was die neueste Untersuchung ergeben hatte, denn Roxie hatte es ihm nicht erzählt. Er hatte sie danach gefragt, aber sie hatte ihn abgewimmelt. Also hatte er nicht noch einmal nachgehakt.

Deshalb waren sie beide schuld. Deshalb hatte es nicht funktioniert.

»Das hier ist deine Kopie. Ich werde meine ebenfalls durchgehen. Danach können wir uns entweder wieder zusammensetzen oder unsere Anwälte miteinander kommunizieren lassen. Anschließend klären wir den Rest, denn ... es ist vorbei.« Sie hielt inne. »Nicht wahr?«

Er erstarrte. Diese Frage hatte er nicht erwartet. Roxie war diejenige gewesen, die die Scheidung eingereicht hatte, obwohl sie sich beide schon lange zuvor auseinandergelebt hatten.

Es hätte nicht so wehtun sollen. Oder doch?

»Ich werde mir alles durchlesen und mich wieder bei dir melden.« Für einen Moment saß er nur da und schwieg. Was hätte er auch sagen sollen? Gab es überhaupt noch etwas zu sagen? »Ich sollte mich jetzt wieder an die Arbeit machen. Ich kann die Werkstatt nicht allzu lange allein lassen.«

Ein seltsamer Ausdruck blitzte in ihren Augen auf, doch sie erwiderte nichts. So wie immer. Sie sprachen nie wirklich miteinander. Carter stand auf, beugte sich vor und küsste sie sanft auf die Wange. Er wusste nicht, warum er das tat. Wahrscheinlich war es das Dümmste, was er tun konnte. Trotzdem benahm er sich wie ein Idiot und ließ zum zweiten Mal, seit er ausgezogen war, seine Lippen über ihre Haut gleiten. Und wie beim letzten Mal fühlte es sich wunderbar an. Ihr letzter Kuss lag so lange zurück, dass er sich nicht einmal mehr daran erinnern konnte, wie ihre Lippen sich an seinen angefühlt hatten. Es schien eine Ewigkeit her zu sein, seit sie sich zuletzt berührt hatten.

Es war eine Qual, sich von ihr abzuwenden, und er

handelte aus Reflex. Er vermisste das Gefühl ihrer Haut an seiner. Er vermisste alles an ihr.

Wie beim ersten Mal erstarrte sie auch diesmal. Sie sah ihn weder an noch sagte sie etwas. Also ging er. In gewisser Weise fühlte es sich wie ein Abschied an. Vielleicht wandte er sich von dem ab, was sie einst hatten.

Er nickte ihr noch einmal zu und verließ dann das Café. Seinen Kaffee hatte er nicht angerührt. Er hatte keine Lust, ihn zu trinken, und er hatte keinen Appetit.

Er hatte sich den Tag freigenommen und würde nicht in die Werkstatt zurückkehren. Seine Mitarbeiter würden den Laden am Laufen halten. Sie hatten bereits bewiesen, dass sie dazu in der Lage waren, als er im Bett gelegen hatte und sich vor Schmerzen nicht bewegen konnte.

Doch nun war er geheilt. Es ging ihm gut.

Nein.

Das stimmte nicht.

Er war gebrochen.

Und er war verdammt wütend. Warum hatte er keine Möglichkeit finden können, alles in Ordnung zu bringen?

Warum war es so schwer, die Fragen zu stellen, die am meisten wehtaten? Er hatte es versucht, er hatte es verdammt noch mal versucht, aber er hatte sich nicht genug angestrengt. Vielleicht würde es einfach nicht funktionieren, egal wie sehr er sich abmühte.

Er würde Roxie ihren Wunsch erfüllen und sie endgültig verlassen. Weil er sie so sehr liebte.

Und dafür hasste er sich.

Während der Fahrt zu Landons Haus umklammerte er das Lenkrad so fest, dass seine Knöchel weiß hervortraten. Galle stieg ihm in die Kehle. Er zitterte am ganzen Leib, schaffte es kaum ins Gästebad und übergab sich. Viel erbrach er nicht, denn er hatte vor dem Treffen mit Roxie an diesem Morgen nichts essen können. Sein Körper schmerzte, genau wie sein Herz. Alles tat weh.

Er hatte keine Ahnung, was er als Nächstes tun sollte.

Er wohnte bei einem Freund und hatte nicht einmal eine eigene Wohnung. Seine Frau lebte allein in dem großen Haus, das eigentlich ihr gemeinsames Heim hätte sein sollen. Doch das war es nicht.

Sie hatten sich auseinandergelebt.

Carters Augen brannten und er ließ seinen Tränen endlich freien Lauf.

Am ganzen Körper bebend versuchte er, sich unter Kontrolle zu bringen.

Seine Ehe war endgültig vorbei.

Eine zweite Chance würde er nicht bekommen.

Die hatte er verspielt, als er Roxie verloren hatte. Er hatte sie schon lange vor der Explosion verloren, lange bevor sie ein paar Spieleabende verpasst hatten, weil sie nicht im selben Raum sitzen und miteinander reden konnten.

Er hatte sie verloren. Es war vorbei.

Jetzt musste er sich zusammenreißen und irgendwie zu dem Mann werden, der er für sie nicht sein konnte.

Er übergab sich erneut, dann putzte er sich die Zähne und wischte sich das Gesicht ab. Als er sein Hemd auszog, ignorierte er das Ziehen seiner Haut. Die Wunden waren alle gut verheilt, aber sie schmerzten manchmal bei Kälte. Da er in Colorado lebte, würden sie ihm wahrscheinlich noch eine Weile zu schaffen machen. Er blickte an seinem Körper hinab und betrachtete die Muskeln, die er im Laufe der Jahre durch harte, schweißtreibende Arbeit entwickelt hatte. Er hatte Schmerzen. Aber er konnte nichts dagegen tun.

Er war durch und durch Arbeiter, mehr noch als die Montgomerys. Roxie hatte studiert, ebenso wie Thea und einige weitere Familienmitglieder. Sie alle hatten entweder eine Kunsthochschule besucht oder einen anderen Studiengang gewählt, mit dem sie Karriere machen wollten. Carter hingegen hatte direkt nach der Highschool eine Berufsschule besucht. Während dieser Zeit hatte er zwei Jobs und die Abschlussprüfungen gerade so bestanden. Obwohl es nicht leicht war, hatte er es geschafft, alles unter einen Hut zu bringen. Nach dem Tod seiner Eltern im letzten Schuljahr hatte er kaum geschlafen. Sie waren bei einem Autounfall ums Leben gekommen, als ihr Wagen frontal mit einem anderen kollidiert war. Plötzlich waren sie nicht mehr da.

Und er war vollkommen allein. Er war gerade erst achtzehn geworden und fiel somit nicht mehr unter staatliche Obhut. Also schuftete er sich halb zu Tode und schlief bei Freunden auf dem Sofa. So wie jetzt auch.

Verdammt, in gewisser Weise stand er wieder am Anfang. Zwölf Jahre später war er erneut auf sich allein gestellt, hatte keine Familie, keine Besitztümer und schlief in einem Bett, das nicht ihm gehörte.

Scheiße.

Er atmete tief durch und bandagierte sich die Hände mit dem Tape, das Landon ihm gegeben hatte. Dann ging er hinunter in den Keller, in dem sein Freund einen kleinen Fitnessraum eingerichtet hatte. Dieser war zwar nicht besonders modern oder ausgefallen, verfügte aber über ein Laufband, einen Boxsack und ein paar Gewichte in der Ecke. Es war nicht viel, aber im Moment brauchte Carter keine schicke Ausrüstung. Er wollte einfach nur Dampf ablassen.

Also trat er an den Boxsack und ließ die Fäuste fliegen. Er schlug rechte und linke Haken, Uppercuts und stieß mit der Führhand zu, bis seine Knöchel bluteten und ihm der Schweiß den Körper hinunterrann. Er bemerkte erst, dass Ryan und Landon den Raum betreten hatten, als Ryan sich räusperte und Landon ihm eine Hand auf die Schulter legte.

Glücklicherweise reagierte Carter nicht, indem er

herumwirbelte und seinem Kumpel ins Gesicht schlug. Er war völlig erschöpft. Im Moment war ihm alles egal.

»Lass uns gehen. Du brauchst einen Drink.« Carter blickte auf, als Landons Worte zu ihm durchdrangen.

»Wie bitte?«

»Wir nehmen uns den Tag frei«, erklärte Ryan. »Glaub mir, so etwas hat Landon noch nie getan. Wir werden uns betrinken, damit du für den Rest des Tages an gar nichts mehr denken musst.«

»Vielleicht liegt genau da das Problem. Vielleicht denke ich einfach nicht genug nach.«

»Heute Abend fangen wir nicht damit an«, entgegnete Landon.

»Aber zuerst müssen wir deine Hände verarzten«, warf Ryan ein. »Verdammt, Mann. Wie willst du mit aufgeschürften Knöcheln arbeiten? Warum hast du sie nicht besser bandagiert?«

Carter zuckte nur mit den Schultern, denn er wusste, dass er nachlässig gewesen war. Doch das war ihm egal. Vielleicht würde sich das morgen wieder ändern, doch im Moment scherte er sich einen Teufel darum.

»Komm schon, Kumpel, wir kümmern uns zuerst um dich. Morgen ... morgen kümmern wir uns um den Rest.«

Carter tat sein Bestes, um sowohl den traurigen Unterton in Landons Stimme als auch Ryans mitleidigen Tonfall zu ignorieren. Er wollte sich auch nicht mit der Tatsache auseinandersetzen, dass Dimitri,

Mace und Shep nicht hier waren. Sie würden nicht kommen. Denn sie waren Roxies Familie und Freunde.

Carter gehörte nicht mehr dazu.

Er war kein Montgomery. Das war er nie gewesen. Eines Tages, wenn er auch den letzten Rest seiner Sachen aus Roxies Haus geholt hatte, würden Landon und Ryan sich ebenfalls von ihm abwenden. Das wusste er, und auch damit würde er sich abfinden.

Er hatte sich nicht genug für seine Frau eingesetzt. Das war seine Schuld. Jetzt hatte er nichts mehr zu geben. Er hatte kein Recht mehr, noch irgendetwas zu verlangen.

Er hatte es nicht verdient.

KAPITEL ZEHN

Roxie zog langsam ihr Kleid aus und ließ es neben ihrer Strumpfhose und ihren Schuhen zu Boden fallen. Mit hölzernen Bewegungen entledigte sie sich auch ihres BHs und ihres Slips. Ihre Gelenke schmerzten, als sie einen weiteren Schritt in Richtung Badewanne ging.

Carter hatte die Wanne gekauft und bei der Installation geholfen, weil er wusste, wie gern Roxie badete.

Sie hatten sich sogar eine übergroße Wanne geleistet, um gemeinsam baden zu können.

Aber sie verdrängte diese Gedanken und stieg in die Badewanne, um sich langsam bis zu den Schultern ins Wasser gleiten zu lassen. Es war so heiß, dass ihre Haut brannte und rot anlief.

Aber das war ihr egal. Sie spürte eigentlich gar nichts mehr.

Wie hätte sie etwas fühlen können, wenn sie taub war?

Bisher hatte sie nicht geweint.

Aber als sie nach der Weinflasche griff, die sie auf dem Boden neben der Wanne abgestellt hatte, und den ersten Schluck nahm, kullerte ihr eine Träne über die Wange.

Dann noch eine.

Dann brach eine ganze Flut an Tränen aus ihr heraus.

Sie zitterte so heftig, dass das Wasser über den Rand schwappte und ihr Kleid durchnässte. Endlich ließ sie sich gehen. Endlich ließ sie los.

Irgendwann versiegten ihre Tränen. Vor lauter Schluchzen hatte sie den Wein nicht mehr angerührt und die Flasche stand noch immer voll auf dem Boden. Schließlich zog sie den Stöpsel und ließ das nun kalte Badewasser abfließen.

Dann stand sie auf wackeligen Beinen auf und stieg aus der Wanne.

Sie trocknete sich ab, ließ das Handtuch auf die Pfütze auf dem Boden fallen und stakste wie betäubt ins Schlafzimmer.

Dort stellte sie sich nackt vor den Spiegel und überlegte, was sie als Nächstes tun sollte.

Wer war diese Frau, die ihr im Spiegel entgegenstarrte?

Es war nicht Roxie Montgomery.

Und ihr ging es nicht gut.

Ganz langsam zog sie den Ehering vom Finger und legte ihn in die Schachtel auf ihrer Kommode.

Sie ignorierte den weißen Streifen auf ihrer Haut und die Leere in ihrem Inneren.

Zumindest für den Moment.

Dann starrte sie sich erneut im Spiegel an.

Nackt. Bloß. Leer.

Wer war diese Roxie Montgomery?

Sie musste es herausfinden, denn irgendwie musste es weitergehen.

Sie musste den nächsten Tag erleben.

Sie musste diese neue Roxie kennenlernen.

Denn sie musste ihr Leben weiterleben.

Doch es ging ihr nicht gut.

Nichts war in Ordnung.

Rein gar nichts.

KAPITEL ELF

Es war einen Monat her, seit Carter die Papiere unterschrieben hatte – die Roxie aus irgendeinem Grund noch nicht unterzeichnet hatte. Vor einem Monat hatten sie den Scheidungsprozess ins Rollen gebracht, doch Carter war definitiv noch nicht bereit für das, was seine Mitarbeiter von ihm verlangten.

»Nein.«

Tommy gehörte zu den ersten Mechanikern, die Carter in seiner Werkstatt eingestellt hatte. Der ältere Mann beugte sich vor und wischte sich das Öl von den Händen. Die beiden hatten schon früher zusammengearbeitet, wobei Tommy Carter unter seine Fittiche genommen hatte. Dann hatte Carter gekündigt, um seine eigene Werkstatt zu eröffnen, und Tommy war ihm gefolgt.

Obwohl Carter nun Tommys Chef war, funktionierte die Zusammenarbeit reibungslos. Zudem schätzte er die Ratschläge des älteren Mannes immer sehr.

Heute wollte Carter jedoch nicht hören, was der andere Mann zu sagen hatte.

Das schien Tommy jedoch nicht abzuhalten.

»Ich will nichts davon wissen«, erklärte Carter, bevor Tommy fortfahren konnte.

»Es ist jetzt einen Monat her.«

»Denkst du, das weiß ich nicht? Ich weiß genau, wie lange es her ist.« Er hatte die Papiere zwar vor einem Monat unterschrieben, aber Roxie und er hatten schon viel länger keine Verbindung mehr zueinander. Verdammt, allein der Gedanke an ihren Namen tat weh. Aber er konnte nichts an der Situation ändern. Sie hatten sich einfach auseinandergelebt.

»Ich will nur sagen, dass Stacia ein nettes Mädchen ist. Du solltest sie mal ausführen. Es muss nichts Ernstes sein. Ganz ohne Verpflichtungen. Aber vielleicht hilft es dir, dich wieder in den Sattel zu schwingen.«

Carter starrte seinen Freund an. »Ist das dein Ernst? Du ziehst einen Vergleich zum Reitsport? Wir arbeiten hier immerhin an Fahrzeugen. Du hättest zumindest sagen können, dass ich mich wieder ans Steuer setzen soll. Wie kommst du darauf, dass ich mit einer Frau ausgehen will, die ich nicht kenne? Du weißt doch, dass ich keine neue Beziehung will!«

Allein bei dem Gedanken an eine Verabredung

rebellierte Carters Magen. Seit er Roxie kennengelernt hatte, hatte er kein Rendezvous mehr gehabt. Im Grunde genommen waren Roxie und er nach ihrer Heirat nicht mehr miteinander ausgegangen. Sie beide hatten sich darauf konzentriert, sich ein gemeinsames Leben aufzubauen. Als dann alles in die Brüche ging, waren sie nur noch damit beschäftigt gewesen, sich selbst vorzugaukeln, dass alles in Ordnung sei.

Auf keinen Fall würde er mit einer Fremden ausgehen, solange er noch nicht einmal annähernd bereit für eine neue Beziehung war. Aber dem Ausdruck auf Tommys Gesicht nach zu urteilen würde sein Mitarbeiter so leicht nicht lockerlassen. Carter würde Tommys Drängen über sich ergehen lassen müssen, es sei denn, er willigte ein und brachte es einfach hinter sich.

»Ich will nicht mit ihr ausgehen«, beharrte Carter. »Kümmere dich um die Limousine da drüben. Sie braucht einen Ölwechsel und muss geschmiert werden. Die Besitzerin schwört Stein und Bein, dass sie ein Klappern gehört hat, obwohl ihr Mann das bestreitet. Wahrscheinlich klappert tatsächlich etwas, immerhin ist es ihr Wagen und sie fährt ständig damit.«

Carter war zwar nicht in der Position, sich ein Urteil zu erlauben, aber er mochte den Ehemann nicht. Er schien der Typ Mann zu sein, der seine Frau herumkommandierte und sie nie zu Wort kommen ließ. Für Carter ergab das keinen Sinn. Andererseits hatte er es nicht fertiggebracht, seine eigene Ehe zu retten. Wie sollte er da wissen, was andere Paare durchmachten?

»Ich werde mir den Wagen anschauen, aber nur, wenn du zustimmst, mit Stacia auszugehen. Es muss nicht gleich heute Abend sein. Vielleicht nicht einmal diesen Monat. Aber irgendwann. Denk einfach darüber nach.«

Carter verengte die Augen. »Wirklich? Du willst dich also meinen Anweisungen widersetzen? Wenn das keine Arbeitsverweigerung ist.«

»Komm mir nicht so, Junge. Ich will nur das Beste für dich.«

»Dann mach dich wieder an die Arbeit und lass mich einfach tun, was ich tun muss.«

»Wenn du getan hättest, was du tun musst, wärst du nicht in dieser Lage«, murmelte Tommy leise. Carter schloss die Augen und unterdrückte ein Stöhnen.

Keiner seiner Angestellten gab ihm je Widerworte. Sie alle respektierten ihn und hörten auf das, was er sagte. Carter war ein verdammt guter Mechaniker und wusste genau, was er tat, wenn es um seinen Job ging. In Bezug auf sein Privatleben und seine Ehe war er jedoch eine Niete. Er schien einfach nicht in der Lage zu sein, das Richtige zu tun.

Trotzdem wurmte es ihn, dass Tommy glaubte, so herablassend mit ihm reden zu können. Vielleicht hatte er es verdient. Carter war zwar Tommys Chef, aber der Mann war einige Jahre älter und seit fast dreißig Jahren mit seiner Frau Shelly verheiratet. All die Jahre mit ein und derselben Frau und er hatte es nicht vermasselt, während Carter bereits nach etwas mehr als einem Jahr gescheitert war.

Vielleicht wusste Tommy, wovon er sprach.

Vielleicht war es tatsächlich an der Zeit, sich wieder in den Sattel zu schwingen und nach vorn zu blicken.

Bei dem Gedanken, mit einer anderen Frau auszugehen, zog sich sein Magen erneut zusammen. Aber genau das war der springende Punkt. Er würde nie wieder mit Roxie zusammen sein. Sie befanden sich mitten im Scheidungsprozess, er hatte die Papiere bereits unterschrieben. Roxie war nicht mehr seine Frau. Es war vergeblich, darauf zu hoffen, dass sie einfach darüber hinwegkommen und wieder zueinanderfinden würden.

Wenn er also mit dieser Stacia ausgehen würde, könnte er vielleicht ... Er würde zwar nicht über Roxie hinwegkommen, aber es wäre ein Anfang. Vielleicht würde es ihm helfen, über eine Zukunft nachzudenken, in der ihm nicht jedes Mal übel wurde bei dem Gedanken, allein zu sein.

Möglicherweise musste er einfach mal aus Landons Haus raus. Wenn er nicht arbeitete, trainierte er im Keller oder saß allein in seinem Zimmer, trank Bier und las ein Buch.

Das war kein Leben. Sein Alltag war so leer und

unerfüllt, dass er befürchtete, nur noch ein Schatten seiner selbst zu sein.

Trotzdem musste er erst einmal darüber nachdenken und seine Möglichkeiten abwägen. Er wollte sichergehen, dass er sich richtig entschied. Carter war schon immer ein ruhiger und nachdenklicher Mensch gewesen, weshalb seine Eltern sich stets gefragt hatten, warum er so lange brauchte, um eine Entscheidung zu treffen. Während Carter sämtliche möglichen Szenarien in seinem Kopf durchgespielt hatte, hatte er dennoch befürchtet, dass etwas eintreffen könnte, das er nicht vorausgesehen hatte.

Er hatte nicht vorausgesehen, dass seine Eltern bei seinem Schulabschluss schon nicht mehr leben würden. Er hatte nicht vorausgesehen, dass er am Ende allein und häufig so gut wie obdachlos sein würde.

Er hatte es nicht vorausgesehen, weil er diese Möglichkeit nie in Betracht gezogen hatte.

Trotz all seiner Überlegungen und Berechnungen war nichts so gelaufen, wie er es geplant hatte. Vielleicht musste er einfach ins kalte Wasser springen und sich überraschen lassen.

Carter atmete tief durch und ging zu der Limousine, um Tommy bei der Arbeit zu helfen. Die anderen Jungs befanden sich alle auf der anderen Seite der Werkstatt und würden sie von dort aus nicht hören können.

»Ich schaffe das schon allein. Oder glaubst du, ich

werde langsam zu alt und zu schwach?«, fragte Tommy mit einem belustigten Unterton in der Stimme.

Tommy war Mitte fünfzig und noch lange nicht im Pensionsalter. Natürlich mussten Menschen ohne Hochschulabschluss häufig länger arbeiten und gingen erst spät in Rente. Aber das war heutzutage glücklicherweise nicht mehr die Norm. Landon klagte oft, dass er wahrscheinlich erst mit achtzig in den Ruhestand würde gehen können, trotz seiner Ersparnisse.

Offensichtlich war Carter mit diesem Problem nicht allein, denn es waren für alle harte Zeiten. Das durfte er nicht vergessen. Es hätte ihm ein Trost sein sollen zu wissen, dass er nicht der Einzige war, der sein Leben hasste. Aber das war es nicht.

»Ich weiß, dass du die Arbeit bewältigen kannst, alter Mann. Aber ich brauche etwas Schmiere an den Fingern.«

Tommy schnaubte. »Ich glaube, wir haben ständig Schmiere an den Fingern. Wusstest du, dass meine Frau mich einmal zu einer Maniküre geschickt hat?«, fragte Tommy lachend. Carter musste unwillkürlich lächeln. Er verzog tatsächlich die Lippen zu einem Lächeln. Es war viel zu lange her, seit er das letzte Mal gelächelt hatte.

»Wirklich?«

»Ja, ich habe es über mich ergehen lassen, weil sie

meine Frau ist und ich sie liebe. Aber allein der Gedanke ... Es war geradezu *unmenschlich*.«

»Hast du dich für Nagellack in Hellrosa oder leuchtendem Pink entschieden? Oder vielleicht Blau, passend zu deinen Augen?«

Tommy zeigte Carter den ölverschmierten Mittelfinger, dann machte er sich wieder an die Arbeit. »Es war nur Klarlack. Immerhin hat er meine Fingernägel zwei Stunden lang vor der Schmiere geschützt. Vielleicht sollten wir den Jungs auch eine Maniküre verpassen.«

Diesmal stieß Carter ein lautes Lachen aus. »Kein Problem, ich werde den Arbeitsalltag revolutionieren. Meine Angestellten tun hier nicht nur etwas für ihre körperliche Fitness, sondern achten auch auf gepflegte Nägel.«

»Hey, vielleicht solltest du es erst ausprobieren, bevor du es ablehnst. Ich werde mich wahrscheinlich nie wieder dazu hinreißen lassen. Aber damals ist meine Tochter in den Hafen der Ehe eingelaufen und ich hatte versprochen, nicht wie jemand auszusehen, der gerade aus einem Blaumann geschlüpft und unter einem Wagen hervorgekrochen ist.«

»Das leuchtet ein.« Carter hielt inne und räusperte sich. »Hattest du denn auch eine Pediküre?«

»Diese Frage werde ich nicht beantworten.«

»Das bedeutet, du hattest eine.«

»Ich kann dir eines verraten: Meine Füße waren noch nie so glatt. Wie ein Babypopo. Ich habe es nur getan, weil meine Frau niemanden sonst hatte, der ihr hätte Gesellschaft leisten können. Shelly hatte kaum Gelegenheit, all diese Dinge mit unserer Tochter zu tun, da wir beide viel gearbeitet haben. Also habe ich dafür gesorgt, dass sie ihre Pediküre und Maniküre bekam – und habe mich ihr angeschlossen. Sie war noch nie so glücklich, denn sie sah umwerfend aus, als sie bei der Hochzeit erschien. Auch meine Tochter war sichtlich erfreut, weil ihre Eltern zur Abwechslung nicht aussahen, als hätten sie eine Sechzigstundenwoche hinter sich.«

»Das ist schön zu hören. Wie lange ist deine Tochter jetzt schon verheiratet?«

»Seit acht Jahren. Es ist schon komisch. Wenn man es genau nimmt, könnte ich dein Vater sein.«

»Ja, vielleicht, wenn du etwas früher angefangen hättest.«

»Nein, du bist im gleichen Alter wie meine Tochter. Also ja, ich könnte dein Vater sein.«

Für eine Weile arbeiteten sie schweigend weiter. Carter wusste, dass Tommy seine nächsten Worte sorgfältig abwog. Tommy war ein Denker, genau wie er. Wahrscheinlich verstanden sie sich deshalb so gut. Und vermutlich gerieten sie auch deshalb hin und wieder heftig aneinander. Doch sie kamen immer schnell darüber hinweg, weil sie alle möglichen Szenarien abwogen und versuchten, die beste Lösung zu finden.

»Es tut mir leid, dass ich dich unter Druck gesetzt

habe. Ich möchte nur, dass du glücklich bist. Aber ich kann sehen, dass du schon seit einer Weile Trübsal bläst. Ich habe keine Ahnung, ob das mit Roxie zusammenhängt oder ob es andere Gründe hat. Aber du weißt, dass ich für dich da bin, wenn du mich brauchst. Stacia arbeitet direkt neben dem Laden, in dem meine Frau beschäftigt ist. Sie kennt Shelly also ziemlich gut. Sie ist hübsch, alleinstehend und hat keine Kinder. Soweit ich gehört habe, ist sie sehr intelligent und lächelt viel. Mag sein, dass das Lächeln dir nach einer Weile auf die Nerven gehen wird, aber warum probierst du es nicht einfach mal aus?«

»Vielleicht werde ich das.« Kaum hatte Carter diese Worte ausgesprochen, stieg ihm die Galle in die Kehle. Doch er ignorierte das Gefühl. Irgendwie musste er sich weiterbewegen und den nächsten Schritt tun, selbst wenn es der falsche war. Er wusste, dass Tommy nicht nachgeben würde und die anderen Jungs ihn vermutlich auch mit irgendwelchen Frauen verkuppeln wollten. Auch Landon und Ryan wollten nur das Beste für ihn. Genau wie seine anderen Freunde.

Und er benahm sich wie ein Arschloch, weil er es ihnen übel nahm.

»Gib mir einfach Bescheid, wenn du bereit bist. Dann setze ich euch miteinander in Verbindung.«

Während sie weiter an dem Motor schraubten, grübelte Carter vor sich hin. Nach einer Weile sagte er: »Gib mir einfach ihre Nummer, dann rufe ich sie an.«

Es bereitete ihm körperliche Schmerzen, diese Worte auszusprechen, doch er ignorierte sie. Er wurde immer besser darin, seine Gefühle beiseitezuschieben.

»Ich werde ihr ausrichten, dass sie deinen Anruf erwarten soll. Dann kommt er nicht so überraschend.«

»Das ist wahrscheinlich eine gute Idee.«

Dann machten sie sich wieder schweigend an die Arbeit. Was hätten sie noch sagen sollen? Carter würde mit einer anderen Frau ausgehen. Mit einer Frau, die nicht Roxie war.

Damit musste er klarkommen.

»Warst du schon einmal hier?«, fragte Stacia mit sanfter, anmutiger Stimme.

Carter versuchte, sich davon nicht irritieren zu lassen.

Er bemühte sich redlich, die Fassung zu wahren.

»Nein, aber ich habe von meinen Freunden nur Gutes über dieses Restaurant gehört. Außerdem sagtest du, du magst italienisches Essen. Also dachte ich, du hast vielleicht Lust auf Pasta.«

Nachdem Tommy ihm Stacias Nummer gegeben hatte, rief Carter sie am darauffolgenden Abend an, weil er es nicht vor sich herschieben wollte. Sobald sie seine Einladung angenommen hatte und das Gespräch beendet war, erbrach er sich. Er fragte sich, ob er von nun an immer so reagieren würde. Es war wahrscheinlich nicht zuträglich für seine Gesundheit, aber im Moment schien ihm nichts wirklich gutzutun.

Anschließend hatte Carter sich frisch gemacht und Landon gefragt, wohin er die Frau ausführen sollte. Carter waren nur Restaurants in den Sinn gekommen, mit denen er Erinnerungen an Roxie verband. Auf keinen Fall wollte er an einem Ort sitzen, den er mit seiner Frau besucht hatte – nein, mit seiner *Ex-Frau*. Das wollte er sich nicht antun. Stattdessen würde er einen Neuanfang wagen.

Morgen würde er sich auf Wohnungssuche begeben. Es war an der Zeit, erwachsen zu werden und nach vorn zu blicken. Er musste herausfinden, was er tun sollte.

»Ich liebe Pasta. Leider liebt die Pasta mich ebenfalls, und zwar ein bisschen zu sehr, aber das ist mir egal.« Stacia verzog ihre roten Lippen zu einem wunderschönen Lächeln und entblößte dabei ihre weißen Zähne. Sie trug ein rotes Winterkleid mit weitem Rock und Glockenärmeln. Ihr langes dunkles Haar fiel in Locken über ihre Schultern. Sie hatte strahlende braune Augen und einen hellen Teint. Die Frau war zweifellos umwerfend, doch Carter wusste bereits, dass es zwischen ihnen auf keinen Fall funktionieren würde. Sie war zu liebreizend, er zu schroff. Doch das war in Ordnung. Er war einfach dabei, sich wieder in den Sattel zu schwingen, wie Tommy gesagt hatte.

Er würde den Mann dafür umbringen, dass er ihm diesen Spruch ins Ohr gesetzt hatte.

»Ich habe auch eine Vorliebe für Pasta, aber ich muss besonders hart trainieren, damit sie nicht ansetzt.«

Stacia lächelte. »Nun, offensichtlich trainierst du ziemlich oft.«

Sie errötete, und Carter widerstand dem Drang, auf seinem Stuhl unruhig hin und her zu rutschen. Worüber sollte er mit ihr reden? Mit Roxie war es so leicht gewesen. Sie hatten sich auf Anhieb verstanden und so viel Spaß zusammen gehabt. Es hatte einfach funktioniert. Bis es nicht mehr funktioniert hatte.

Er hatte keine Ahnung, wie er sich dieser Fremden gegenüber verhalten sollte. Wahrscheinlich würde er es gründlich vermasseln und anschließend Tommy Rede und Antwort stehen müssen.

Oder Tommy würde ihm Rede und Antwort stehen. Schließlich hatte Carter ihm gesagt, dass er noch nicht bereit für eine neue Beziehung sei.

Irgendwie schaffte er es, sich mit Stacia über alle möglichen belanglosen Dinge zu unterhalten, ohne dabei über seine Familie oder andere wichtige Themen zu sprechen. Stacia tat es ihm gleich. Er empfand nichts für diese Frau. Zwischen ihnen gab es keine Chemie, es sprühten keine Funken. Aber er hatte ein schlechtes Gewissen, weil er ihre Zeit verschwendete. Offensichtlich hatte er einen Fehler begangen. In letzter Zeit schien er viele Fehler zu machen. Stacia und er hatten gerade ihr Dessert genossen, als er aufblickte und ein bekanntes Paar hereinkommen sah.

Er hatte Landon nicht gesagt, an welchem Tag er mit Stacia essen gehen würde. Tatsächlich hatte er seinen Freund heute noch gar nicht gesehen, da sie beide sehr beschäftigt gewesen waren.

Doch da stand er nun, mit Kaylee am Arm. Die beiden starrten sich kurz an, dann wandten sie sich ihm zu und durchbohrten ihn mit einem durchdringenden Blick.

Genau genommen durchbohrte nur Kaylee ihn mit einem Blick. Landon wirkte lediglich resigniert, doch Carter wusste, dass dies keine Absicht war. Obwohl Landon und Kaylee schworen, dass sie nicht zusammen waren, war nicht zu übersehen, dass sie ein Rendezvous hatten. Und nun würden alle wissen, dass Carter mit einer anderen Frau zu Abend aß.

Landon hatte das Restaurant vorgeschlagen und hätte dichtgehalten, aber wenn Kaylee es wusste, würde es auch Roxie erfahren.

Carter hatte einen Fehler begangen.

Diese Verabredung war von Anfang an ein Fehler gewesen. Er hätte nicht hier sein sollen. Er vermisste seine Frau.

Bei dem Gedanken, dass er mit einer anderen Frau am Tisch saß, wurde ihm übel.

Du solltest nicht hier sein. Du solltest nicht hier sein.

Er sollte zu Hause sein und an seiner Ehe arbeiten. Er sollte verdammt noch mal mit seiner Frau reden und alles in seiner Macht Stehende tun, um ihre gemeinsamen Probleme zu lösen.

Er hätte nicht ausziehen sollen.

Er hatte alles falsch gemacht.

Er hätte nicht mit einer anderen Frau ausgehen sollen. Sie war nett, doch er wusste nichts über sie und konnte nicht einmal an sie denken, ohne das Gefühl zu haben, seine Frau zu betrügen.

Es spielte keine Rolle, dass er die Papiere unterschrieben hatte, dass er monatelang kaum noch mit ihr gesprochen hatte und dass er sie seit einem Monat nicht mehr gesehen hatte.

Das hier war falsch.

Stacia schien zu bemerken, dass sich etwas verändert hatte. Sie schenkte ihm ein anmutiges Lächeln, als sie schweigend die Rechnung bezahlten. Stacia war mit ihrem eigenen Wagen gekommen. Carter hatte das nicht gestört, denn er war ein Fremder für sie, und sie war einfach vorsichtig. Jetzt war er dankbar, dass sie getrennt gefahren waren.

»Ich sehe, dass du noch nicht bereit bist«, murmelte Stacia. »Shelly hat mir erzählt, dass du verheiratet bist. Ich glaube, du liebst deine Frau immer noch, Carter. Vielleicht solltest du darüber nachdenken. Du bist ein netter Mann und hast es verdient, glücklich zu sein. Aber mit mir wirst du nicht glücklich werden.«

Er seufzte und steckte die Hände in die Hosentaschen. »Es tut mir leid. Es tut mir wirklich leid. Ich hätte das alles nicht tun sollen.«

»Da hast du recht. Aber ich habe kein schlechtes Gewissen, denn ich habe einen schönen Abend mit einem netten Mann verbracht. Wenn ich dir vorschlage, dass wir in Kontakt bleiben sollten, wirst du nur freundlich lächeln und höflich zustimmen, aber dann nie wieder mit mir reden. Weil ich die Frau bin, mit der du ausgegangen bist, während du die ganze Zeit an deine Ehefrau gedacht hast. Doch das ist in Ordnung. Ich bin nur froh, dass ich dir die Augen öffnen konnte. Geh zu deiner Frau, Carter. Hör auf davonzulaufen. Schnapp sie dir.«

Er hatte keine Ahnung, wer Stacia war oder warum sie ausgerechnet jetzt in sein Leben getreten war. Aber offenbar war sie genau das, was er gebraucht hatte, um wieder einen klaren Kopf zu bekommen und das zu tun, was er schon längst hätte tun sollen. Also verabschiedete er sich von ihr, wobei er auf eine Umarmung verzichtete. Da wurde ihm klar, dass er sie den ganzen Abend nicht berührt hatte. Er hatte ihr zugenickt und ihr kurz zugewunken, doch er hatte ihr nicht einmal die Hand gereicht. Und das alles, weil er nur an eine Person hatte denken können. An seine Frau. Die Frau, bei der er die ganze Zeit über hätte sein sollen.

Also stieg er in seinen Wagen.

Es war Zeit, mit Roxie zu reden.

Es war Zeit herauszufinden, was zum Teufel sie tun sollten.

KAPITEL ZWÖLF

Roxie stöhnte im Halbschlaf. Ihr Traum war zu schön, um aufzuwachen. Es war sechzehn Uhr, und sie machte nur ein Nickerchen, aber das war ihr egal.

Sie hielt die Augen geschlossen und war sich bewusst, dass es nur ein Traum war, aber sie wollte so tun, als sei er real. Denn sie wollte nicht darüber nachdenken, warum sie von Carter träumte.

Von seinen geschmeidigen Lippen und seinen noch geschmeidigeren Bewegungen. Sie hatte es immer geliebt, wie er sie im Arm gehalten hatte, nachdem sie sich geliebt hatten. Er hatte seine Hände sanft über ihren Körper gleiten lassen und sich vergewissert, dass es ihr gut ging und sie sich wohlfühlte.

Früher hatte er sie ständig berührt, vor allem am Anfang ihrer Beziehung.

Und genau wie in ihrem Traum hatte er mit den

Händen jeden Zentimeter ihres Körpers liebkost. Vor Verlangen hatte sie seinen Namen gestöhnt, bis er sie schließlich auf den Gipfel der Ekstase katapultierte. Doch er hatte sie nie sofort zum Höhepunkt gebracht, sondern ihr immer mehr Lust bereitet und sie betteln lassen. Sie hatte gewusst, dass es für ihn genauso qualvoll war wie für sie, denn sie hatte gesehen, wie sein harter Schaft sich in seiner Hose wölbte, und hatte seine feuchte Eichel an ihrer Haut gespürt. Er hatte sie immer genauso sehr begehrt wie sie ihn.

Sie hatten sich nach dem anderen verzehrt, doch er hatte ihre Lust immer wieder hinausgezögert. Im Traum ließ er seine Hände über ihre Brüste wandern und kniff in ihre Brustwarzen. Sie ahmte seine Bewegungen mit den Händen nach und bäumte sich auf. Gierig rieb sie sich in ihrer Fantasie an seinem Knie und seinem Oberschenkel. Sie wollte alles von ihm, sie wollte ihn in sich spüren. Er ließ seine Lippen tiefer gleiten und schob seinen Kopf schließlich zwischen ihre Beine, um zärtlich in die Innenseite ihrer Schenkel zu beißen. Dann liebkoste er ihre Spalte, bevor er mit der Zunge tief in sie eindrang und sie immer weiter an den Rand der Ekstase trieb. Sie war kurz davor zu kommen.

Er machte weiter und hielt sie fest, indem er einen Unterarm über ihre Hüfte legte und mit der anderen Hand ihre Brustwarze reizte. Manchmal fickte er sie auch mit den Fingern, während er sie weiter leckte.

Er beherrschte die Kunst, sie mit der Zunge zu

verwöhnen, meisterhaft. Sein Bart kitzelte auf wunderbare Weise ihre Haut, die danach stets gerötet war. Er hatte sich jedes Mal dafür entschuldigt, doch sie hatte es immer genossen. Allein der Gedanke daran entfachte erneut das Feuer der Begierde in ihrem Inneren.

Schließlich wachte sie auf, voller Verlangen und mit einer Hand in ihrem Höschen. Schon wieder hatte die Erinnerung an Carter sie zum Höhepunkt gebracht. Sie sollte wirklich nicht an Carter denken. Es fühlte sich so falsch an. Es war falsch. Wenn sie noch zusammen gewesen wären, hätte sie kein schlechtes Gewissen gehabt, sich im Rausch der Lust mit dem Gedanken an ihn zu verlieren. Aber sie lebten getrennt, daher schien es ihr nicht richtig, sich Fantasien über ihn hinzugeben und dabei zu kommen. Allerdings hatte sie sich in dieser Woche bereits täglich dazu hinreißen lassen, was nur bewies, wie häufig Carter ihr im Kopf herumspukte. Langsam verlor sie den Verstand.

Sie widerstand dem Drang, ihre Finger abzulecken, und errötete bei dem Gedanken daran, wie Carter ihren Honig genüsslich von seinen Fingern gelutscht hatte. Bevor sie ihn getroffen hatte, war sie ziemlich prüde gewesen.

Zumindest dachte sie das von sich selbst. Sie hatte zwar Sex mit ihren vorherigen Partnern und hatte ihn genossen, wobei sie zuweilen selbst die Initiative ergriffen hatte. Doch dann hatte sie mit Carter geschlafen und erkannt, wie unglaublich es sein konnte.

Sie und ihre Schwestern redeten ständig über Sex, aber nachdem sie Carter kennengelernt hatte, wurde sie zurückhaltender. Anfangs gab sie nicht viel preis, weil der Akt mit ihm immer sehr intim gewesen war. Zuletzt erzählte sie nichts mehr, weil sie nicht mehr miteinander geschlafen hatten.

Sie wollte nicht, dass ihre Schwestern davon erfuhren, obwohl sie das Gefühl hatte, dass sie es damals bereits gewusst hatten. Inzwischen war allen klar, dass Roxie keinen Sex mehr hatte, da Carter nicht mehr bei ihr wohnte und die Scheidungspapiere unterschrieben hatte.

Sie hatte sie jedoch noch nicht unterschrieben. Aber sie würde es tun. Bald. Sie wollte noch etwas warten. Vielleicht weil sie Angst hatte, allein zu sein. Andererseits lebte sie bereits allein, daher war das keine passende Ausrede. Wahrscheinlich wollte sie die Dokumente nicht direkt nach ihm unterzeichnen, weil sie nicht impulsiv reagieren wollte. Nachdem sie die Scheidung eingereicht hatte, hatten sie beide sich Zeit gelassen. Er hatte die Papiere mit Landon und einer weiteren, ihr unbekannten Person durchgesprochen und dann unterschrieben. Sie würde nicht einmal mehr mit Carter reden müssen.

Dieser Gedanke schmerzte.

Nichtsdestotrotz würde sie sich zusammenreißen und die Dokumente unterschreiben müssen. Schließlich hatte sie die Scheidung überhaupt erst eingereicht. Ihre Schwägerin Thea hatte sie gerade erst am Vortag darauf hingewiesen.

Roxie war deprimiert gewesen und hatte sich Shea gegenüber wie eine Zicke verhalten. Sie war sich dessen bewusst, konnte aber nichts dagegen tun. Da sie etwas Zeit für sich gebraucht hatte, nahm sie einige Unterlagen mit in ein Café. Sie hatte kein schlechtes Gewissen, da die Dokumente keine Klienteninformationen enthielten, sondern lediglich ihr eigenes Haus betrafen. Irgendwann spazierte Shea herein, um einen Kaffee zu trinken. Sie hatte Roxie dort sitzen sehen und war an ihren Tisch gekommen.

Roxie liebte ihre Schwägerin wirklich. Aber als diese sie nach ihrem Befinden gefragt hatte, reagierte Roxie gereizt.

»Mir geht es gut. Ich wünschte nur, die Leute würden aufhören, mich ständig danach zu fragen«, hatte sie schroff geantwortet. Shea hatte nur die Augen verengt und ihren Kaffee abgestellt.

»Wir lieben dich«, hatte Shea erwidert. »Wir lieben dich so sehr. Und wir sind für dich da. Aber du musst dir von uns helfen lassen.«

»Ich brauche keine Hilfe. Carter hat die Papiere unterschrieben. Es ist vorbei.« Die Worte waren ihr einfach herausgerutscht, und nun konnte sie sie nicht mehr zurücknehmen.

Shea hatte sich mit Tränen in den Augen vorgebeugt und Roxie einen Kuss auf den Kopf gedrückt.

»Du hast die Scheidung selbst eingereicht, Roxie. Und ich liebe dich.«

Danach gab es nicht mehr viel zu sagen. Roxie wusste, dass sie sich zusammenreißen musste. Sie musste akzeptieren, dass Shea nur versuchte, ihr zu helfen. Aber niemand wusste, wie man ihr helfen konnte – am allerwenigsten sie selbst.

Heute, an einem Samstagabend, glaubte Roxie, den Verstand zu verlieren. Sie hatte tatsächlich ein Nickerchen gemacht und sich selbst befriedigt, während sie an ihren Mann dachte, von dem sie bald offiziell geschieden sein würde.

Sie wusste nicht warum ... nein, das stimmte nicht. Sie wusste genau, warum es so wehtat.

Weil Carter für immer der Ihre hätte sein sollen. Doch das war er nicht.

Roxie trug ein Strickkleid und hatte ihre Strumpfhose bereits vor einigen Stunden ausgezogen. Offensichtlich hatte sie unbewusst geahnt, dass sie sich im Schlaf befriedigen wollte.

Da draußen noch winterliche Temperaturen herrschten, war ihr trotz eingeschalteter Heizung immer noch kalt. Also deckte sie sich zu und drückte den Knopf, um den Kamin anzuschalten. Diesen hatten sie erst vor Kurzem einbauen lassen, wobei Carter bei der Installation geholfen hatte. Er war so geschickt. Vor einer Weile war Roxie klar geworden, dass sie sein handwerkliches Talent immer als selbstverständlich angesehen hatte. Sie hatte keine Ahnung, was zu tun war, wenn etwas im Haus kaputtging. Sie musste einen Handwerker rufen, denn selbst die Schublade in der Küche konnte sie nicht reparieren. Sie hatte es mithilfe von YouTube-Videos versucht und hätte beinahe ihren Bruder oder ihren zukünftigen Schwager um Hilfe gebeten.

Sie hatte sich geärgert, weil sie es nicht allein geschafft hatte. Wann war sie jemals wirklich auf sich allein gestellt gewesen?

Als sie ihr Elternhaus verließ, war sie in ein Studentenwohnheim gezogen. Danach hatte sie sich mit einer Freundin eine Wohnung geteilt und anschließend dieses Haus gekauft. Sie hatte es nur für kurze Zeit allein bewohnt, denn wenig später hatte sie den Mann getroffen, der die Liebe ihres Lebens hätte sein sollen.

Und nun war sie wieder allein.

Kaum war ihr der Gedanke gekommen, klopfte es an der Tür. Sie schreckte auf, wobei etwas von dem Tee, den sie in Abbys Teeladen gekauft hatte, über den Rand ihrer Tasse auf ihre Finger schwappte. Sie fluchte. Zum Glück war die Flüssigkeit nicht brennend heiß, da sie den Tee aufgebrüht hatte, bevor sie eingeschlafen war.

Sie schüttelte die Hand aus und wischte sich dann die Finger an ihrer Decke ab. Sie hatte nicht einmal eine Serviette griffbereit. Verdammt.

Hastig stand sie auf, warf die Decke über die Rückenlehne des Sofas und ging zur Tür. Als sie durch den Spion blickte, musste sie schlucken. Warum musste er ausgerechnet in diesem Moment auftauchen, in dem ihr eigenes Aroma noch an ihren Fingern haftete?

Sie hob das Kinn, öffnete die Tür und betete im Stillen, dass sie nicht zusammenbrechen würde.

»Hi«, begrüßte sie ihn mit gedämpfter Stimme, in der unzählige Emotionen mitschwangen. Gott sei Dank. Sie hatte schon befürchtet, sie sei inzwischen so abgestumpft, dass sie nichts mehr fühlen könnte. Offenbar musste sie nur Carter wiedersehen, um Emotionen in ihr wachzurufen.

Warum war er hier?

Warum ausgerechnet heute Abend?

Und warum sah er aus, als käme er gerade von einer Verabredung?

Er hatte sein Haar nach hinten gekämmt und seinen Bart gestutzt. Er trug seine Fliegerjacke, ein elegantes Hemd und eine graue Hose, aber keine Krawatte.

Er sah aus, als hätte er ein Rendezvous gehabt.

Während sie zu Hause auf der Couch gesessen hatte.

Sie war sich schmerzlich bewusst, dass sich nach ihrem Nickerchen der faltige Abdruck des Kissens auf ihrer Wange abzeichnete. Außerdem hatte sie sich die Haare nicht gekämmt und sah aus, als hätte sie den ganzen Tag herumgelungert.

Was für ein Leben.

Er hingegen schien sein Leben in vollen Zügen zu genießen.

Und das tat weh.

»Darf ich reinkommen?«, fragte er.

Sie trat automatisch einen Schritt zurück und bedeutete ihm einzutreten. Schließlich hatte er fast genauso lange in dem Haus gelebt wie sie.

»Hast du etwas vergessen?« Warum war das das Erste, was ihr in den Sinn kam?

»Das könnte man so sagen. Ich habe eine Menge Dinge vergessen.«

Sie runzelte die Stirn und starrte ihn an. »Ich verstehe nicht, was du meinst.«

»Und ich habe offensichtlich vieles nicht verstanden.«

»Okay. Ist etwas nicht in Ordnung, Carter?«

»Nichts ist in Ordnung.« Er wandte sich ihr zu und fuhr sich mit den Händen durchs Haar.

»Fang ganz von vorn an. Ist jemand verletzt?«

»Nein, das nicht. Verdammt. Ich habe dir etwas zu sagen, aber ich weiß nicht, wo ich anfangen soll.«

Beklommen straffte sie die Schultern und wappnete sich. »Spuck es einfach aus.« Wenn sie schon früher so direkt gewesen wären, würden sie jetzt vielleicht nicht hier stehen und sich wie Fremde fühlen. Aber darüber konnten sie sich ein anderes Mal unterhalten.

Oder vielleicht sollten sie jetzt gleich darüber reden.

»Ich hatte heute Abend eine Verabredung.«

Roxie bemerkte erst, als sie mit dem Rücken gegen die Tür stieß, dass sie einen weiteren Schritt, dann noch einen, zurückgewichen war. Sie zitterte am ganzen Leib. Natürlich hatte sie gewusst, dass dieser Moment irgendwann kommen würde. Sie waren nicht mehr Carter und Roxie, denn sie lebten in Scheidung. Eigentlich sollte es keine Überraschung sein, dass er mit einer anderen Frau ausging. Er sollte sein Glück finden. Darum hatte Roxie ihn gehen lassen. Aber die Tatsache, dass er tatsächlich eine Verabredung hatte? Und direkt danach hierherkam?

Oh Gott, sie konnte nicht atmen. Warum bekam sie keine Luft?

Sie legte sich eine Hand an die Brust und versuchte, ihr rasendes Herz zu beruhigen. Ihr war bewusst, dass sie die Augen weit aufgerissen hatte und plötzlich blass um die Nase war, während er dastand und sie anstarrte. Er streckte eine Hand nach ihr aus, als wollte er ihr helfen, doch sie konnte sich kaum konzentrieren.

Warum konnte sie nicht atmen?

Genau das hatten sie doch gewollt. Warum bekam sie keine Luft?

»Oh«, wollte sie sagen, doch sie brachte keinen Ton über die Lippen. Sie öffnete den Mund, um noch etwas zu sagen, doch es kam nichts heraus. Wieder einmal versagte ihre Stimme.

Warum konnte sie nicht sprechen? Warum konnte

sie ihm nicht sagen, dass sie verletzt war? Warum konnte sie ihm nicht verständlich machen, dass sie einen Fehler begingen?

Sie musste ihm versichern, dass sie mit ihm zusammen sein wollte und dass alles gut werden würde. All das hätte sie ihm schon vor langer Zeit sagen sollen. Sie hätte ihm erklären sollen, dass sie litt und keine Ahnung hatte, wer sie eigentlich war.

Sie hätte ihm das alles sagen müssen, *bevor* sie ihm die Papiere überreicht hatte. Sie hätte es ihm sagen sollen, bevor er gegangen war.

Jetzt war er hier und roch vielleicht sogar nach einer anderen Frau.

Gerade noch hatte sie davon geträumt, seine Nähe zu spüren, und hatte in ihrer Fantasie mit ihm geschlafen. Und er war mit einer anderen ausgegangen.

Roxie wurde übel.

Sie würde sich übergeben müssen.

Sie hatte geglaubt, die Schmerzen wären verebbt.

Aber sie kamen mit Wucht zurück.

Das war's.

Sie musste etwas sagen.

Doch sie schwieg.

»Ich habe sie nicht angerührt. Ich habe sie nicht einmal zur Begrüßung umarmt. Sie ist die Freundin der Frau eines Mitarbeiters. Tommys Frau. Aber das ist nicht wichtig.«

»Oh«, sagte sie diesmal lautstark. Was wollte er

von ihr hören? Was gab es da noch zu sagen? »Warum bist du hier, Carter?«

»Weil ich eine verdammte Verabredung hatte und die ganze Zeit über nur an dich denken konnte. Warum hatte ich ein Rendezvous, Roxie?«

Sie blinzelte. »Diese Frage kann ich dir nicht beantworten.«

»Ich auch nicht. Abgesehen davon, dass ich einfach wieder etwas fühlen wollte und jetzt glaube, alles falsch gemacht zu haben. Was ich auch tue, ich scheine immer die falsche Entscheidung zu treffen. Und das schon viel zu lange. Wie konnte das passieren, Roxie? Wie kann es sein, dass wir uns gegenüberstehen, als seien wir zwei Fremde? Du bist meine Frau. Auf dem Papier sind wir noch verheiratet. Und doch kann ich die Worte, die ich sagen muss, nicht aussprechen. Sie kommen mir nicht einmal in den Sinn, wenn ich dich ansehe. Statt zu gehen, hätte ich kämpfen sollen. Ich weiß, dass es zu spät ist, aber ich wünsche mir so sehr, dass wir noch eine Chance haben. Ich war mit einer anderen Frau essen, doch das hätte ich nicht tun sollen. Sie bedeutet mir nichts. Und das weiß sie.«

»Ich ...«, begann Roxie, doch sie verstummte sofort wieder. Sie versuchte, seinen Worten einen Sinn abzugewinnen. Warum sagte er ihr das alles? Warum ausgerechnet jetzt? Warum hatte er diese Worte nicht schon vor Monaten ausgesprochen? Die Scheidung war eingereicht. Sie hatten sich voneinander entfernt. Warum war er wieder hier?

»Ich liebe dich so sehr, Roxie. Vielleicht liebe ich auch einfach das, was wir hatten. Ich weiß, dass wir die Zeit nicht zurückdrehen können, aber ich hoffe inständig, dass wir noch in der Lage sind, miteinander zu reden. Denn ein Gespräch ist längst überfällig. Mir ist bewusst, dass alle denken, wir hätten das schon längst tun sollen, aber ich habe es einfach nicht über mich gebracht. Ich konnte dir nicht gegenübertreten und mir eingestehen, was wir verloren haben. Ich konnte es nicht tun, weil ich dich so sehr geliebt habe. Und ich hatte Angst davor, dass ich mich selbst hassen würde – und am Ende vielleicht sogar dich. Weil ich nicht mehr wusste, wer wir waren. Aber ich bin bereit, es herauszufinden. Ich will verstehen, was passiert ist. Ich hätte das schon früher tun sollen, aber ich war wie gelähmt. Und das macht mich zu einem Feigling. Zu einem Versager. Ich vermisse dich, Roxie. Ich vermisse dich so sehr.«

Tränen kullerten ihr über die Wangen. Roxie wurde klar, dass sie zum ersten Mal seit Langem in seinem Beisein weinte. Sie hatte nicht geweint, als er verletzt wurde, und auch nicht, als er ausgezogen war. Zumindest nicht in seiner Nähe. Im Stillen hatte sie unzählige Tränen wegen dieses Mannes vergossen und hatte die Frau betrauert, zu der sie geworden war. Diese Tränen fühlten sich jedoch anders an.

Sie konnte ihn dafür nicht hassen. Und sie konnte sich selbst nicht hassen.

»Ich weiß nicht, was ich sagen soll.«

»Und genau da liegt unser Problem. Wir wissen nie, was wir sagen sollen. Und das ist scheiße.«

Sie blinzelte. »Wie bitte?«

»Es ist scheiße. Und zwar für uns beide. Wir waren verheiratet, Roxie. Das sind wir immer noch. Warum können wir nicht einfach aussprechen, was wir denken und fühlen? Warum ist das so schwer?«

»Ich weiß es nicht, aber es war schon immer schwer. Ich weiß nicht mehr, was ich sagen soll. Das habe ich nie gewusst. Aber das ändert nichts daran, dass du gegangen bist, Carter. Du hast mich verlassen, ohne zurückzublicken.«

»Ich bin gegangen, weil du es so wolltest. Du hast die Scheidung eingereicht.«

»Du hattest dich schon lange vorher von mir abgewendet«, blaffte sie.

»Ich bin nur dem Weg gefolgt, den du uns vorgegeben hast.«

Sie schnappte nach Luft. »Das stimmt nicht.«

Er schüttelte den Kopf und wischte sich mit der Hand übers Gesicht. »Vielleicht stimmt es nicht. Vielleicht habe ich das nur gedacht. Und vielleicht müssen wir gerade deshalb miteinander reden. Ich sage nicht, dass ich wieder hier einziehen werde oder wir unser altes Leben wieder aufnehmen sollten. Aber wir müssen reden. Ich vermisse dich so sehr. Ich weiß nicht, ob du mich noch liebst, aber ich liebe dich. Mit jeder Faser meines Wesens, Roxie. Und ich würde gern gemeinsam mit dir herausfinden, wer wir sind. Ich will mich nicht mit anderen Frauen treffen, bei Landon wohnen oder mir eine eigene Wohnung suchen. Ich will der Carter für die Roxie sein, die du jetzt bist. Aber um das zu tun, müssen wir reden. Wir müssen einfach ... wir sein.«

Roxie stieß hörbar den Atem aus.

»Lass es uns versuchen, Roxie. Mehr verlange ich gar nicht. Gib mir eine Chance.«

»Es war schon immer schwer, darüber zu sprechen, aber jetzt scheint es so gut wie unmöglich. Du weißt genau, was geschehen ist.«

»Das weiß ich. Und wir haben nie darüber gesprochen. Das war unser Fehler. Einer von vielen.«

»Aber was, wenn wir zu große Angst davor haben? Was, wenn wir darüber reden und es dadurch noch schlimmer wird?«

»Dann haben wir es wenigstens versucht. Wir beide leiden und begehen einen Fehler nach dem anderen. Die anderen wissen nicht, wie sie sich uns gegenüber verhalten sollen. Bitte lass mich nicht wieder gehen. Lass es uns versuchen. Das ist alles, worum ich dich bitte.«

»Es wird nur noch mehr wehtun, über die Gründe zu reden, die wir ignoriert haben. Wir werden uns darüber unterhalten müssen, warum sich alles verändert hat.«

Carter kam auf sie zu und umfasste ihr Gesicht mit beiden Händen. Sie schloss die Augen und widerstand dem Drang, sich an ihn zu schmiegen. Sie hatte seine Berührung so sehr vermisst.

»Dann ist es eben so. Wenn es wehtut, dann muss es so sein. Ich hätte das schon früher tun sollen. Wir haben so viel Zeit vergeudet.«

»Was, wenn es nicht funktioniert? Vielleicht stellen wir fest, dass wir uns aus gutem Grund nicht ausgesprochen haben und in dieser Lage befinden.«

»Aber dann werden wir es zumindest wissen. Zwing mich bitte nicht, wieder zu gehen.«

»Ich weiß nicht, was passiert, wenn du bleibst.«

»Das weiß niemand. Aber wir müssen es herausfinden. Gemeinsam.«

Obwohl sie sich danach sehnte, küsste er sie nicht. Sie war froh darüber, denn sie wusste nicht, was sie getan hätte. Sie konnte nicht mit ihm schlafen, zumindest nicht in diesem Moment. Zuerst mussten sie herausfinden, wer sie als Paar waren.

»Und wie sollen wir das anstellen? Was denkst du?«

Er stieß den Atem aus und ließ die Schultern hängen, sein Gesicht wirkte jedoch immer noch angespannt. »Ich würde dich gern zum Essen ausführen. Zu einer Art erstem Rendezvous.«

»Ein erstes Rendezvous, obwohl wir technisch gesehen noch verheiratet sind?«

»Es wird uns guttun. Zumindest glaube ich das. Ich vermisse dich.«

»Dann gehe ich mit dir aus.«

Sie sagte ihm nicht, dass auch sie ihn vermisst hatte. Vielleicht wusste er das bereits.

»Wir werden eine Lösung finden.«

»Und wir werden es gemeinsam tun. So, wie wir es schon längst hätten tun sollen.«

Er presste seine Stirn an ihre und ließ sie dort ruhen, bevor er zitternd den Atem ausstieß und das Haus verließ.

Sie hatte keine Ahnung, was sie als Nächstes tun sollte, doch wenig später erhielt sie eine Nachricht von ihm, in der er ihr die Uhrzeit und den Ort für ihren Treffpunkt nannte. Er wollte nächste Woche mit ihr ausgehen.

Heute war schließlich Samstag, und er wusste, dass sie am Sonntag früh schlafen gehen wollte.

Das wusste er, weil er sie kannte. Zumindest einen Teil von ihr. Roxie war sich darüber im Klaren, dass sie sich momentan so verloren fühlte, weil sie sich im Grunde selbst nicht wirklich kannte. Weder ausgiebiges Langlaufen noch ewiges Grübeln würden daran etwas ändern.

Sie schickte ihm eine Nachricht und stimmte mit einem »Okay« zu.

Okay.

Sie war okay.

Auch wenn sie es nicht war.

Sie würde mit ihrem Mann ausgehen.

Noch einmal ließ sie ihren Tränen freien Lauf.

KAPITEL DREIZEHN

Erste Verabredungen waren immer etwas unbeholfen. Es war ganz normal, dass man sich im Vorfeld unbehaglich fühlte. Aber nichts war so unangenehm wie die Vorbereitung auf ein erstes Rendezvous mit seiner Ex-Frau.

Carter presste die Stirn gegen die Wand neben dem Kleiderschrank im Gästezimmer und fragte sich, was zum Teufel er zu einem Treffen mit einer Frau anziehen sollte, die er liebte, von der er aber getrennt lebte.

Er wusste, dass er das Outfit, das er vor einer Woche bei seiner Verabredung mit Stacia getragen hatte, nicht anziehen würde. Obwohl er nicht unbedingt Geld wie Heu hatte, hatte er wider besseres Wissen alles weggeworfen.

Bis auf die Fliegerjacke. Die hatte er an dem Abend getragen, an dem er Roxie kennengelernt hatte.

Danach hatte er sie häufig angezogen, wenn sie zusammen ausgegangen waren. Sie erinnerte ihn an die gemeinsame Zeit mit Roxie und hatte daher eine besondere Bedeutung für ihn. Abgesehen davon besaß er keine andere Jacke und hätte bei seiner Verabredung mit Stacia ohnehin nichts anderes tragen können.

Er wollte nicht einmal mehr an den Namen dieser Frau denken, obwohl sie sehr nett gewesen war. Immerhin hatte der Abend Carter dazu gebracht, etwas zu tun, was er längst hätte tun sollen.

Nämlich zu seiner Frau zu gehen und sie anzuflehen, mit ihm zu reden und ihm noch eine Chance zu geben. Vielleicht hatte er sich auch selbst davon überzeugen müssen, dass er *ihr* eine weitere Chance geben wollte.

Er war sich nicht einmal sicher, ob das überhaupt Sinn ergab.

Doch das wunderte ihn nicht, denn in letzter Zeit hatte er Schwierigkeiten, klar zu denken. Trotzdem versuchte er es nach Kräften.

Endlich.

»Ist alles okay bei dir?«, fragte Landon mit zaghaftem Tonfall.

Carter öffnete die Augen, trat von der Wand zurück und drehte sich zu seinem Freund um. Landon lehnte am Türrahmen und hatte die Arme vor der Brust verschränkt. Er sah aus, als käme er gerade von der Arbeit. Zwar war heute Samstag, aber Landon hatte in letzter Zeit viel gearbeitet und zum Teil Wochenendschichten eingelegt. Wie alle wollte auch er Geld zurücklegen, doch eigentlich versteckte er sich hinter seinem Job, um sich nicht mit seinen Gefühlen für Kaylee auseinandersetzen zu müssen. Auch Carter hatte sich in die Arbeit geflüchtet.

»Ich habe keine Ahnung, was ich anziehen soll.«

Landon schnaubte und ein Lächeln umspielte seine Lippen.

»Findest du das etwa lustig?«, fragte Carter. »Glaubst du, ich bin gern nervös, weil ich mit meiner Frau ausgehe? Ich bin mit den Nerven am Ende und noch aufgeregter als bei unserer ersten Verabredung. Meine Handflächen sind schweißnass.« Er rieb sich die Hände an seiner Hose. »Was soll ich nur tun?«

Landon hob abwehrend die Hände und lächelte erneut. »Ich finde es nur lustig, weil ich mit Ryan vor seiner ersten Verabredung mit Abby eine ähnliche Unterhaltung geführt habe.«

Carter horchte auf. »Wirklich?«

»Ja, Ryan war ein nervliches Wrack. Für Abby war es zwar nicht das erste Rendezvous, seit sie Max verloren hatte, aber sie war ebenfalls nervös, denn sie wusste, dass Ryan etwas Besonderes war. Heute wissen wir das alle. Und Ryan hatte Angst, er könnte alles vermasseln. Er probierte vier verschiedene Outfits an, bevor er das Richtige fand. Tatsächlich habe ich es für ihn ausgesucht, aber darüber wollen wir jetzt nicht reden.«

»Erklär mir, wie du die richtige Wahl triffst. Such etwas für mich aus.«

»Bittest du mich darum, weil ich der einzige Bisexuelle bin, den du kennst?«

»Fick dich.« Um seinen Worten Nachdruck zu verleihen, zeigte Carter seinem Freund den Mittelfinger. »Du bist nicht der einzige Bisexuelle, den ich kenne. Du bist nicht einmal der einzige Bisexuelle in diesem Raum, du Idiot.«

»Der Punkt geht an dich«, erwiderte Landon. »Allerdings habe ich den leisen Verdacht, dass jeder in unserer kleinen Clique bisexuell ist. Langsam ergibt alles Sinn.«

»Nein, aber wir leben in einem Zeitalter, in dem man offen über seine Sexualität sprechen kann und die Möglichkeit hat, sie zu erforschen. Wir verstehen es. Man darf man selbst sein. Aber ich weiß nicht, ob ich heute Abend wirklich ich selbst sein kann. Meine Güte, ich gehe mit meiner Frau aus. Lassen wir also die sexuelle Identität und die Politik mal beiseite und sprechen darüber, dass ich Roxie heute zum Essen ausführe und keine Ahnung habe, was ich tue.«

»Du redest ziemlich viel, wenn du nervös bist.«

»Auch auf die Gefahr hin, mich zu wiederholen: Fick dich. Aber bitte, um Himmels willen, hilf mir, etwas zum Anziehen zu finden.«

»Wohin führst du sie aus? Hoffentlich nicht in das Restaurant, in dem du mit der anderen Frau warst.«

»Ich bin es wirklich leid zu fluchen, aber ich sage es gern noch einmal: Fick dich.«

»Ich versuche nur, dir zu helfen. Wenn du mir jedoch weiterhin sagst, dass ich mich ficken soll, werde ich vielleicht genau das tun, während du hier in deiner Jeans und deinem Unterhemd stehst und dich fragst, was du anziehen sollst. Aber nur zu.«

»Landon.«

»Also schön. Ich weiß, dass du Roxie nicht in dasselbe Restaurant ausführen wirst, in dem du mit Stacia warst. Du warst ohnehin nur dort, weil ich dir den Laden empfohlen habe. Übrigens, wenn ich gewusst hätte, dass du ausgerechnet an jenem Abend dort sein würdest, wäre ich mit Kaylee in ein anderes Restaurant gegangen. Kaylee hat mir versichert, dass sie nicht mit Roxie darüber sprechen wird, es sei denn, Roxie fragt sie danach. Allerdings weiß ich, dass Kaylee nicht gern Geheimnisse vor ihren Freundinnen hat.«

»Mach dir darüber keine Sorgen, ich habe Roxie nichts von dir und Kaylee erzählt. Aber ich kann es heute Abend tun, wenn du willst. Sie weiß, dass ich eine Verabredung mit einer anderen Frau hatte und dass es ein Fehler war. Jetzt versuchen wir, neu anzufangen, auch wenn wir nicht wirklich darüber reden. Genauso wenig wie über die anderen Dinge, die in unserer Beziehung schiefgelaufen sind.«

»Aha. Gut zu wissen. Aber sowohl Kaylee *als auch* Roxie zuliebe solltest du ihr wahrscheinlich erzählen, dass wir dort waren.«

»Und was soll ich Roxie sagen, wenn sie mich fragt, warum du mit einer Frau dort warst, mit der du angeblich nicht zusammen bist?«

»Sag ihr einfach, dass wir als Freunde dort waren.«

»Blödsinn.«

»Im Moment reicht es, wenn wir über eine verkorkste Beziehung zur Zeit reden, Mr. Marshall. Konzentrieren wir uns also erst einmal auf dich und Roxie. Später können wir uns immer noch um das kümmern, was zwischen Kaylee und mir vor sich geht. Nicht dass irgendetwas vor sich geht. Ach, vergiss einfach, dass ich etwas gesagt habe.« Landon räusperte sich. »Du solltest heute dein schwarzes Hemd tragen, aber die obersten Knöpfe offen lassen. Dazu ziehst du deine dunkelgraue Hose und die schwarzen Slipper an. Und vergiss nicht, deine Armbanduhr zu tragen und deine Fingernägel so gut wie möglich zu säubern. Ich glaube zwar nicht, dass Roxie sich an dem Öl stört – schließlich wusste sie, dass sie einen Mechaniker heiratet –, aber es wäre trotzdem ratsam, es abzuwischen.«

»Ich habe mir die Hände mehrfach gewaschen«, sagte Carter und hielt sie in die Höhe. »Siehst du? Sie sind ziemlich sauber.«

Landon musterte ihn kritisch. »Das ist gut genug. Und sieh zu, dass du Roxie gegenüber offen bist. Ich weiß, wie verschlossen du sein kannst. Wenn man bedenkt, dass du bei mir wohnst, weiß ich eigentlich kaum etwas über dich. Aber du bleibst nicht dauerhaft, oder?«

Carter stieß den Atem aus und begann, sich seiner Kleidung zu entledigen und das Outfit anzuziehen, das Landon ihm empfohlen hatte. »Nein, ich werde nicht ewig hierbleiben. Wenn Roxie und ich zu dem Schluss kommen, dass wir keine gemeinsame Zukunft haben, suche ich mir eine Wohnung. Sie sollte sich in der Nähe der Werkstatt befinden und nicht unbedingt in einer Gegend, in der ich ständig einem Mitglied der Familie Montgomery über den Weg laufe. Das ist schwieriger, als es scheint, weil sie über den ganzen Staat verteilt sind.«

»Ich weiß, was du meinst. Aber du kannst so lange hier wohnen, wie du willst, ich wollte dich nicht rauswerfen. Es sei denn, ich dränge dich in die Arme deiner Frau, dann gebe ich dir vielleicht einen Schubs.«

»Du bist so gutherzig, Landon. Weiß Kaylee, wie romantisch du bist?«

»Das ist jetzt nicht das Thema, Carter.«

»Doch, das ist es. Es ist *dein* Thema.«

»Das wollten wir doch erst einmal beiseitelassen. Aber wir sollten über das reden, was du mit deiner Frau besprechen wirst.«

»Ich habe keine Ahnung. Wahrscheinlich können wir ohnehin nicht zu sehr ins Detail gehen, da wir uns in der Öffentlichkeit befinden werden.«

»Und wohin genau führst du sie aus?«, wollte Landon wissen.

»In ein Restaurant, in dem wir beide noch nicht waren. Sie liebt asiatische Küche, und ich glaube, dort wird eine Mischung aus koreanischen und japanischen Speisen geboten. Zumindest stand das auf der Speisekarte. Ich bin ein paarmal an dem Laden vorbeigefahren. Er hat gute Kritiken und die Bilder auf der Webseite sind äußerst ansprechend.«

»Gute Wahl. Geh nicht in das Restaurant, das du mit Stacia besucht hast. Ich fürchte, dass ich dort jetzt auch nicht mehr hingehen kann.«

»Das tut mir leid, aber du hast mir dazu geraten.«

»Da hast du wohl recht«, antwortete Landon. »Es ist eine gute Idee, in ein Restaurant zu gehen, in dem ihr beide noch nicht wart. Das ist ein Neuanfang. Aber verliere dich nicht zu sehr in Erinnerungen und achte darauf, dass du nicht ins Schwafeln gerätst, auch wenn du eine tolle Stimme hast. Vor allem solltest du ihr sagen, was du fühlst.«

»Das habe ich letzte Woche bereits getan, als ich sie zu Hause besucht habe. Und ich werde es noch häufiger tun. Ich muss es tun, weil ich sie liebe, Landon. Ich hätte viel erbitterter um sie kämpfen sollen, als es darauf ankam.«

»Es kommt auch jetzt noch darauf an. Vermassele es nur nicht.«

»Welch weise Worte.«

Er ließ sich noch ein letztes Mal von Landon begutachten, um sich zu vergewissern, dass alles perfekt saß. Zwar kleidete Carter sich schon seit Jahrzehnten selbst, aber wenn sein Freund sichergehen wollte, dass er tatsächlich wie ein Mann aussah, der seine Frau ausführt, dann würde er es zulassen. Außerdem war er so nervös, dass er befürchtete, aus Versehen den Reißverschluss seiner Hose nicht zu schließen oder zwei verschiedene Schuhe anzuziehen.

Er fuhr zu dem Haus, in dem er mit der Liebe seines Lebens gelebt hatte. Im Gegensatz zu Stacia wollte er Roxie nicht einfach im Restaurant treffen. Als er sie gefragt hatte, ob er sie abholen dürfe, hatte er schon befürchtet, dass sie ablehnen würde. Doch sie hatte zugestimmt.

Er stellte sich auf eine unangenehme Verabredung mit betretenem Schweigen ein. Aber immerhin, es war ein Anfang. Ein erster Versuch. Das war doch auch etwas wert. Carter hoffte nur, dass er nicht umsonst war.

»Vermassele es nicht«, flüsterte er sich zu, bevor er anklopfte.

Als Roxie die Tür öffnete, hätte Carter sich fast an seiner eigenen Zunge verschluckt. Sie trug ein hübsches schwarzes figurbetontes Kleid, das unterhalb der Hüfte ausgestellt war und ihr bis zu den Knien reichte. Dazu trug sie eine schwarze Strumpfhose und kniehohe Stiefel. Er erhaschte einen flüchtigen Blick auf die Strumpfhose und konnte ein Muster darauf erkennen, das er gern genauer unter die Lupe genommen hätte. Aber vielleicht nicht heute Abend. Wahrscheinlich würde der Abend nicht im Bett enden.

Daran sollte er nicht einmal denken. Nicht jetzt, vielleicht nie. Zumindest nicht, wenn er tatsächlich eine innige Beziehung zu seiner Frau haben wollte.

Ihr Haar fiel ihr in Wellen über die Schultern, während die obere Partie zurückgebunden und leicht toupiert war. Er hatte keine Ahnung, wie er die Frisur nennen sollte, aber sie umrahmte ihr Gesicht perfekt und brachte ihre Augen zur Geltung.

Er liebte diese Frau abgöttisch.

Und er hoffte inständig, dass die Liebe ausreichen würde, um ihre Beziehung wieder zum Leben zu erwecken.

»Wow«, sagten sie beide gleichzeitig.

Carter verzog die Lippen zu einem Lächeln. »Du siehst wunderschön aus.«

»Ich wollte gerade dasselbe sagen, doch dann kam mir der Gedanke, dass ›wunderschön‹ vielleicht nicht das richtige Wort ist. Du bist mir zuvorgekommen.«

»Ich bin einfach froh, dass du meine Einladung angenommen hast. Ich habe uns einen Tisch im *Ko* reserviert. Wir sollten genügend Zeit für einen Drink an der Bar haben, bevor wir uns setzen.«

»Das klingt wunderbar. Ich wollte schon immer in dieses Restaurant, habe aber nie die Zeit dafür gefunden.«

Sie setzten sich in Bewegung und gingen zu seinem Pick-up. »Dann bin ich froh, dass wir uns die Zeit nehmen«, sagte er.

Er war sich durchaus bewusst, dass er nicht nur

vom heutigen Abendessen sprach, sondern dass seine Worte eine tiefere Bedeutung hatten.

Carter half Roxie beim Einsteigen. Sein Wagen verfügte zwar über eine Trittstufe, doch Roxie musste trotzdem hinaufspringen. Als er ihre Hüfte mit beiden Händen packte, erstarrten beide für einen Moment und ihre Blicke trafen sich.

Er hatte sie schon so lange nicht mehr auf diese Weise berührt.

Allerdings wusste er nicht, ob es ihm überhaupt zustand.

Ein Schritt nach dem anderen, ermahnte er sich. Nur ein Schritt nach dem anderen.

Während der Fahrt schwiegen sie die meiste Zeit.

Wenn sie etwas sagten, wirkte die Unterhaltung gezwungen, als wüssten sie nicht, worüber sie reden sollten. Er tat sich schwer und hoffte inständig, dass der Abend bald besser werden würde.

Im Restaurant wurden sie sofort an ihren Tisch geführt. Sie nahmen gegenüber voneinander Platz und sprachen über die Arbeit und andere belanglose Dinge. Die Unterhaltung mit Stacia vor einer Woche war ihm leichter gefallen, doch das lag daran, dass sie ihm nicht wichtig gewesen war.

Wenn es um Roxie ging, war alles wichtig.

Sie nippten an ihren Getränken und warteten auf den Teller Sushi, den sie als Vorspeise bestellt hatten. Carter beugte sich vor. Irgendwo musste er anfangen.

»Erinnerst du dich an unsere erste Begegnung?«,

fragte er und legte seine Hand auf ihre. Sie zog sie nicht zurück.

Gott sei Dank.

Sie blinzelte und begegnete seinem Blick. »Ja, ich erinnere mich. Ich hatte einen Platten.« Ein zaghaftes Lächeln huschte über ihre Lippen.

Carter lächelte ebenfalls. »Du hast in meiner Werkstatt angerufen. Nur gut, dass du die Nummer hattest.«

»Eine meiner Kolleginnen hat mir erzählt, dass ihr großartige Arbeit an ihrem Wagen geleistet habt. Als ich eines Tages an der Werkstatt vorbeikam, habe ich die Nummer in mein Handy eingespeichert – für den Fall der Fälle. Wie sich herausstellte, habe ich sie tatsächlich gebraucht.«

»So ein Reifenplatzer auf der Landstraße muss beängstigend gewesen sein. Immerhin ist die erlaubte Geschwindigkeit dort ziemlich hoch.«

»Das war es. Aber irgendwie habe ich es geschafft gegenzulenken, obwohl ich nicht wirklich wusste, wie ich mich verhalten sollte. Auch jetzt könnte ich dir nicht aus dem Stegreif sagen, was in so einem Fall zu tun ist. Aber ich hatte Glück. Der platte Reifen war allerdings zu viel für mich.«

»Ich weiß, was du meinst«, pflichtete Carter ihr bei. »Viele Leute neigen dazu, sich über andere lustig zu machen, die einer Aufgabe nicht gewachsen sind, die sie selbst als *einfach* erachten. Aber wenn ein Reifen platzt und man nicht weiß, ob die Radkappe gesichert ist, sollte man jemanden um Hilfe bitten.«

»Ich will ehrlich sein, ich wollte den Reifen nicht selbst wechseln, weil ich mich in meinem Anzug nicht schmutzig machen wollte. Ganz zu schweigen davon, dass ich nicht besonders stark bin. Ich hätte wahrscheinlich Schwierigkeiten gehabt, die Radmuttern zu lösen. Mein Vater und mein Bruder haben mir einmal gezeigt, wie man das macht. Ich habe ihnen zugesehen und wäre im Notfall wahrscheinlich dazu in der Lage, aber damals brauchte ich Hilfe.«

»Als ich kam, standest du am Straßenrand.«

Sie starrten sich in die Augen. Carter wollte sich jedoch nicht zu viele Hoffnungen machen und versuchte, nur an die Gegenwart zu denken. Sie unterhielten sich so angeregt wie noch nie. Das war doch immerhin etwas. Wenn sie über Kleinigkeiten reden konnten, würden sie vielleicht auch über die wichtigen Dinge sprechen können, mit denen sie sich unbedingt auseinandersetzen mussten. Sie mussten nur einen Weg finden, um sie anzusprechen.

»Ich war dankbar, dass du mir geholfen hast. Und ich will nicht lügen, du warst verdammt heiß.«

Carter schüttelte den Kopf und wich zurück, als der Kellner die Vorspeiseteller abräumte und die Hauptspeise servierte. Er hatte sich die Bulgogi-Platte bestellt, sein Lieblingsgericht. Roxie hatte sich für eine weitere Portion Sushi und einen Algensalat entschieden. Früher hatten sie immer vom Teller des anderen genascht. Sie hätte etwas von seinem Bulgogi gekostet und er hätte ein Stück Ingwer und vielleicht eine ihrer Sushi-Rollen gegessen. Carter fragte sich, ob sie das heute auch tun würden.

Es erschien ihm seltsam, dass er eine Vorliebe für exotische Speisen hatte, während seine Eltern typische Südstaatler gewesen waren, die amerikanische Gerichte wie Käse-Makkaroni, Hamburger und Apfelkuchen bevorzugt hatten. Hin und wieder kam sein Akzent durch, dann war ihm seine Herkunft deutlich anzuhören. Aber das war nicht er. Er probierte auch gern etwas Neues aus. So hatte er den Mut gefunden, Roxie zu fragen, ob sie mit ihm ausgehen wolle, als sie am Straßenrand standen. Vielleicht hatte sie ein wenig Angst gehabt, aber sie hatte trotzdem Ja gesagt.

»Hast du Lust, wie früher zu teilen? Oder begnügst du dich mit deinem Gericht?«, fragte Roxie.

Er blinzelte und riss sich aus seinen Gedanken. »Ich würde sehr gern teilen, weißt du?«

»Ich weiß.« Sie nahmen sich etwas von der Mahlzeit des anderen und begannen zu essen. »Ich war froh, als du mich damals eingeladen hast, mit dir auszugehen. Du hättest auch ein Serienmörder sein können, aber ich bin das Risiko eingegangen. Du warst sexy und wusstest, wie man mit einem Schraubenschlüssel umgeht.«

Er hätte sich fast an seinem Reis verschluckt und schüttelte den Kopf. »Ich weiß, wie man mit einem Schraubenschlüssel umgeht?«

Als sie die Lippen zu einem Grinsen verzog, verliebte er sich von Neuem in sie. Ihr Lächeln war einfach umwerfend. Es war viel zu lange her, seit er es zuletzt gesehen hatte, und er gab sich selbst die Schuld dafür. Vielleicht war sie auch zum Teil verantwortlich. Aber das tat jetzt nichts zur Sache, die ganze Situation war vertrackt. Dies war nicht der richtige Zeitpunkt für Schuldzuweisungen. Der heutige Abend war ein Neuanfang. Später konnten sie immer noch zurückblicken. Er hoffte nur, dass sie auch nach vorn blicken konnten.

»Natürlich weißt du, wie man mit einem Schraubenschlüssel umgeht. Du bist Mechaniker«, sagte sie und klang dabei so förmlich, dass ein Außenstehender angenommen hätte, sie spräche tatsächlich von einem Schraubenschlüssel. Aber so war Roxie Montgomery-Marshall nun einmal. Er wusste genau, was sie meinte.

Es war schön, zur Abwechslung zu wissen, was in ihrem Kopf vorging. Zumindest in diesem Moment. Viel zu lange hatte er sich gefragt, was sie dachte.

Sie lachten und unterhielten sich angeregt. Als sie auf ihre Familien zu sprechen kamen, wirkte die Unterhaltung etwas gezwungen, denn sie kannten bereits alle Details. Diese Gespräche hatten sie schon bei ihrer ersten und zweiten Verabredung geführt, als sie sich kennengelernt hatten.

Am Anfang ihrer Beziehung waren sie Feuer und Flamme füreinander gewesen und hatten alles um sich herum vergessen. Er hatte sich Hals über Kopf in sie verliebt, bevor er wirklich verstanden hatte, was dieses Gefühl, das sein Herz höherschlagen ließ, bedeutete. Ihr war es nicht anders ergangen.

Doch als sie schwanger wurde, beschlossen sie zu heiraten.

Dann hatte sich alles verändert.

Sie befanden sich gerade auf der Rückfahrt, als ihm diese Gedanken durch den Kopf gingen.

»Du denkst darüber nach, oder?«, fragte sie.

Er schluckte schwer, warf ihr einen flüchtigen Blick zu und bog um eine Kurve. »Ich denke häufiger darüber nach, als mir lieb ist.«

»Ich auch.«

Verdammt, so viele Worte hatten sie noch nie darüber verloren, dass Roxie zur Zeit ihrer Hochzeit schwanger gewesen war. Sie mussten nicht aussprechen, was damit einherging. Sie wussten es beide. Und zuvor hatten sie nie darüber geredet, weil es zu schmerzhaft gewesen war.

Es tat immer noch weh. »Ich bin froh, dass wir heute Abend ausgegangen sind«, sagte Roxie.

Carter bog in die Einfahrt ein und nickte. »Ich auch.«

Heute Abend würden sie nicht noch einmal darüber reden und dieses Thema vorerst beiseiteschieben. Carter war damit einverstanden, denn er war noch nicht bereit, sich damit auseinanderzusetzen. Hoffentlich würden sie jedoch darauf zurückkommen, denn sie mussten sich der Vergangenheit stellen. Irgendwie würden sie einen Weg finden müssen, sie zu überwinden und sie hinter sich zu lassen. Aber zuerst würden sie einen Schritt nach dem anderen machen müssen. Eine Verabredung war einer dieser Schritte, auch wenn es unangenehme Momente gab. Aber sie würden sich durchbeißen.

»Ich begleite dich noch zur Tür, in Ordnung?«

»Ich glaube, du hast mich noch nie allein zur Tür gehen lassen.«

»Da hast du wohl recht.«

Er half ihr beim Aussteigen, wobei er seine Hände ein wenig länger als nötig an ihren Hüften verweilen ließ. Er wusste, dass das ein Fehler war, aber er vermisste es, sie zu berühren. Er vermisste sie ständig.

Er begleitete sie noch ins Haus. Nachdem sie die Tür hinter ihnen geschlossen hatte, starrten sie sich an. Ihre erste Verabredung neigte sich dem Ende zu.

Wäre die Situation eine andere gewesen und Carter hätte einer anderen Frau gegenübergestanden, hätte er sich vorgebeugt, um mit seinen Lippen über ihre zu streichen.

Aber er fürchtete sich davor, was geschehen könnte, wenn er versuchen würde, Roxie zu küssen.

»Es war ein schöner Abend«, hauchte sie.

»Das war es wirklich. Zugegeben, ich hatte befürchtet, dass unsere Verabredung sich etwas zäh gestalten würde.«

Sie stieß ein leises Lachen aus. »Ich weiß, was du

meinst. Ich hatte Angst, dass wir uns gegenübersitzen und nur anschweigen würden. Oder dass wir so viel reden würden, dass ich gar nicht mehr aufstehen könnte.«

»Wir haben zwar darüber gesprochen, aber ich denke, wir müssen uns noch eingehender unterhalten.«

»Nur nicht heute Abend. Ich hoffe, das ist kein Problem für dich. Das war alles ziemlich viel auf einmal.«

Er nickte, beugte sich vor und drückte ihr einen zärtlichen Kuss auf die Wange. Das war nicht das erste Mal, dass er diesem Drang nachgab, denn er musste sie einfach schmecken. Er hatte zwar nicht erwartet, sie auf den Mund zu küssen, doch dann legte sie den Kopf in den Nacken und streifte mit ihren Lippen über seine. Obwohl die Berührung zaghaft war, entfachte sie ein Feuer in seinem Inneren. Verdammt, sie hatte ihm gefehlt.

»Ich habe dich vermisst«, flüsterte er.

»Ich habe dich auch vermisst.« Sein Herz pochte heftig in seiner Brust. Er hatte diese Worte hören müssen. Und er brauchte noch so viel mehr von ihr.

Aber dies war ein erster Schritt, wenn auch ein kleiner. Endlich hatten sie den Stein ins Rollen gebracht.

»Ich vermisse alles, was wir einmal hatten, und ich bedaure, wie alles in die Brüche ging«, flüsterte sie.

»Deshalb will ich es langsam angehen lassen, damit

wir nicht wieder ins Stolpern geraten.« Er nickte zustimmend. »Das bedeutet, dass ich dich nicht nach oben in unser Schlafzimmer bitten werde.«

Er erstarrte, als er das Wort *unser* aus ihrem Mund hörte. Ihr gemeinsames Schlafzimmer, nicht nur ihres allein. Dies war ein weiterer Schritt.

»Bei unserer ersten Verabredung sollten wir nicht miteinander schlafen. Obwohl wir nach unserem ersten richtigen Rendezvous damals Sex hatten«, fuhr sie fort.

Sie schenkten sich ein zaghaftes Lächeln, das jedoch nicht ihre Augen erreichte.

»Ich denke, wir sollten erst ein paar Schritte zurücklegen, bevor wir bereit dafür sind«, stimmte er zu. »Der Sex war nie das Problem zwischen uns.«

»Das war das Einzige, was wir immer richtig gemacht haben«, pflichtete sie ihm bei. »Aber ich habe auch die Zweisamkeit vermisst. Ich habe es vermisst, mit dir essen zu gehen und meine Mahlzeit mit dir zu teilen. Ich habe es vermisst, über unsere erste Begegnung zu reden. Vielleicht ist das ein Anfang.«

Er schüttelte den Kopf. »Da gibt es kein Vielleicht. Es ist ein Anfang. Ich würde gern wieder mit dir ausgehen und Zeit mit dir verbringen. Bist du damit einverstanden? Wir können uns langsam wieder annähern und herausfinden, wer wir sind – sowohl individuell als auch als Paar. Vielleicht sind wir dann in der Lage, über alles zu sprechen. Denn wir müssen reden.«

»Das sagen wir immer wieder. Ich weiß, dass wir

reden müssen, aber ... das ist alles ziemlich viel auf einmal.«

Er wischte ihr eine Träne von der Wange und küsste sie dann erneut auf die Lippen. Dabei bemühte er sich nach Kräften, die aufwallende Hitze in seinem Unterleib zu ignorieren.

»Ich melde mich bei dir, um einen Termin für unsere nächste Verabredung zu finden. Ich weiß, dass du gerade viel zu tun hast, aber ich möchte dich wieder ausführen. Vielleicht kannst du mich zum Langlaufen mitnehmen.«

Diesmal verzog sie die Lippen zu einem Lächeln, das ihre Augen erreichte. »Glaub mir, das würde dir nicht gefallen.«

»Damit hast du wahrscheinlich recht. Ich bin kein großer Fan von Schnee, aber dir zuliebe würde ich es versuchen.«

»Vielleicht heben wir uns das für unser viertes oder fünftes Rendezvous auf.«

Verdammt. Dies war schon ein großer Schritt.

Also küsste er sie erneut, wohl wissend, dass sie noch ganz am Anfang standen und ihr Band zerbrechlich war. Bisher hatten sie den Kern ihres Problems nur oberflächlich erwähnt, doch die Tatsache, dass sie überhaupt gemeinsam an das Baby gedacht hatten, war schon ein Fortschritt.

Außerdem war Roxie bereit, erneut mit ihm auszugehen. Daran hielt Carter fest.

Als er zu seinem Wagen ging, war er nicht unbedingt beschwingt, aber er hatte einen Entschluss gefasst. Alles würde gut werden. Es gab keine andere Möglichkeit.

Für sie beide.

Aber er wusste, dass ihnen schwierige Zeiten bevorstanden, die ihnen wahrscheinlich das Herz brechen würden. Und falls sie an diesen Punkt kamen – nein, *wenn* sie an diesen Punkt kamen –, würden sie feststellen, ob es für sie eine gemeinsame Zukunft gab oder nicht.

Obwohl sie sich heute Abend so gut verstanden hatten, hatte Carter Angst, dass es nicht ausreichen würde. Schließlich war es auch damals nicht genug gewesen.

KAPITEL VIERZEHN

Zweite Verabredungen waren immer etwas anders als die ersten, doch ein *zweites* zweites Rendezvous unterschied sich grundlegend von allen anderen.

Roxie war schon früher mit ihrem Mann ausgegangen und war gerade erst vor Kurzem mit ihm essen gewesen. Das hier war nichts weiter als ein zweites Treffen. Ein *zweites* zweites Treffen.

Wenn sie sich das immer wieder einredete, würde sie wahrscheinlich noch nervöser werden.

Carter war auf dem Weg, um sie abzuholen. Sie wollten Eislaufen gehen. Ausgerechnet Eislaufen. Er hatte Spaß daran, hatte aber erst als Erwachsener zum ersten Mal Schlittschuhe getragen. Sie hingegen hatte schon als kleines Mädchen auf dem Eis gestanden. Sie hatte versucht, das Gleichgewicht nicht zu verlieren, während ihr Vater sie an den Händen hielt, um sie vor dem Fallen zu bewahren. Aber sie hatten sich beide mehr als einmal auf den Hintern gesetzt. Es grenzte an ein Wunder, dass Roxie ihn nicht mit den Kufen ihrer Schlittschuhe verletzt hatte.

Es gab noch ein Video von ihr beim Eislaufen. Sie hatte triumphierend in die Kamera gegrinst, kurz bevor sie gestürzt war. Ihre Beine waren in die eine, ihre Arme in die andere Richtung gerutscht, während ihr Vater verzweifelt versucht hatte, sie aufrecht zu halten. Schließlich lagen sie beide auf dem Eis. Insgesamt hatte ihr Vater nur schlechte Erinnerungen gesammelt und es nach dem zweiten Mal aufgegeben. Von da an bat er Shep, sie zu begleiten.

Es machte ihr nichts aus, denn sie war wirklich nicht sonderlich gut.

Aber sie war besser geworden. Sie hatte gelernt, ihre Schlittschuhe nicht zu schräg zu stellen und die Beine anzuheben.

Genau wie Carter besaß auch sie keine eigenen Schlittschuhe. Sie hatten vor, sich welche in der Eishalle auszuleihen, um dann zwischen anderen Paaren und kleinen Kindern im Kreis zu laufen.

Andere Leute hätten es vielleicht seltsam gefunden, bei der zweiten Verabredung Eislaufen zu gehen. Aber Carter und sie hatten es früher genossen. Genau genommen waren sie nur zwei- oder dreimal in der Eishalle gewesen, aber sie hatten dabei immer viel gelacht. Sie waren mehr als einmal übereinander gefallen, wobei Roxie sich ziemlich sicher war, dass er sie auf sich gezogen hatte. Das wusste sie nur, weil sie ihn ebenfalls zu sich heruntergezogen hatte.

Diese Erinnerung zauberte ihr ein Lächeln auf die Lippen. Er hatte ihr einen betont finsteren Blick zugeworfen, weil sie es gewagt hatte, ihn auf ihr Niveau herunterzuziehen.

Sie waren zwar nicht die besten Eisläufer der Welt, aber auch nicht die schlechtesten.

»Alles wird gut. Alles wird gut.«

Ganz sicher.

Als es an der Tür klingelte, wäre Roxie beinahe zusammengezuckt. Sie wünschte sich, er würde einfach hereinkommen, wie er es schon unzählige Male zuvor getan hatte. Aber sie hatten sich Grenzen gesetzt, während sie sich neu kennenlernen wollten.

Die Tatsache, dass sie bei ihrem ersten Treffen vor einer Woche sogar das Thema angesprochen hatten, das sie auseinandergebracht hatte, bedeutete, dass sie Fortschritte machten.

Roxie vermisste das Baby, das sie nie bekommen hatten, mehr, als sie jemals in Worten ausdrücken konnte. Aber sie und Carter hatten den Verlust nie wirklich verarbeitet. Sie würden bald darüber reden müssen, genauso wie über alles andere, was damit zusammenhing. Bisher war es jedoch zu schmerzhaft gewesen.

Doch nun war sie bereit. Zumindest so bereit, wie sie nur sein konnte. Sie ging zur Tür und öffnete sie mit einem Lächeln.

Carter stand vor ihr und sah wie immer gut aus. Er trug dunkle Jeans und ein dunkelgraues Henley-Langarmshirt. Er hatte den Reißverschluss seiner Fliegerjacke nicht zugezogen, sodass sie sehen konnte, wie das Hemd sich an seinen Oberkörper schmiegte.

Er sah umwerfend aus.

Langarmshirts hatten ihm schon immer gut gestanden. Sie liebte diesen Anblick so sehr, dass es fast schon lächerlich war. Sie erinnerte sich daran, wie sie ihm das Hemd mehr als einmal vom Leib gerissen hatte, um sich auf ihn zu stürzen.

Schon wieder dachte sie darüber nach, wie sehr sie den Sex mit ihrem Mann vermisste, anstatt sich den anderen Dingen zuzuwenden, die sie verarbeiten mussten. Aber sie verzehrte sich nach ihm.

»Bist du bereit, mit mir Eislaufen zu gehen, Miss Roxie?«, fragte er mit einem Lächeln. Roxie wusste jedoch, dass er genauso unsicher war wie sie.

Bei ihrer ersten Verabredung waren sie beide etwas unbeholfen gewesen, obwohl sie sich sehr bemüht hatten, die angespannte Stimmung zu vermeiden. Trotzdem fand Roxie, dass es ein Schritt in die richtige Richtung war. Sie hatten einen schönen Abend miteinander verbracht, wenn auch nicht ganz so schön wie bei ihren früheren Verabredungen. Damals waren sie nicht vorbelastet und alles war so viel leichter gewesen.

Andererseits würde es ihnen vielleicht guttun, an ihrem Glück arbeiten zu müssen. Beim ersten Mal hatten sie versagt, weil sie nicht wussten, wie sie sich verhalten sollten, wenn ihnen das Schicksal Steine in den Weg legte.

»Ich bin bereit. Ich hoffe wirklich, dass sie mir diesmal die richtigen Schlittschuhe geben. Weißt du noch, als ich mit zwei linken Schlittschuhen gelaufen bin und es anfangs nicht einmal bemerkt habe?«

Carter schüttelte den Kopf. »Die Leihschlittschuhe in der Eishalle sehen alle gleich aus. Es ist ein Wunder, dass es uns überhaupt aufgefallen ist.«

»Ich bin immer im Kreis gelaufen und dachte, es läge an mir.«

»Nun ...«

»Oh, halt die Klappe. Ich weiß, dass es an mir lag. Aber genug davon. Gehen wir einfach davon aus, dass ich heute Abend nicht mehr als einmal auf den Hintern falle.«

Carter neigte den Kopf und musterte sie so unauffällig wie möglich. Doch sie wusste, dass er versuchte, einen Blick auf ihren Hintern zu erhaschen.

Sie verengte die Augen. »Ich trage kein zusätzliches Polster, also lass mich bitte nicht zu oft hinfallen.«

Seine Augen verdunkelten sich. »Willst du damit sagen, dass du keine Unterwäsche trägst?«

Sie errötete und fragte sich warum. Er war immerhin ihr Mann. Wahrscheinlich war es viel zu lange her, dass sie das letzte Mal miteinander gescherzt hatten. »Ich habe auf einen Tanga verzichtet und ein ganz normales Höschen angezogen. Die Vorstellung, mich auf das kalte Eis zu setzen, ist schon schrecklich genug.«

»Ich bin überrascht, dass du keine Leggings trägst. Darin hättest du mehr Bewegungsfreiheit«, sagte er auf dem Weg zu seinem Wagen.

Als er diesmal ihre Hüften packte, um sie in den Pick-up zu heben, legte sie ihre Hände auf seine und begegnete seinem Blick. Sie hatte nicht geahnt, dass das Einsteigen in ein Fahrzeug einen derart sinnlichen Akt darstellen konnte. Auch das hatte sie viel zu lange ignoriert.

»Ich musste mich warm anziehen, weil ich ganz sicher auf dem Hintern landen werde. Außerdem brauche ich keine Bewegungsfreiheit, da ich ohnehin keine Pirouetten drehen kann. Ich kann von Glück reden, wenn ich aufrecht bleibe.«

»Nun, ich werde wahrscheinlich mit dir zusammen stürzen, also mach dir darüber keine Sorgen.«

Er zwinkerte ihr zu und schloss die Beifahrertür, bevor er um den Wagen herumging, um sich hinters Steuer zu setzen.

Mit dir zusammen stürzen.

Sie waren gemeinsam gestürzt – nicht nur aufs Eis, sondern auch ins Unglück. Doch jetzt waren sie bereit, sich der Vergangenheit zu stellen und miteinander zu sprechen. Wahrscheinlich würde es noch eine Weile dauern, bis sie zu den wirklich wichtigen Themen vordringen würden, aber immerhin wechselten sie mehr Worte als unbedingt nötig. Vor einer Weile hatten sie dem anderen gerade einmal mitgeteilt, dass sie spät von der Arbeit nach Hause kommen würden. In den letzten beiden Tagen hatten sie mehr miteinander geredet als im gesamten letzten Monat ihrer Ehe.

Der Gedanke war schlichtweg traurig.

»Ich habe dich noch gar nicht nach deinen Narben gefragt. Werden sie dich beim Eislaufen behindern? Wir können auch etwas anderes unternehmen.« Sie legte eine Hand an seinen Arm. Er warf einen flüchtigen Blick darauf, bevor er sich wieder auf die Straße konzentrierte.

»Die Narben sind kein Problem. Ich habe sogar den Arzt gefragt, ob ich Schlittschuh laufen darf. Meine Haut ist komplett verheilt. Als sie mich zum ersten Mal in den Operationssaal rollten, bestand der Verdacht auf Verbrennungen dritten Grades. Deshalb waren alle so besorgt, einschließlich der Montgomerys.«

»Es war beängstigend. Ich dachte wirklich, dass du es nicht überleben würdest.«

Er ergriff ihre Hand und hielt sie fest. Sie verschränkte ihre Finger mit seinen und drückte sie.

»Es geht mir gut, Roxie. Und Thea geht es auch gut. Wir sind beide wohlauf.«

»Darüber bin ich froh. Du hast meiner Schwester

das Leben gerettet, und dafür werde ich dir immer dankbar sein. Ganz gleich, was passiert.«

Er drückte erneut ihre Hand. »Und Theas Bäckerei floriert wieder. Bald wird sie expandieren. Was meine Narben angeht, so machen sie mir kaum zu schaffen. Ich kann wie gewohnt trainieren und sogar schwimmen gehen, wobei ich das bei den aktuellen Temperaturen nicht vorhabe. Aber Eislaufen ist kein Problem. Schließlich betreibe ich keinen Eisschnelllauf und spiele auch kein Eishockey, bei dem ich ständig mit einem Gegner zusammenstoße.«

»Ich weiß nicht. Erinnerst du dich noch an das letzte Mal, als wir Eislaufen waren? Wir sind ziemlich oft übereinander gefallen.«

Er schenkte ihr ein Grinsen, das sie erwiderte.

»Ich glaube, ich kann es verkraften, wenn du auf mir landest«, sagte er mit einem Augenzwinkern.

Sie verdrehte die Augen. »Offenbar haben wir keine Probleme, das Thema Sex anzusprechen, nicht wahr?«

»Das war schon immer so. Aber ich kann mich zurückhalten. Gerade so.«

Sie schnaubte und lachte dann mit ihm. Sie konnte nicht anders, als ihren Mann zu begehren. Zwar fiel es ihr manchmal schwer, in seiner Nähe zu sein, doch sie war entschlossen, die Zeit mit ihm zu genießen. Selbst wenn sie am Ende scheitern würden, würde sie diese Momente in Ehren halten.

In der Eishalle liehen sie sich Schlittschuhe aus.

Zum Glück hatte Roxie einen linken und einen rechten Schuh, genau wie er. Auf wackeligen Beinen betraten sie die Eisfläche. Carter hatte zuvor noch einmal überprüft, ob ihre Schlittschuhe fest genug geschnürt waren, nachdem sie sie einst beinahe verloren hätte. Seitdem ging er auf Nummer sicher.

Roxie hob ein Bein an und wäre beinahe ausgerutscht.

Sie sah Carter an und verengte die Augen. »Wage es nicht, zu lachen.«

»Nicht doch. Wahrscheinlich lande ich genauso schnell auf dem Hintern wie du. Wir sollten unser Glück besser nicht herausfordern. Nach dem heutigen Tag werde ich zwar überall blaue Flecke haben, aber das wird es wert sein. Wir haben unseren Spaß dabei, auch wenn wir mehr auf dem Eis liegen als stehen.«

Sie grinste, als er sich ebenfalls aufs Eis wagte. Dann hielten sie sich an den Händen und begannen, mit den anderen ihre Runden zu drehen. Einige Leute umkurvten sie mit hoher Geschwindigkeit und bewegten sich dabei anmutig und geschickt. Väter hielten ihre kleinen Mädchen fest, die Helme trugen. Roxie wünschte sich, sie hätte damals einen Helm gehabt, aber vor fast dreißig Jahren waren die Sicherheitsvorschriften noch nicht so streng.

Sie hatte sich durch ihre vielen Stürze so einige Prellungen zugezogen.

»Mein armer Vater.«

Carter lachte, als sie eine Kurve fuhren. »Ich erinnere mich, dass du mir davon erzählt hast. Shep hat mir gegenüber einmal erwähnt, dass er für deinen Vater einspringen musste. Am Ende hatte er mehr blaue Flecke als zu der Zeit, als er selbst das Schlittschuhlaufen gelernt hatte.«

»Mein Bruder stichelt nur gern. Du weißt genau, dass er gern mit mir Schlittschuh gelaufen ist.«

»Ja, wahrscheinlich hilft es ihm heute, wenn er Livvy das Schlittschuhlaufen beibringen will.«

»Oh mein Gott, allein die Vorstellung von der kleinen Livvy oder der kleinen Daisy in winzigen Schlittschuhen und vielleicht einem Tutu ... Es wäre so schön zu sehen, wie sie Eislaufen lernen«, schwärmte Roxie.

»Mace, Adrienne, Shep und Shea werden die Mädchen sicher bald in die Eishalle mitnehmen. Soweit ich weiß, hat Shep gesagt, dass sie noch nicht bereit dafür sind, weil sie im Moment so gern Schlitten fahren.«

Sie unterhielten sich wie ein ganz normales Ehepaar, das über die Familie plauderte. Roxie genoss die unbeschwerte Atmosphäre. In letzter Zeit war alles so angespannt gewesen. Alle schienen sie ständig zu beobachten und darauf zu warten, wie sich ihre Beziehung entwickelte. Es war schön, zur Abwechslung von Menschen umgeben zu sein, die sie nicht kannten. Hier packte niemand sie in Watte oder tänzelte wie auf Eierschalen um sie herum.

Heute war ein schöner Tag.

Roxie wusste zwar, dass ihnen der schwierige Teil noch bevorstand, aber für den Moment konnte sie sich entspannen.

Am Ende des Tages waren sie nur zweimal gefallen. Roxie wertete das als Sieg. Natürlich war es beide Male ihre Schuld gewesen, aber das erwähnten sie nicht.

»Ich schwöre, auf Skiern mache ich eine bessere Figur.«

Carter lachte, als er in ihrer Einfahrt parkte. »Oh ja, mir geht es genauso.«

»Du machst eine gute Figur auf Skiern?«, fragte sie ungläubig.

Er stupste sie leicht an der Schulter an. »Nicht so vorlaut.«

»Aber es stimmt doch«, entgegnete sie.

»Wie auch immer. Ich habe dich gar nicht gefragt, ob du Hunger hast. Wir hatten zwar einen Snack und eine heiße Schokolade in der Eishalle, aber das kann man kaum als Abendessen bezeichnen.«

»Nun, dank meiner Schwester habe ich alle Zutaten für eine Wurst- und Käseplatte im Haus. Die sind sicher noch gut. Hast du Lust auf Käse und Cracker und vielleicht ein Glas Wein? Wie wäre das?«

Ihr Magen machte einen Satz, als sie seinem Blick begegnete und auf seine Antwort wartete. Er beugte sich über die Mittelkonsole, umfasste ihr Gesicht mit beiden Händen und küsste sie sanft auf die Lippen.

»Das klingt hervorragend. Wie du weißt, habe ich eine Schwäche für Käse.«

»Ich glaube, man muss Käse mögen, um zu unserer Clique zu gehören. Vielleicht nicht ganz so sehr wie Thea und Dimitri, aber ...«

»Ich kenne *niemanden*, der Käse so sehr liebt wie die beiden. Das ist schon fast eine Sucht. Wer eifert denn schon einem bestimmten Footballteam nach, nur weil er eine Vorliebe für Käse hat?«

Roxie lachte, als sie das Haus betraten. Sie lachte weiter, während sie die Käseplatte zubereiteten und eine Flasche Rotwein öffneten. *Das fühlt sich gut an*, dachte sie bei sich. Genau das hatten sie gebraucht.

Diese Unbeschwertheit, bevor alles sich verändert hatte.

Doch beim ersten Mal war es anders gewesen. Damals hatte unter der Leichtigkeit noch nicht diese Schwere gelauert.

Heute hatten sie eine gemeinsame Vergangenheit, die mit ihrer Gegenwart in Konflikt stand.

Trotzdem genoss sie es, neben Carter zu sitzen und Käse zu essen.

»Ich glaube, der Havarti ist mein Favorit, aber dieser geräucherte Gouda ist ebenfalls köstlich«, sagte er.

Roxie tätschelte sich den Bauch und lehnte sich an ihn. Sie saßen auf dem Boden. Die Käseplatte stand auf dem Couchtisch und die angebrochene Flasche Wein auf der Anrichte.

»Eigentlich liebe ich Käse über alles, aber ich bin so satt. Ich kann nicht glauben, dass das nur die Reste aus deinem Kühlschrank waren.«

»Ich wette, wenn Thea das nächste Mal vorbeikommt, wird sie meinen Kühlschrank wieder auffüllen. In dieser Hinsicht bin ich verwöhnt.«

»Das kommt wohl daher, dass du das Nesthäkchen der Familie bist.«

»Mag sein, aber das stört mich nicht im Geringsten.«

»Das kann ich sehen.« Er spielte mit ihren Haaren und begegnete ihrem Blick. »Erinnerst du dich an das erste Mal?«

»Das erste Mal?«

»Ja, unser erstes Mal, bei unserer ersten Verabredung. Vielleicht könnte man auch sagen, dass es die zweite war, denn in meinen Augen hatten wir unser erstes Rendezvous, als ich deinen Reifen gewechselt habe.«

»Ach wirklich? Du meinst den Abend, an dem ich verzweifelt versucht habe, die Nerven zu bewahren, und du auf Händen und Knien saßt und meinen Reifen gewechselt hast? Das war also eine Verabredung?«

»An dem Tag bin ich dir zum ersten Mal begegnet und habe mich mit dir zum ersten Mal unterhalten. Dann hast du mir deine Nummer gegeben. Für mich ist das ein erstes Rendezvous.«

»Vielleicht werde ich es ab jetzt auch so sehen.«

»Bei unserer zweiten Verabredung habe ich dich

zum Essen und ins Kino eingeladen. Danach sind wir hierhergekommen. Wir saßen im Wohnzimmer und haben uns unterhalten.«

»Und irgendwann haben wir uns nicht mehr unterhalten«, murmelte sie und musste schlucken. Ihre Handflächen waren vor Nervosität ganz feucht. »Ich habe dich vermisst, Carter.«

»Ich habe dich auch vermisst.« Er fuhr mit den Händen durch ihr Haar und zeichnete mit dem Daumen ihre Kinnlinie nach. »Ich kann mich nicht an das letzte Mal erinnern, als wir miteinander geschlafen haben. Ist das schlimm? Es ist bestimmt schrecklich.«

»Ich kann mich auch nicht daran erinnern.« Das war gelogen. Sie wusste noch genau, wie es gewesen war, und sie hatte das unbestimmte Gefühl, dass auch er es wusste. Allerdings konnte sie nicht genau sagen, wann sie zuletzt intim gewesen waren.

»Wir waren so mit der Arbeit beschäftigt und haben nach Kräften versucht, so zu tun, als sei alles in Ordnung, dass wir irgendwann einfach nicht mehr die Nähe des anderen gesucht haben. Wir haben einfach aufgehört, miteinander zu schlafen. Am Ende waren wir nicht mehr die Partner, die wir einst füreinander gewesen waren.«

Seine Worte trafen sie mitten ins Herz. Roxie lehnte sich an seine Schulter und sog seinen Duft ein. Ihre Hand ruhte auf seiner warmen Brust, sie genoss das Gefühl seines Henley-Shirts unter ihren Fingern. Sie liebte dieses Hemd.

»Hast du dir jemals gewünscht, wir hätten eine größere Hochzeit gehabt?«, fragte Carter mit sanfter Stimme.

Überrascht blickte sie zu ihm auf. »Nein, ich habe nie von einem ausladenden Kleid oder Hunderten von Hochzeitsgästen geträumt. Ich wollte auch nie das Muster auf dem Porzellan aussuchen. Ich wollte immer nur eine kleine Feier mit meiner Familie und dem Mann, den ich liebe. Das hat mir gereicht.«

Er nickte und umfasste erneut ihr Gesicht. »Ich hatte immer befürchtet, wir hätten überstürzt gehandelt und du hättest zurückstecken müssen.«

Sie schüttelte hastig den Kopf. »Wir haben schnell geheiratet, weil wir es wollten. Vielleicht ließen die Umstände uns glauben, wir stünden unter Druck, aber wir waren mit ganzem Herzen dabei. Und ich hatte genau den Tag, den ich mir gewünscht hatte, denn ich hatte meine Familie, ein einfaches Kleid und dich. Mehr brauchte ich nicht.«

»Gut. Wahrscheinlich hätte ich dich schon viel früher fragen sollen. Aber ich hatte Angst, du würdest es mir übel nehmen, dass du keine prunkvolle Hochzeit hattest, wie Thea und Adrienne sie wahrscheinlich feiern werden.«

»Das habe ich dir nie übel genommen. Ich würde ja gern behaupten, dass ich es dir gesagt hätte, wenn es mich gestört hätte, aber wir beide wissen, dass es uns an Kommunikationsfähigkeit gemangelt hat. Tatsächlich glaube ich, dass wir jetzt offener sind als während des ganzen Jahres, in dem wir zusammen waren.«

»Ich bin froh, dass wir endlich miteinander reden.«

»Ich auch.«

»Du hattest recht«, sagte Carter leise. »Ich wollte dich heiraten, bevor wir von dem Baby erfahren haben. Ich hatte den Ring bereits gekauft und war bereit, um deine Hand anzuhalten. Die Schwangerschaft hat mir nur den nötigen Schubs gegeben. Ich fragte mich, warum ich überhaupt gewartet hatte, verstehst du?«

Roxie wurde warm ums Herz. »Wirklich?«

Er nickte. »Es ist wahr. Ich wollte dich zu meiner Frau machen, auch wenn alles sehr schnell ging.«

»Unser Problem war nicht, dass wir geheiratet haben, sondern das, was danach passiert ist.«

Mehr musste sie nicht sagen, das wollte sie auch nicht. Sie hatten schon genug geredet. Als Carter sie küsste, schmiegte sie sich an ihn und vertiefte den Kuss.

»Ich will jetzt nicht mehr reden«, flüsterte sie.

»Was willst du stattdessen tun?«

»Das weißt du genau.« Sie biss ihm zärtlich ins Kinn, woraufhin seine Iriden sich noch mehr verdunkelten.

Er griff in ihr Haar, ballte die Faust um eine

Strähne und zog behutsam daran. Es schmerzte und fühlte sich zugleich so gut an. Als sie sanft an seiner Unterlippe knabberte, vertiefte er den Kuss. Roxie genoss das Spiel ihrer Zungen. Sie hatte es so sehr vermisst, ihn zu schmecken.

Carter war ein guter Küsser und sehr geschickt im Umgang mit seiner Zunge.

Er besaß so viele Talente, dass Roxie sich manchmal unzulänglich fühlte.

Doch sie verdrängte diese Gedanken, denn sie waren lediglich Hirngespinste. Viel lieber wollte sie sich auf diesen Moment konzentrieren, in dem sie ihm so nahe war. Und auf die Zukunft, die sie hoffentlich als Paar haben würden.

Denn zwischen ihnen hatte sich etwas verändert. Endlich sprachen sie offen und ehrlich miteinander.

Sie wollte ihn. »Liebe mich. Hier im Wohnzimmer auf dem Boden vor dem Kamin, wo wir zum ersten Mal miteinander geschlafen haben.«

»Diesen Wunsch erfülle ich dir gern. Ich will dich so sehr. Aber wenn wir das tun, dann darf das nicht das Ende sein. Wir müssen auch weiterhin miteinander reden. Wahrscheinlich klinge ich wie ein Weichei, aber das ist mir egal.«

»Ganz im Gegenteil. Tatsächlich glaube ich, dass im Moment gar nichts an dir weich ist«, erwiderte sie und zwinkerte ihm zu.

Carter brach in schallendes Gelächter aus, sodass er am ganzen Körper bebte. »Offensichtlich spürst du, wie sehr ich dich begehre.« Er hielt kurz inne. »Ich habe deine Muschi vermisst.«

»Warum spielst du dann nicht damit?«

Er lachte erneut und presste anschließend seinen Mund auf ihren. Hastig zog er sein Henley-Shirt aus und riss ihr das Oberteil über den Kopf. Sie schoben den Couchtisch beiseite und Carter breitete die Decke auf dem Boden aus, um Roxie darauf zu betten. Dann legte er sich auf sie und küsste sie zärtlich und ausgiebig.

Obwohl sie den Körper des anderen so oft erkundet hatten, lernten sie sich nun von Neuem kennen.

Roxie achtete auf seine Verletzungen und musste ein Schluchzen unterdrücken, als sie die Narben an seinem Arm und seiner Seite berührte. Er hob den Oberkörper an, damit sie diese liebkosen und mit ihren Lippen heilen konnte.

Er begegnete ihrem Blick und sie küssten sich erneut, sanft, zärtlich und voller Begierde.

Nachdem sie sich gegenseitig ihrer Hosen entledigt hatten, lag Roxie lediglich mit einem BH und einem Höschen bekleidet unter ihm, während er nur noch Boxershorts trug. Sie konnte die Narbe an seinem Bein sehen und streichelte sie mit ihrem Unterschenkel.

Er hatte ihr zwar versichert, dass er keine Schmerzen mehr habe, aber beim Eislaufen war er auf die Seite gestürzt, und Roxie wusste, dass er blaue

Flecke davontragen würde. Trotzdem war er heute mit ihr ausgegangen – nur für sie.

Vielleicht hatte er es auch für sie beide getan. Das würde Roxie ihm nie vergessen.

Ein Feuer entfachte in ihrem Unterleib. Sie bäumte sich auf, als er ihren BH öffnete und sie zwischen ihren Brüsten liebkoste. Er ließ seine Lippen an ihre Brustwarze gleiten, dann wandte er sich der anderen zu.

Sie keuchte atemlos, als er daran knabberte und saugte. Er umfasste ihre Brüste mit den Händen, drückte sie zusammen und verwöhnte sie so gleichzeitig.

Er hatte ihre Brüste immer geliebt, genau wie ihren Hintern. Ständig hatte er sie berührt, geküsst und geknetet. Das hatte sie so sehr vermisst.

Nun lernten sie einander neu kennen und erforschten dabei nicht nur ihre Körper, sondern auch ihre Gefühle und Erinnerungen.

Sex war zwar immer ein wichtiger Bestandteil ihrer Beziehung gewesen, jedoch nie das vorherrschende Element. Irgendwann, als alles andere nicht mehr funktioniert hatte, wurde er zur einzigen Konstante, auf die sie sich noch verlassen konnten.

Umso bedeutender war, dass sie sich nun zuerst um die emotionale Seite ihrer Beziehung kümmerten und erst dann an diesen Punkt gelangten.

Sie würden es schaffen und ihre Ehe retten.

Plötzlich waren alle Gedanken wie weggeblasen,

denn er streifte ihr das Höschen von den Schenkeln und presste seinen Mund an ihr Geschlecht.

Sie keuchte und vergrub ihre Finger in seinem Haar, während er sie verwöhnte. Wie in ihrem Traum fuhr er mit den Fingern durch ihre Spalte und ließ sie um ihre Klitoris kreisen. Schon nach kurzer Zeit trieb er sie auf den Gipfel der Lust. Sie flüsterte seinen Namen und spannte die Schenkel um seine Schultern an, während er sie weiter liebkoste und den Saft ihrer Erregung aufleckte.

Es war Jahre her, dass sie das letzte Mal so schnell gekommen war. Scheinbar hatte sie ihn gebraucht. Sie brauchte ihn immer.

Er richtete sich auf und legte sich wieder auf sie, wobei sie ihm half, seine Boxershorts auszuziehen.

Sein Schaft war bereits hart, und ein Lusttropfen glänzte an seiner Eichel. Er stöhnte auf, als Roxie seine Männlichkeit mit einer Hand umfasste und seinem Blick begegnete. Genüsslich ließ sie den Daumen über die Spitze gleiten und verteilte die zähe Flüssigkeit darauf.

»Das habe ich vermisst«, sagte sie und drückte leicht zu. »Ich habe es so sehr vermisst.«

»Ich auch. Ich habe dich vermisst. Das ist nicht das Ende«, gelobte Carter. »Das ist erst der Anfang.«

In den Ohren eines anderen hätten die Worte vielleicht kitschig geklungen, aber nicht für sie. Alles um sie herum schien wegzufallen. Es gab nur sie beide. Auch wenn ihre Vergangenheit, ihre Gegenwart und ihre Zukunft sie stets begleiteten, existierten in diesem Moment nur er und sie.

Da Roxie eine Spirale hatte und sie beide mit niemand anderem geschlafen hatten, vergrub er sich tief in ihr. Er musste sie nicht erst fragen.

Roxie vertraute ihm und glaubte ihm, wenn er sagte, dass er diese andere Frau nicht berührt hatte. Und er vertraute ihr, denn sie hatte ihm versichert, dass sie mit keinem anderen Mann zusammen gewesen war.

Sie hatten einander immer vertraut, das war nie das Problem gewesen. Das Problem war, dass sie sich selbst nie vertraut hatten.

Sie mussten darauf vertrauen, dass sie einander würdig waren.

Als er erneut mit einem kraftvollen Stoß in sie eindrang, durchströmte sie ein lustvoller Schmerz.

»So eng«, flüsterte er und stöhnte.

»Ich glaube, das liegt daran, dass du zu groß bist«, flüsterte sie und spannte die Muskeln in ihrem Unterleib an.

Carter presste seine Lippen auf ihre und küsste sie leidenschaftlich. Dann zog er den Kopf zurück und sagte: »Danke für das Kompliment.«

Er beschleunigte seine Bewegungen. Roxie ließ ihre Hände über seinen Rücken gleiten und streichelte sanft die Narben an seiner Seite. Sie schlang die Beine um seine Hüfte und wölbte sich ihm entgegen.

Sie bewegten sich im Einklang, als seien sie nie

voneinander getrennt gewesen. Und doch hatten sie sich lange genug nicht gesehen, um sich gegenseitig so sehr zu vermissen, dass die Sehnsucht fast unerträglich wurde.

Roxie spürte jeden seiner Stöße im Rhythmus seines Atems. Es dauerte nicht lange, und sie wurde von einer Welle der Ekstase mitgerissen. Dann folgte er ihr auf den Gipfel der Lust und ergoss sich in ihr.

Während er immer noch tief in ihr vergraben war, lagen sie eng umschlungen an der Stelle im Wohnzimmer, an der sie zum ersten Mal miteinander geschlafen hatten.

Dort hatte sie sich in ihn verliebt.

Schweigend hielten sie einander fest.

Sie würden noch früh genug miteinander reden, und auch das würden sie überstehen.

Aber es musste ein Licht am Ende des Tunnels geben.

Und das hier war ein Teil davon.

Sie liebte diesen Mann und wusste, dass er sie auch liebte.

Diese Gewissheit hatte nichts mit den Gefühlen zu tun, die sie im Rausch der Sinne überwältigt hatten, sondern mit allem anderen, was sie verband. In diesem Moment glaubte sie, dass die Liebe vielleicht doch ausreichen könnte.

Vielleicht konnte sie an dieser Hoffnung festhalten.

Vielleicht würde er für immer an ihrer Seite sein.

KAPITEL FÜNFZEHN

Seit einem Monat war Carter nun wieder mit seiner Frau zusammen und ständig lernte er etwas Neues über sie. Er genoss diese Zeit mehr, als er für möglich gehalten hätte.

Eigentlich hätte es ihn nicht überraschen sollen. Bevor sie aufgehört hatten, miteinander zu reden und füreinander da zu sein, hatten sie viel Spaß gehabt.

Sie waren essen gegangen und hatten jede freie Minute genutzt, um ihre Zweisamkeit zu genießen.

Damals waren sie Freunde gewesen, doch ihre Freundschaft war von tiefgreifenden Ereignissen überschattet worden. Carter war froh, dass sie nun zu ihrer alten Verbundenheit zurückfanden. Heute Abend würde er sich wieder amüsieren. Er würde die Frau, die er liebte, zum Essen ausführen, sich mit ihr einen Film ansehen und anschließend mit ihr spazieren gehen. Möglicherweise würde noch mehr geschehen. Seit sie wieder zusammen waren, hatten Roxie und er nur zweimal miteinander geschlafen. Das erste Mal war so überwältigend gewesen, dass keiner von beiden in der Lage gewesen war zu sprechen, geschweige denn zu begreifen, was das für sie bedeutete. Danach hatten sie sich noch lange unterhalten, bevor er schließlich gegangen war.

Bisher war er nicht über Nacht geblieben. Keiner von beiden war dazu bereit. Vielleicht wäre es etwas anderes gewesen, wenn keine seiner Sachen noch im Haus gewesen wäre, sein Name nicht in der Besitzurkunde gestanden hätte oder er nicht früher dort gelebt hätte. Aber sie wollten es langsam angehen, auch wenn sie bei ihrer zweiten Verabredung wieder miteinander geschlafen hatten. Beim zweiten Mal hatte er sie an der Tür in ihrem Schlafzimmer hart und schnell genommen. Dann hatte er sie über die Bettkante gebeugt und sie zügellos gefickt, bis sie beide schreiend den Namen des anderen ausriefen. Obwohl er nicht bei ihr übernachtet hatte, war er lange genug geblieben, um sie noch einmal zu vernaschen. Diesmal hatte er sich Zeit gelassen und war mit gemächlichen Stößen von hinten in sie eingedrungen.

Es war quälend langsam und zugleich so wunderbar gewesen.

Zu keinem Zeitpunkt hatten sie sich unbehaglich gefühlt.

Seit sie daran arbeiteten, ihre Beziehung wiederaufleben zu lassen, geschah alles ganz natürlich.

Carter wusste, dass es nicht immer so bleiben würde. Manchmal war unbeholfener Sex der beste Sex – in echten Beziehungen und im wahren Leben.

Aber im Moment waren sie einfach wieder Roxie und Carter.

Etwas hatte sich jedoch verändert. Denn nun sprachen sie offen miteinander und versuchten nicht mehr, ihre Gefühle zu verbergen, aus Angst, einander wehzutun. Nein, sie hatten die Geister ihrer Vergangenheit noch nicht ganz hinter sich gelassen, aber sie arbeiteten daran.

Und das war das Wichtigste.

Wieder einmal fuhr Carter seinen Wagen in die Einfahrt des Hauses, in dem er einst gelebt hatte. Er würde gern wieder einziehen und wieder ein fester Bestandteil in Roxies Leben sein. Im Moment beschränkte sich ihre gemeinsame Zeit auf eine Verabredung pro Woche und tägliche Nachrichten und Anrufe. Immerhin kamen sie sich näher.

Doch bevor sie den nächsten Schritt wagen konnten, mussten sie sich noch mit einer Sache auseinandersetzen. Sie waren zwar schon fast so weit, dass sie darüber sprechen konnten, hatten das Thema aber bisher vor sich hergeschoben. Möglicherweise wollten sie sich dadurch selbst schützen. Vielleicht wussten sie auch, was sie alles verpasst hätten, wenn sie zuerst darüber geredet hätten. Denn selbst die vermeintlich unscheinbaren Dinge waren von Bedeutung, und er hatte auf die harte Tour gelernt, was geschah, wenn er sie ignorierte.

Er sprang aus seinem Pick-up und rieb sich die Hände. Es war immer noch viel zu kalt für Ende März. Doch er kannte Colorado. Wahrscheinlich würde es bis Juni schneien, während die Sonne vereinzelt durchbrechen und ihnen Temperaturen um die dreißig Grad bescheren würde. Hier gingen die Jahreszeiten nicht langsam ineinander über. Die Wechsel waren vielmehr abrupt und brachten immer auch ein wenig Schnee mit sich, um einen daran zu erinnern, dass der Winter ständig vor der Tür stand.

Carter hoffte nur, dass es heute Abend nicht zu kalt für einen Spaziergang sein würde.

Denn Roxie liebte es, im Park spazieren zu gehen.

Lachend öffnete Roxie die Tür. Sie trug ein enges, langärmeliges schwarzes Kleid, das er noch von früher kannte. Allein der Anblick hatte sein Blut schon immer in Wallung gebracht. Beinahe hätte er ein Knurren ausgestoßen. Dazu hatte sie eine Strumpfhose und die schwarzen Stiefel angezogen, die ihre Waden eng umschlossen. Er liebte diese Schuhe und stellte sich vor, wie er sie ihr genüsslich abstreifte.

Meine Güte, jetzt verlor er sich schon in Fantasien über ihre Stiefel. Offensichtlich verlor er den Verstand.

»Was ist so lustig?«, fragte er, trat ein und drückte ihr einen Kuss auf die Lippen.

»Ich habe gerade mit Shep telefoniert. Er hat mir eine Geschichte über Livvy, Marmelade und Honig erzählt. Scheinbar hat er sich auf einen Witz über Marmeladenhände bezogen, den ich nicht wirklich verstehe. Aber ich glaube, er stammt aus einer Fernsehsendung.«

Carter schnaubte. »Oh ja, den Witz kenne ich. Er handelt davon, dass Kinder scheinbar immer klebrige Hände haben, selbst wenn keine Marmelade im Haus ist. Trotzdem haben sie Marmeladenhände, mit denen sie dein Gesicht und deine Haare berühren und überall herumtatschen.«

Sie machten sich auf den Weg zu seinem Wagen. »Shep hatte offenbar Marmelade im Bart und in den Haaren, obwohl Livvy schon lange kein Kleinkind mehr ist«, erklärte Roxie.

»Bis sie achtzehn sind und das Nest verlassen, werden sie klebrige Hände haben. Wo ein Wille ist, da gibt es Marmelade.«

»Ich glaube, ich sollte meine Mutter bitten, den Spruch für Shep auf ein Kissen zu sticken. Er würde sich wahrscheinlich darüber freuen.«

»Du könntest auch versuchen, es selbst zu tun.«

»Hast du mich jemals nähen sehen? Oder stricken? Adrienne ist gut in solchen Dingen. Ich habe kein Händchen für Handarbeit und Kunst. Glaub mir.«

Er schüttelte den Kopf und half ihr beim Einsteigen. Wieder presste er seinen Mund auf ihren, doch dieses Mal verweilte er etwas länger. Dann schloss er die Tür, ging um den Wagen herum und setzte sich ans Steuer, um mit der Unterhaltung fortzufahren.

»Du musst aufhören, dein Licht unter den Scheffel zu stellen. Du bist brillant.«

»Das sagst du nur, weil du mir an die Wäsche willst.«

»Natürlich will ich dir an die Wäsche. Aber deshalb sage ich dir nicht, wie brillant du bist.«

»Sicher.«

»Nein, im Ernst. Außerdem weißt du ganz genau, wie gut du bist.«

»Ich weiß nicht, wovon du sprichst.«

»Wahrscheinlich habe ich mich nicht klar genug ausgedrückt. Du bist unglaublich klug, Roxie. Und talentiert. Nur weil du nicht wie deine Schwestern malst, strickst oder einem Kunsthandwerk nachgehst, heißt das nicht, dass du kein Talent hast. Deine Begabungen liegen einfach auf einem anderen Gebiet. Du hast dich deswegen immer kleiner gemacht, als du bist. Ich fand das schrecklich, wusste aber nicht, wie ich dir verständlich machen sollte, dass ich an dich glaube. In meinen Augen sind die Gemälde, die du von deinen *feuchtfröhlichen Pinsel* Abenden mit nach Hause gebracht hast, wunderschön. Wenn du es zugelassen hättest, hätte ich sie ohne Weiteres aufgehängt – einfach, weil du sie geschaffen hast. Ich kann das nicht. Glaub mir, ich habe es versucht. Und das sage ich nicht, um dich aufzumuntern oder mich selbst besser zu fühlen. Ich habe einfach kein Talent. Nur weil deine Schwestern manche Dinge anders machen, bist du nicht weniger begabt.«

So viele Worte wären vielleicht gar nicht nötig gewesen, aber sie sprudelten einfach aus ihm heraus. Er hätte das alles wahrscheinlich schon vor langer Zeit sagen sollen, denn Roxie hatte ihr Licht schon immer unter den Scheffel gestellt, wenn es um ihre kreativen Begabungen ging. Vermutlich war das schon so, bevor er sie kennengelernt hatte.

Und obwohl er immer wieder versucht hatte, die richtigen Worte zu finden, waren sie ihm nie über die Lippen gekommen.

Als er sah, dass sie sich Tränen von den Wangen wischte, befürchtete er schon, dass er wieder einmal Mist gebaut hatte.

»Es tut mir leid. Das hätte ich nicht sagen sollen.«

»Nein, du hast nichts falsch gemacht. Ich bin nur ... ich bin nur ...« Sie atmete tief durch. »Danke. Ich bin froh, dass du es gesagt hast.«

Er fuhr auf den Parkplatz vor dem Kino und hoffte, dass er sich nicht komplett zum Idioten gemacht hatte. »Es tut mir leid, Roxie.«

»Nein, du musst dich nicht entschuldigen. Ich weiß, dass ich ständig das Gefühl habe, in künstlerischen Belangen mit meinen Schwestern und dem Rest meiner Familie konkurrieren zu müssen. Das liegt daran, dass sie alle so unglaublich talentiert sind. Manchmal frage ich mich, warum ich dieses Gen nicht geerbt habe.«

»Aber du bist nicht schlecht.«

»Danke.«

Er zwinkerte ihr zu.

»Du weißt, was ich meine.«

»Ja, ich weiß. Mir ist klar, dass ich nicht schlecht bin. Ich brauche einfach länger und gehe die Dinge anders an. Manchmal bin ich dabei so verkrampft, dass am Ende alles schiefgeht. Und dann ärgere ich mich über mich selbst.«

»Das ist in Ordnung. Ich meine, es ist nicht in Ordnung, dass du dich herabsetzt. Das habe ich nicht gemeint.«

»Ich weiß«, sagte sie lachend.

»Aber es ist doch okay, wenn du die Dinge anders machst als der Rest deiner Familie. Wie du weißt, haben sie nicht so eine Affinität zu Zahlen wie du. Und sie sind sicher auch nicht so gute Langläufer. Nun, Liam vielleicht. Ich muss diesen Liam unbedingt kennenlernen.«

Roxie verdrehte die Augen. »Du weißt doch, dass er mein Cousin ist, nicht wahr?«

»Das wusste ich nicht, als die Jungs erwähnten, dass du mit diesem Liam Skifahren warst. Sie haben etwas zu lange gebraucht, um mir zu erklären, dass er dein Cousin aus Boulder ist. Ich war ziemlich eifersüchtig.«

Sie warf ihm einen vielsagenden Blick zu, als sie das Kino betraten. »Eifersüchtig? Du bist doch derjenige, der mit einer anderen Frau ausgegangen ist.«

»Herrgott. Das tut mir unendlich leid.«

Sie hatten sich für die Matinee entschieden, um

den überfüllten Kinosälen zu entgehen. Glücklicherweise war tatsächlich niemand dort, der ihre Unterhaltung hätte belauschen können.

»Schon gut. Ich hätte es gar nicht erst erwähnen sollen, denn eigentlich macht es mir nichts aus. Wahrscheinlich sollte ich eifersüchtig sein, aber letztlich hat es dich wieder zu mir geführt. Es hat dich auch dazu gebracht, dich mir zu öffnen, und wir haben endlich wieder angefangen, miteinander zu reden. Wie könnte ich da also wütend sein? Vielleicht sollte ich mich darüber ärgern, dass dein Mitarbeiter diese Frau kennt und wir ihr eines Tages im Supermarkt über den Weg laufen könnten – aber ich verspreche dir, ich werde keine Szene machen. Es war nur ein Abendessen, du hast sie nicht einmal berührt. Wenn das der Auslöser war, dass wir jetzt wieder miteinander sprechen können, dann bin ich dankbar dafür. Vielleicht werde ich das Thema hin und wieder ansprechen, nur um dich damit aufzuziehen. Du darfst auch gern den mysteriösen Liam erwähnen, wenn du willst.«

Er verdrehte die Augen, drückte ihr einen Kuss auf den Kopf und war erleichtert, dass sie so dachte. Er wusste, dass sie mit Kaylee darüber gesprochen hatte, dass diese ihn mit Stacia gesehen hatte, doch die beiden Frauen schienen im Reinen damit zu sein. Er hatte befürchtet, dass Kaylees Zurückhaltung ihre Beziehung zu Roxie beeinträchtigen würde, aber letztendlich war Ehrlichkeit die beste Strategie.

Er hatte seine Frau nie angelogen, er hatte nur nicht so mit ihr gesprochen, wie er es hätte tun sollen.

In dieser Hinsicht würde er sich bessern.

Verdammt.

Sie kauften sich eine Tüte Popcorn und eine große Limo und machten es sich in ihren Sitzen bequem. Eigentlich mochten sie weder das eine noch das andere, aber ein Kinobesuch ohne Snacks war undenkbar.

Sie kuschelten sich aneinander und schauten schweigend den Film. Da der Kinosaal fast leer war, hätten sie wie Teenager herumknutschen können, aber sie waren erwachsen und hatten ihre Prinzipien. Zumindest bis zu einem gewissen Grad.

»Weißt du, solange ich Chris Hemsworth mit Bart betrachten kann, bin ich zufrieden.«

»Du meinst wohl eher die Tatsache, dass er sein Hemd ausgezogen hat, nicht wahr?«, fragte Carter, als sie ihre Mahlzeit in einem ihrer Lieblingsrestaurants beendeten.

»Nun, das stimmt, und obwohl ich den Film wirklich nicht verstanden habe, war er brillant.«

Seit Langem war dies der erste Film, den er gesehen hatte, der ohne Superhelden auskam. Normalerweise ging er nur noch ins Kino, um Superman und Co. auf der Leinwand zu bewundern. Er wurde langsam alt und war nur noch bereit, seinen Harndrang für Superhelden zu unterdrücken.

Roxie hatte immer betont, dass sie nur für einen

der »vier Chrises« – Evans, Hemsworth, Pratt oder Pine – so viel Sitzfleisch beweisen würde.

Seltsamerweise war er deshalb nie eifersüchtig gewesen, denn die Typen waren ziemlich heiß. Er konnte ihr also keinen Vorwurf machen.

»Also, Mr. Marshall, was haben Sie für den Rest des Abends geplant?«, fragte Roxie, während sie Hand in Hand durch den Park schlenderten. »Ich muss schon sagen, du bist ein Romantiker und weißt wirklich, wie man eine Frau umwirbt.«

Er blieb stehen, zog sie zu sich und küsste sie leidenschaftlich. »Es gefällt mir, dass du so denkst. Das gibt mir das Gefühl, das Richtige zu tun.«

»Du warst schon immer ein Meister der Verführung. Ich genieße diese Seite von dir, denn du lächelst viel.«

Er ergriff ihre Hand und sie gingen weiter. Er war dankbar, dass nur wenige Leute unterwegs waren. Es war zwar noch kühl, aber sie waren warm angezogen, und er hoffte inständig, dass keiner von ihnen sich eine Erkältung einfangen würde.

»Als zwischen uns alles in die Brüche ging, war ich so sehr darauf konzentriert, meine Werkstatt am Laufen zu halten, dass ich das Gefühl hatte zu versagen, verstehst du?«

»Mir ging es nicht anders, ich habe genauso hart gearbeitet. Wenn man jung ist und zum ersten Mal nicht mehr jeden Cent umdrehen muss, verliert man leicht das Wesentliche aus den Augen. Wir konnten die Hypothek und die Rechnungen bezahlen, das war kein Problem. Aber wir waren beide auf unsere Karriere fixiert und haben dabei alles andere ignoriert.«

»Es war leichter, sich in die Arbeit zu stürzen, als sich mit dem auseinanderzusetzen, was wirklich wichtig war«, pflichtete er ihr bei.

»Aber unsere Arbeit *ist* wichtig«, wandte sie ein. »Wir können sie nicht einfach beiseiteschieben.«

»Das tun wir ja nicht. Mir ist klar, dass du mit den Steuererklärungen beschäftigt bist, aber ich weiß es zu schätzen, dass du dir jede Woche ein paar Stunden Zeit für mich nimmst.«

»Letztes Jahr bin ich aus vielerlei Gründen fast verrückt geworden. Vor allem war es ein Fehler, während dieser Zeit keine Auszeit zu nehmen. Am Ende habe ich mir eine heftige Erkältung eingefangen.«

»Ich erinnere mich. Du hast mich nicht einmal eine Hühnersuppe mit Nudeln für dich kochen lassen.«

»Weil ich die mit den Sternchennudeln lieber mochte.«

»Ich weiß, ich habe sogar einen Vorrat an Dosen für dich gekauft.«

»Und ich war so darauf fixiert, alles allein zu bewältigen, dass du sie mir nicht einmal warm machen durftest«, gab sie zu.

»Wenn du heute Abend krank wirst, darf ich dir dann eine Hühnersuppe kochen?«, fragte Carter.

»Ich denke, das ließe sich einrichten. Aber wir können uns auch einfach dicht aneinanderschmiegen, damit uns nicht kalt wird.«

»Gute Idee.« Sie gingen noch ein Stück weiter und unterhielten sich über das Wetter und Roxies Familie. Carter erzählte ihr von Landon und erwähnte, dass er und Kaylee noch nicht offiziell zusammen seien. Das brachte Roxie zum Lachen, woraufhin Carter ihr einen Kuss auf die Nasenspitze drückte. Dabei spürte er, wie kalt sie war. Er wusste, dass sie umkehren sollten, aber er war noch nicht bereit, den Abend ausklingen zu lassen.

»Um noch einmal auf die Sache mit der Karriere zurückzukommen, es gibt noch andere Gründe, warum ich mich gezwungen habe, so hart zu arbeiten.« Da ihnen immer wieder andere Paare über den Weg liefen, hielt er seine Stimme gedämpft. Roxie blieb stehen und zog ihn zu sich, damit sie sich ganz auf ihn konzentrieren konnte.

»Warum, Carter? Sag es mir.«

»Es ist wirklich albern.«

»Das ist es bestimmt nicht, wenn es dich beschäftigt hat. Erzähl mir davon.«

»Wahrscheinlich hältst du mich für verrückt.« Er wollte sich mit den Fingern durchs Haar fahren, bemerkte aber, dass er eine Mütze trug, und ließ die

Hand wieder sinken. Dann schenkte er ihr ein verlegenes Lächeln, bevor er fortfuhr: »Ich habe dir gesagt, wie klug du bist, und das war kein leeres Kompliment. Das gilt für deine ganze Familie. Ihr habt alle eine Fachausbildung absolviert oder studiert. Manche von euch haben sogar den Masterabschluss gemacht. Ihr seid so verdammt brillant. Manchmal vergesse ich, dass ich als Mechaniker ein Außenstehender bin. Ich bin weniger intelligent und nur ein einfacher Arbeiter.«

»Carter.«

»Ich weiß, dass es dumm ist, schließlich besitze ich mein eigenes Unternehmen. In deiner Familie gibt es Tätowierer, Bauarbeiter, Bäcker und Künstler. Ihr arbeitet mit den Händen. Aber du bist Steuerberaterin und hochintelligent. Manchmal fühle ich mich einfach ein bisschen unzulänglich, aber das ist nicht deine Schuld.«

»Das hoffe ich. Ich hoffe, ich habe dir nie das Gefühl gegeben, dumm zu sein.«

»Nein, natürlich nicht. Das liegt ganz allein an mir. Ich weiß, dass ich keinen Grund habe, mich so zu fühlen, aber manchmal kann ich einfach nichts dagegen tun.«

»So, wie ich manchmal nicht anders kann, als mich mit meinen Schwestern zu vergleichen?«

»Genau so. Ich weiß, es liegt in der Natur des Menschen, sich mit anderen zu messen und zwanghaft nach eigenen Fehlern zu suchen, selbst wenn es völlig unbegründet ist. Aber manchmal hatte ich das Gefühl, mich richtig ins Zeug legen zu müssen, nur um mit dir Schritt zu halten. Ich wollte sicherstellen, dass meine Werkstatt ein Erfolg wird, damit ich dir nicht zur Last falle.«

»Carter. Das ist lächerlich. Nein, Moment, das ist nicht das richtige Wort. Denn deine Empfindungen sind nicht lächerlich, sondern rühren von etwas her, das tief in dir verwurzelt ist. Du hast zwar gesagt, dass ich dir nie das Gefühl gegeben habe, unzulänglich zu sein, aber ich werde mein Bestes tun, um es auch in Zukunft zu vermeiden, in Ordnung? Denn ich will nicht, dass du jemals das Gefühl hast, dich mit mir messen zu müssen oder weniger wert zu sein als ich. Wir sollten uns gegenseitig unterstützen. Vielleicht habe ich dir nicht genug beigestanden. Ganz im Gegensatz zu dir. Du hast immer versucht, mich aufzumuntern, wenn ich mein Licht wieder einmal unter den Scheffel gestellt habe. Ich erinnere mich auch daran, dass du mich immer an erste Stelle gesetzt hast. Aber ich habe mich wohl nie bei dir revanchiert und dich ebenso unterstützt. Das muss ich ändern. Und ich werde es tun. Dies ist unsere zweite Chance, und ich will sie nicht vermasseln, Carter. Ich will nicht aus Angst dieselben Fehler begehen wie früher. Carter Marshall, ich halte dich für brillant. Ich liebe dich und will dich nicht noch einmal verlieren.«

Carter blinzelte, um sicherzugehen, dass er die Worte richtig verstanden hatte. Er liebte Roxie über alles und hatte stets befürchtet, dass sie nicht dasselbe für ihn empfand und alles in die Brüche gehen könnte – aus Angst, sie würde ihn am Ende doch als unzulänglich erachten und feststellen, dass ein Leben ohne ihn einfacher war.

»Wir werden das hinbekommen, Roxie. Wir beide. Wir werden es schaffen.«

»Ich weiß, dass wir das schaffen. Nicht weil wir müssen, sondern weil wir es wollen. Ich will dieselben Fehler nicht noch einmal machen.«

»Dann lass uns daran arbeiten.« Sie gingen zurück zu seinem Wagen und fuhren nach Hause.

In dieser Nacht, als sie sich in ihrem Bett liebten, ritt sie ihn. Sie hatte den Kopf in den Nacken gelegt und ließ die Hüfte kreisen, während er mit den Händen ihre Brüste streichelte und sich mit kraftvollen Stößen in ihr verlor.

Nachdem sie gemeinsam den Gipfel der Lust erklommen hatten, lagen sie eng umschlungen da. Er verbrachte die Nacht bei ihr und hielt seine Frau bis zum nächsten Morgen im Arm.

Dies war ein weiterer Schritt.

Sie würden es schaffen.

Noch hatten sie die letzte Hürde nicht genommen.

Aber sie kamen dem Ziel näher.

Vielleicht reichte die Liebe am Ende doch aus.

Es gab Hoffnung.

KAPITEL SECHZEHN

Roxie hatte die Familienessen immer geliebt – bis sie gelernt hatte, sie zu hassen. Im Moment lieferte sich ihre Nervosität einen erbitterten Kampf mit der Vorfreude, alle nach der langen Zeit der Funkstille endlich wiederzusehen. Sie hatte sich zwar gelegentlich mit ihren Schwestern getroffen oder mit ihren Eltern telefoniert, doch die Familienfeste und Spieleabende hatte sie bisher konsequent gemieden.

Zum Teil lag das natürlich daran, dass die Steuererklärungen fällig waren und Roxie ihre Freizeit dazu nutzte, um beim Skifahren auf andere Gedanken zu kommen oder zu schlafen. Und sie verbrachte Zeit mit Carter.

Nun war sie auf dem Weg zu ihrem ersten Familienabend seit einer gefühlten Ewigkeit. Und sie würde

Carter mitbringen. Sie hoffte inständig, dass es nicht so unangenehm werden würde, wie sie befürchtete.

Denn ihre Familie liebte Carter wirklich. Doch in den vergangenen Monaten hatten sie schlichtweg nicht gewusst, wie sie ihm gegenübertreten sollten. Und das war allein Roxies schuld. Sie und Carter waren noch immer dabei herauszufinden, wo genau sie in ihrer neuen Beziehung standen, und der Rest der Familie hatte ihnen tatsächlich den nötigen Freiraum gelassen.

Ehrlich gesagt war Roxie ein wenig überrascht, denn das entsprach so gar nicht ihrer Art. In ihrer Familie kümmerte sich jeder um jeden, was im Grunde bedeutete, dass sich ständig alle ungefragt in die Angelegenheiten der anderen einmischten.

Heute würde sie alle wiedersehen. Sie würden bei ihren Eltern zu Abend essen, gemeinsam mit ihren Geschwistern, sowie deren Partnern und Kindern. Roxie vermutete, dass vielleicht sogar Liam kommen würde, denn sie hatte ihn bei ihrem letzten Skiausflug im Namen ihrer Mutter eingeladen.

Zu diesem Ausflug hatte Carter sie nicht begleitet, da er hatte arbeiten müssen. Außerdem hatte er gewusst, dass er nicht mit ihnen würde mithalten können.

Aber vielleicht würde sie ihn eines Tages mitnehmen, auch wenn er es hasste. Denn sie wollten es gemeinsam versuchen.

Vielleicht würden sie nun auch andere Dinge

entdecken, die sie außerhalb des Schlafzimmers miteinander teilen konnten. Vielleicht war das der Weg, es diesmal wirklich zu schaffen. Zuvor waren sie so darauf fixiert gewesen, Geld für die Zukunft beiseitezulegen, und anschließend hatten sie sich bemüht, nicht über die Dinge zu sprechen, die ihnen am meisten wehtaten. Dadurch hatten sie alles, was sie hätten haben können, ruiniert.

Doch nun blickten sie endlich wieder nach vorn.

»Bist du bereit?«, fragte Carter, als sie in die Einfahrt ihres Elternhauses einbogen. Ihre Geschwister waren bereits da. Roxie erkannte ihre Wagen am Straßenrand und musste unwillkürlich lächeln. Entweder hatten die anderen den Platz in der Einfahrt bewusst für sie frei gehalten, um ihr zu zeigen, dass sie willkommen war – oder sie hatten schlichtweg keine Lust gehabt, eingeparkt zu werden, weil sie wussten, dass noch jemand nach ihnen kommen würde. Es konnte beides sein.

»Seltsamerweise bin ich nervös«, gestand Roxie, »aber ich bin bereit.«

Carter ergriff ihre Hand und drückte sie. »Ich auch. Ich hoffe nur, dass dein Bruder mir nicht in den Arsch tritt.«

»Das wird er nicht. Denn dafür müsste er erst an mir vorbei.« Sie sah Carter an und küsste ihn sanft aufs Kinn. Er stellte den Motor ab, beugte sich vor und presste seine Lippen auf ihre.

Sie schmiegte sich an ihn und verzog die Lippen zu

einem Lächeln. Auch das hatte sie vermisst, mehr, als sie je hätte ahnen können. Es fühlte sich fast so an, als fänden sie endlich wieder zu sich selbst zurück. Vielleicht noch nicht ganz, aber sie hatten einen Punkt erreicht, an dem sie eigentlich die ganze Zeit über hätten sein sollen. Roxie wollte nicht zu viel grübeln oder sich unnötig unter Druck setzen, doch tief im Inneren spürte sie, dass alles gut werden würde.

Jemand klopfte an die Scheibe, woraufhin Roxie vor Schreck einen Schrei ausstieß. Carter lachte herzlich, sodass sich kleine Fältchen um seine Augen bildeten.

»Seid ihr fertig mit Knutschen? Ihr solltet wissen, dass Mom und Dad euch beobachten.«

Roxie zeigte Adrienne den Mittelfinger und lachte, als sie und Carter aus dem Wagen stiegen.

Sie umarmte ihre Schwester, während Carter zum Heck ging, um den Kuchen zu holen.

Sie hatte ihn nicht selbst gebacken, weil sie keine Zeit dafür hatte. Aber die Konditorei um die Ecke gehörte zu den Lieblingsbäckereien ihrer Mutter. Und ihre Familie würde sich nicht daran stören, dass der Kuchen gekauft war. Abgesehen von Theas Kreationen gab es ohnehin nichts Besseres weit und breit.

Nichts reichte an Theas Backkünste heran.

Außerdem war Thea diesmal nicht an der Reihe, den Kuchen mitzubringen. Man hätte meinen können, sie sei allein dafür zuständig, da sie die Bäckerin der Familie war, doch die anderen wollten ihr hin und wieder eine Auszeit gönnen. So konnte sie sich stattdessen darauf konzentrieren, ihre Kochkünste zu verfeinern. Roxie wusste, dass im Haus Theas Fleischbällchen in Bourbon-Soße auf sie warteten. Das, und eine Käseplatte. Nichts würde Thea und jetzt Dimitri davon abhalten, eine Käseplatte zu einer Party mitzubringen. Inzwischen war das zur Tradition geworden.

»Ich bin so froh, dass du da bist«, sagte Adrienne, nachdem sie Roxie einen Kuss auf die Wange gedrückt hatte. »Meine kleine Schwester ist erwachsen geworden und bringt ihren Mann und einen Kuchen mit, den sie sicher nicht selbst gebacken hat.«

Roxie verdrehte die Augen. »Ja, weil ich so viel Zeit habe und natürlich einen oder drei Kuchen hätte backen können.«

»Du hast drei Kuchen mitgebracht?«

»Wir konnten uns nicht entscheiden, also haben wir kurzerhand alle drei mitgenommen«, erklärte Carter grinsend und hob die Tortenschachteln an. »Wir haben Bourbon-Pekannuss, Apfel-Rhabarber und einen Schokoladenkuchen. Ich glaube, Letzterer ist mit Salzkaramell gefüllt – ich bin mir nicht hundertprozentig sicher, aber ich wäre fast ohnmächtig geworden, als die Verkäuferin ihn beschrieben hat.«

»Das klingt wirklich lecker«, sagte Thea.

Roxie beobachtete die beiden und war dankbar, dass sie sich so zwanglos miteinander unterhielten. Vielleicht würde die Stimmung nicht so angespannt sein, wie Roxie befürchtet hatte. Adrienne schien ihm gegenüber nicht gehemmt zu sein. Sie eilte zu ihm, nahm ihm einen der Kuchen ab, legte einen Arm um seine Schulter und drückte ihn kurz an sich.

Alle anderen hatten sich bereits im Haus versammelt, doch Roxie störte es nicht, dass sie die Letzten waren. Carter war eine halbe Stunde länger in der Werkstatt geblieben, um sich persönlich um einen unzufriedenen Kunden zu kümmern. Er war zwar inzwischen deutlich besser darin geworden, Aufgaben zu delegieren, doch in manchen Momenten war eben immer noch der Chef gefragt. Laut Carter war der Kunde im Unrecht gewesen, doch er hatte ihn beschwichtigen können.

Roxie war froh, dass sie nun hier waren, und sie hoffte, dass nach diesem ersten Treffen alles besser werden würde. Genau genommen fühlte sich schon jetzt alles so viel besser an als noch vor einem Monat – oder auch nur vor einer Woche.

»Ihr seid da«, rief ihre Mutter und kam ihnen entgegen. Sie zog Roxie in ihre Arme und drückte ihr einen Kuss auf die Stirn, bevor sie sich Carter zuwandte. »Und ihr habt Kuchen mitgebracht. *Ms. Nancys* Kuchen. Sie sind zwar nicht von meiner Thea, aber sie sind trotzdem gut.«

»Es gibt nichts Besseres als meine Kuchen, aber es macht mir nichts aus, dass ihr bei der Konkurrenz kauft. Wir müssen den anderen schließlich auch eine Chance geben«, sagte Thea lachend. Ihre Schwester war zwar ehrgeizig, aber bei Weitem nicht so verbissen, wie sie vorgab. Allein die Tatsache, dass sie scherzen konnten und alle so taten, als sei nie etwas gewesen, war für Roxie ein Zeichen, dass sie auf dem richtigen Weg waren.

Zumindest hoffte sie das.

»Ich bin so froh, dass du hier bist, Carter. Du siehst gut aus«, sagte ihre Mutter.

»Mir geht es gut. Der Arzt hat gesagt, dass ich vollständig genesen bin. Ich mache immer noch meine Physiotherapieübungen, weil die Haut manchmal spannt, aber damit werde ich wohl noch eine Weile leben müssen.«

Roxie strich ihrem Mann über den Rücken, während Tränen in die Augen ihrer Mutter stiegen. Dann blinzelte Mrs. Montgomery, nahm den Kuchen entgegen und drückte Carter einen Kuss auf den Mund.

»Ich liebe dich, mein Junge. Nur für den Fall, dass du das nicht weißt.«

Mit diesen Worten wandte ihre Mutter sich ab, woraufhin die anderen Carter der Reihe nach umarmten. Roxie war sich sicher, dass sie nicht die Einzige war, die von den Worten ihrer Mutter zutiefst schockiert war. Ihre Mutter hatte Carter noch nie »ihren Jungen« genannt. Genauso wenig wie Dimitri oder Mace. Das war in ihrer Familie nicht üblich. Und Shea nannte ihre Mutter auch nicht »Mom«.

Es war nicht einfach so daher gesagt, sondern es

steckte eine tiefere Bedeutung dahinter. Zum einen lag es daran, dass Carter wieder Teil von Roxies Leben war. Zum anderen hatte er Thea gerettet. Davor konnte niemand die Augen verschließen. Und das würde niemand je vergessen.

Roxies Familie war in mehr als einer Hinsicht eng miteinander verbunden. Der Gedanke, dass Roxie tatsächlich versuchte, wieder am Familienleben teilzunehmen, und dass sie bereit war, sich ihrer Vergangenheit zu stellen, bedeutete, dass sie erwachsen geworden war.

Und mit ihrem Mann an ihrer Seite war sie auf dem besten Weg, zu sich selbst zu finden.

Wie immer verlief das Abendessen ausgelassen, doch Roxie wusste, dass es nicht so turbulent zuging wie bei ihren anderen Familienfeiern. Tatsächlich machte ihr Cousin Liam während des Essens sogar eine Bemerkung dazu.

»Tante Katherine, ich glaube, du bist eine noch bessere Köchin als meine Mutter. Aber wenn du ihr das jemals erzählst, werde ich es leugnen. Das schwöre ich.«

Roxie lachte in ihre Serviette, während Carter sie mit hochgezogenen Augenbrauen ansah. Ja, er ärgerte sich immer noch darüber, dass er angenommen hatte, Liam sei ein Mann, mit dem sie zusammen war, und nicht nur ihr Cousin. Aber sie wusste, dass er inzwischen darüber lachen konnte. Sie hatte das unbestimmte Gefühl, dass Liam das ebenfalls wusste, denn er legte absichtlich einen Arm auf ihre Stuhllehne und zwinkerte Carter zu.

Später würde Roxie es ihrem Cousin heimzahlen. Vielleicht wenn er die Frau fürs Leben gefunden hatte. Sie hoffte, dass es schon bald so weit sein würde, denn Liam hatte es verdient, glücklich zu sein. Aber sie wusste besser als viele andere, dass Beziehungen harte Arbeit waren und es nicht verwerflich war, auch einmal durchzuatmen, bevor man sich darauf einließ.

»Also, Carter, wie läuft die Werkstatt?«, fragte ihr Vater, als sie mit dem Dessert fertig waren. Die Kuchen waren köstlich gewesen. Sie hatte die Schokoladen-Karamell-Torte noch nicht ganz verdaut, doch sie wusste, dass sie vielleicht noch Platz für ein weiteres Stück schaffen könnte, wenn sie eine Weile wartete.

»Das Geschäft läuft gut. Ich werde noch jemanden einstellen und einen meiner Mitarbeiter zum zweiten stellvertretenden Geschäftsführer befördern müssen.«

Roxie wandte sich Carter zu und lächelte. Sie hatten darüber gesprochen, und sie hatte seine Bücher durchgesehen, da sie immer noch seine Steuerberaterin war. Was er sagte, ergab Sinn. Obwohl sie nicht expandierten, sorgte er dafür, dass sie mit der hohen Nachfrage Schritt halten konnten.

»Das ist wunderbar. Das erinnert mich daran, dass mein Pick-up einen Ölwechsel braucht.« Ihr Vater runzelte die Stirn, und Roxie lächelte nur, während Carter nickte.

»Kein Problem. Bring ihn einfach irgendwann in

die Werkstatt, und ich werde ihn dazwischenschieben. Ich kümmere mich persönlich darum.«

»Das erwarte ich auch. Immerhin bin ich ein Montgomery – ich verdiene nichts Geringeres als das Beste«, erklärte ihr Vater mit einer gespielten Blasiertheit, die so gar nicht zu ihm passte. Die gesamte Runde brach in schallendes Gelächter aus.

»Ganz recht, die Montgomerys verdienen nur das Beste«, pflichtete Thea ihm grinsend bei.

»Ja, das Beste.« Shep warf Carter einen finsteren Blick zu. Roxie wusste, dass Shep von allen Montgomerys wahrscheinlich der Letzte sein würde, der Carter vergeben würde. Allerdings stand es ihrer Familie nicht zu, über ihn zu urteilen. Ihre Beziehung zu Carter ging niemanden etwas an, das hatte sie den anderen deutlich zu verstehen gegeben. Wenn nötig, würde sie es ihnen noch einmal sagen.

Sie hatten beide Fehler begangen und mussten nun selbst herausfinden, wie sie ihre Ehe retten wollten, ohne sich davon beeinflussen zu lassen, was die Familie von ihnen erwartete.

Nach dem Essen versammelten sie sich im Wohnzimmer und tranken Wein oder Kaffee, und Roxie ließ zufrieden den Blick durch den Raum schweifen. Die Kinder schliefen auf dem Boden vor dem Kamin, während der große, alte Hund sich zu ihnen gesellt hatte. Bis auf Liam hatten die Paare sich eng aneinandergekuschelt. Sie waren eine große Familie, deren Mitglieder sich aufrichtig liebten.

Obwohl Roxie ihr ganzes Leben lang nichts anderes gekannt hatte, wusste sie, wie kostbar diese Verbundenheit war. Shep war zurück in der Stadt und würde bleiben. Und sie selbst war entschlossen, sich wieder mehr einzubringen. Sie würde nicht länger weglaufen und sich nicht mehr verstecken.

Sie musste sich nur daran erinnern, dass sie sich auf die anderen verlassen konnte, wenn es drauf ankam.

Und der erste Mensch, bei dem sie Halt suchen würde, war Carter. Sie hatte ihn verletzt, indem sie nicht mit ihm über ihre Ängste gesprochen hatte. Und er hatte ihr genauso wehgetan, weil er ebenfalls geschwiegen hatte.

Roxie war klar, dass sie noch darüber reden mussten, was sie verloren hatten, und das würden sie tun. Schon bald.

Liam sagte etwas und beugte sich vor. Roxie riss sich aus ihren Gedanken, um sich auf ihn zu konzentrieren. »Ja, ich habe tatsächlich eine Hütte im Wald, ganz in der Nähe meines Hauses«, erklärte er. »Aber in letzter Zeit war ich so beschäftigt, dass ich kaum noch dort war. Es ist geradezu lächerlich, wie wenig ich mein Eigentum nutze.«

Roxie sah ihren Cousin an. »Eine Hütte im Wald? Ist das nicht praktisch eine Einladung für einen Serienmörder?«

Er schnaubte. »Ich bin ein großer, starker Mann,

der mit einer Axt umgehen kann. Ich denke, ich kann mich verteidigen.«

»Das sind die Worte des Mannes, der schon im Prolog stirbt.«

Liam grinste. Carter drückte ihr einen Kuss auf den Kopf und überraschte sie dann, indem er fragte: »Willst du damit sagen, dass jemand dort hinaufgehen und sie nutzen soll?«

»Ja, genau das wollte ich damit sagen. Ich dachte, du und Roxie könntet eine Auszeit gebrauchen. Tatsächlich bestehe ich darauf. Roxie weiß, wie aufdringlich ich sein kann, wenn mir danach ist.«

»Wovon redest du?«, fragte Roxie und beugte sich vor. »Du willst also, dass wir ein Wochenende in deiner Hütte verbringen?«

»Genau das meine ich. Ich dachte, ihr beide könntet ein wenig Zweisamkeit vertragen. Damit spreche ich zwar das Tabuthema an, das wir totschweigen, aber wenn ihr Lust habt, die Berge von Colorado Springs für ein langes Wochenende gegen die von Boulder einzutauschen, seid ihr herzlich willkommen.«

»Gilt die Einladung für uns alle?«, fragte Adrienne grinsend. »Denn ich glaube, Mace und ich könnten auch mal Urlaub gebrauchen.«

»Die Hütte steht allen Montgomerys offen. Oder ihren Freunden, sofern sie vertrauenswürdig sind. Aber im Ernst, Roxie, dort gibt es tolle Loipen, die dir bestimmt gefallen werden. Und, Carter, zur Hütte gehört eine riesige Garage, in der ein Oldtimer steht, an dem ich herumschraube. Natürlich darfst du mein Baby nicht anfassen, aber du kannst es dir anschauen.«

»Ich weiß nicht, ob wir die Zeit dafür finden«, murmelte Carter und sah Roxie an.

»Die Steuererklärungen sind fällig. Das ist wahrscheinlich der schlechteste Zeitpunkt, um ein Wochenende freizunehmen.«

»Du solltest es trotzdem tun«, sagte Shea. »Genieße ein langes Wochenende. Ich werde versuchen, dasselbe zu tun. Shep und ich müssen wegen eines langjährigen Klienten nach New Orleans reisen.«

Das war das erste Mal, dass Roxie davon hörte. Sie wusste jedoch, dass ihr Bruder und seine Frau mehrmals im Jahr nach New Orleans fuhren, um Freunde zu besuchen.

»Vielleicht«, antwortete sie vage und wandte sich Carter zu. Er beugte sich vor und küsste sie sanft. »Lass es uns tun«, flüsterte er. »Nur du und ich.«

Obwohl Roxie spürte, dass alle Augen auf sie gerichtet waren, hielt sie Carters Blick stand und nickte. »Einverstanden.«

Sie brauchten etwas Zeit für sich. Im Grunde hätten sie das schon längst tun sollen. Sie würden also Liams Angebot annehmen und in die Berge fahren. Wenn sie ihren Cousin richtig einschätzte, war seine Hütte kein bloßes Blockhaus, sondern luxuriöser als ihr eigenes Heim. Doch das war nicht wichtig.

Sie würden sich Zeit füreinander nehmen. Alles andere war bedeutungslos.

Als sie endlich die Haustür hinter sich ins Schloss fallen ließen, brannte Roxie vor Verlangen nach ihrem Mann.

»Ich will dich«, flüsterte sie an seinen Lippen. Sie stand mit dem Rücken zur Tür im Flur, während er ihren Hintern umfasste.

»Ach wirklich? Wie sehr?« Er rieb seine Erektion an ihr und entlockte ihr damit ein Stöhnen.

»Du weißt genau, wie sehr.« Er hob sie hoch und sie schlang die Beine um seine Taille. Die Tatsache, dass er sie mühelos in den Armen hielt, während er ihren Hals und ihre Brüste liebkoste, ließ sie nur noch feuchter werden – wenn das überhaupt möglich war.

»Mal sehen, wie sehr«, knurrte er. Im nächsten Moment schob er eine Hand unter ihr Kleid und drang mit den Fingern in sie ein.

»Oh Gott«, keuchte sie und krallte sich in seine Schultern. »Verdammt. Wie bist du so schnell in mein Höschen gekommen?«

»Ich kenne ein paar Tricks, die du noch nie gesehen hast.« Er krümmte seine Finger und berührte sie an genau der richtigen Stelle.

Verdammt.

Sie schnaubte. »Zitierst du wirklich *Die Hochzeit*

meines besten Freundes, während du mich an den Rand der Ekstase treibst?«

»Möglicherweise. Aber wenn du nur am Rand stehst, mache ich etwas falsch.« Dann krümmte er erneut seine Finger, und sie sah Sterne. Sie spannte die Muskeln in ihrem Unterleib an und bebte am ganzen Körper, als sie explodierte.

»So verdammt schön. Ich liebe es zu sehen, wie du kommst.«

»Ich will auch sehen, wie du kommst.«

»Den Gefallen kann ich dir tun.« Er zog seine Finger aus ihr heraus, leckte einen davon ab und starrte ihr dabei in die Augen. Bei dem Anblick bebte sie innerlich. Dann fuhr er mit dem anderen Finger über ihre Lippen.

So. Sexy.

Er küsste sie erneut und Roxie schmiegte sich an ihn. Sie wollte ihn noch mehr. All das hatte sie vermisst: diese Hitze, dieses unbändige Verlangen, das nur Carter in ihr auslösen konnte. Als er ihren Hals liebkoste und sie absetzte, entzog sie sich seinem Griff und zwinkerte ihm zu.

»Dann will ich sehen, wie du kommst.«

Überrascht zog er die Augenbrauen in die Höhe. »Du willst, dass ich mir vor deinen Augen einen runterhole?«

Bei dem bloßen Gedanken spannte sie unwillkürlich die Schenkel an. Gott, die Vorstellung war berauschend. Ja, dieses Bild würde sie sich noch lange ausmalen.

Vermutlich bis in alle Ewigkeit.

»Gute Idee. Fang am besten gleich damit an. Dann ziehen Sie mal Ihre Schuhe und die Hose aus, Mr. Marshall.«

»Aber nur, wenn du dein Kleid auszieht«, verlangte er mit feurigem Blick.

Sie nickte. »Abgemacht.«

Während sie einander beobachteten, entledigten sie sich ihrer Kleider. Dabei gerieten sie ins Schwanken, lachten und tauschten immer wieder leidenschaftliche Küsse aus. Sex mit Carter war nicht nur unglaublich heiß, er machte auch einfach Spaß. Er war alles zugleich.

Und in diesem Moment bedeutete er noch so viel mehr.

Als sie schließlich vor ihm auf die Knie sank, riss er die Augen auf. Mit einer Hand umschloss er den Ansatz seines Schafts.

»Ich dachte, du wolltest mir dabei zusehen, wie ich es mir selbst mache?«, raunte er.

»Lass dich von mir nicht aufhalten! Ich kümmere mich derweil um deine Eier.« Sie leckte erst den einen und dann den anderen Hoden. Er stöhnte und massierte seinen Schwanz, wobei er den ersten Lusttropfen verrieb.

Dann saugte Roxie einen seiner Hoden in den Mund, bevor sie sich auch dem anderen widmete. Als

Carter den Rücken durchdrückte, ließ sie ihn mit einem Plopp aus ihrem Mund gleiten und fuhr anschließend mit der Zunge über seinen Schaft. Sie drückte einen Kuss auf seine Finger, dann umschloss sie mit den Lippen seine pralle Eichel.

»Roxie«, knurrte er, als brächte er keinen weiteren Ton heraus. Doch das war ihr egal.

Sie verwöhnte seinen Schaft, bis er schließlich zurücktrat, sie auf die Füße zog und küsste.

»Ich war noch nicht fertig«, beschwerte sie sich und knabberte an seiner Unterlippe.

»Ich will in dir kommen. Beug dich über den Tisch, damit ich dich ficken kann, Roxie.« Er zwinkerte ihr zu.

Sie lachte. »Oh, du bist so romantisch.«

Als sie sich in Bewegung setzte, versetzte er ihr einen Klaps auf den Hintern.

Sie quietschte. »Hey!«

»Ich bin romantisch. So romantisch, dass du an meinem Schwanz kommen wirst. Beug dich vor, bis deine Brustwarzen die Tischplatte berühren, Montgomery-Marshall. Und reck deinen Hintern in die Höhe.«

Sie hatte keine Ahnung, warum seine Worte sie so sehr erregten, doch sie gehorchte ihm bereitwillig. Sie beugte sich über den Esstisch und wackelte mit dem Hintern.

»Komm schon, Marshall.«

Er packte ihre Hüfte mit einer Hand und versetzte ihr mit der anderen einen weiteren Klaps auf den

Hintern. Ihre Muschi pochte, und sie stöhnte. »Braves Mädchen«, raunte er.

Dann streichelte er die wunde Stelle, bevor er sich hinter sie kniete. Im nächsten Moment presste er seinen Mund an ihr Geschlecht und sie schob ihm ihren Hintern entgegen. Nach nicht einmal einer Minute wurde sie von einer Welle der Ekstase mitgerissen. Der Mann wusste genau, was er mit seiner Zunge tun musste.

Bevor sie sich beschweren konnte, dass er noch nicht auf seine Kosten gekommen war, obwohl er sie bereits zweimal zum Orgasmus gebracht hatte, war er wieder auf den Beinen und drang mit einem kraftvollen Stoß in sie ein.

»Ja!«, keuchten sie beide.

Mit rhythmischen Bewegungen begann er, in sie zu stoßen. Die Luft war von ihrem Keuchen erfüllt und ihre Körper schweißnass. Er beugte sich über sie, biss ihr in die Schulter, küsste sie und strich mit seiner Hand über ihren Rücken.

Sie konnte kaum einen klaren Gedanken fassen und gab sich ganz den Empfindungen hin, die er in ihr auslöste. Als er kam, rief sie erneut seinen Namen. Sie wollte einfach nur ihn.

Er zog sich zurück, säuberte sie beide und trug sie zur Couch. Sie setzte sich auf seinen Schoß und schmiegte sich an ihn, während er sie zudeckte.

Nach einem Moment der Stille sagte Roxie: »An dem Tisch werden wir nie wieder essen können.«

Er küsste sie auf den Kopf. »Das sehe ich anders. Ich würde sagen, ich habe gerade eine köstliche Mahlzeit dort verspeist.«

Spielerisch versetzte sie ihm einen Klaps auf die Schulter und lächelte schläfrig. Sie wäre beinahe eingenickt, während er sie hielt und ihr behutsam über den Rücken streichelte. Dies war ihre neue Normalität – ihr neues »Wir«.

Roxie wusste, dass ihnen noch viel bevorstand, aber in diesem Augenblick war dies genau das, was sie brauchten.

Sie liebte ihn.

Sie liebte sie beide als Paar.

Sie liebte alles, was sie gemeinsam sein und erreichen konnten.

Und sie schwor sich selbst, dieses Glück mit allem, was sie hatte, zu bewahren.

Egal, was da kommen mochte.

KAPITEL SIEBZEHN

Roxie wusste, dass die Rocky Mountains wunderschön waren. Schließlich lebte sie in Colorado Springs mitten in den Bergen. Aber die Aussicht von der Hütte in Boulder war anders als alles, was sie bisher gesehen hatte.

Es war Schönheit in ihrer reinsten Form.

Eine atemberaubende Pracht.

Ein tiefes Gefühl der Dankbarkeit durchströmte sie. Sie war froh, dass sie hierhergekommen waren und sich endlich Zeit für sich genommen hatten.

»Ich kann nicht glauben, dass Liam diese Hütte besitzt«, sagte Carter und schlang seine Arme um ihre Taille. »Es ist wunderschön hier. Ich wusste gar nicht, wie viel Geld dein Cousin hat.«

Roxie lehnte sich an ihn und sog seinen vertrauten Duft ein, den sie so sehr liebte. Er vermischte sich mit dem herben Aroma der umliegenden Bäume und der klaren Bergluft. In diesem Moment fühlte es sich an, als gehörten sie genau hierher, auch wenn ihr eigentliches Zuhause weiter im Süden lag.

Natürlich gehörten all diese Gipfel zu den Rocky Mountains und teilten sich dieselben Ausläufer, doch Roxie kannte die Skyline ihrer Heimat in- und auswendig. Sie wusste genau, wie sich die Formationen voneinander unterschieden, in denen sie verschiedene Gegenstände erkannte. Egal wo sie sich in Colorado aufhielt – sie musste nur den Blick nach Westen wenden. Wenn sie den Pike's Peak erblickte, wusste sie, dass sie zu Hause war.

Sie kannte die Namen der Gipfel, die Boulder umgaben, nicht. Natürlich war sie schon einige Male in Boulder und im Estes Park gewesen, ebenso wie an all den anderen Orten. Wenn man in Colorado lebte und die Natur liebte, kam man nicht daran vorbei.

Aber dies war nicht ihr Zuhause. Es war jedoch ein wunderbarer Ort für eine Auszeit.

»Ich glaube, er ist sehr erfolgreich in seinem Job.«

»Meinst du, er ist eine Art Mafia-Gangster? Vielleicht sogar ein Pirat?«

Roxie schnaubte und drehte sich in Carters Armen um. Sie stellte sich auf die Zehenspitzen und drückte ihm einen Kuss aufs Kinn. Er hatte sich eine Weile nicht rasiert und seine Stoppeln waren inzwischen etwas weicher geworden. Sie liebte ihn mit Bart. Er war einfach zum Anbeißen.

»Ja, mein Cousin Liam ist ein Pirat in den Bergen.

Er hat ein Piratenschiff, mit dem er über die Gipfel segelt und über Baumstämme rollt. Du solltest es mal sehen, es ist ziemlich beeindruckend.«

Sie brachen in schallendes Gelächter aus und Carter schüttelte den Kopf. »Jetzt stelle ich es mir tatsächlich vor und ich frage mich, ob es technisch möglich wäre. Kennen wir jemanden, der so etwas bauen könnte, wenn auch nur als Modell?«

»Wahrscheinlich einer meiner Cousins aus Denver oder einer der Partner meiner Cousinen. Dort sitzen die Montgomerys, die in der Baubranche tätig sind«, erklärte sie. »Wir in Colorado Springs sind aus einem anderen Holz geschnitzt.«

Carter sah sich um und nickte. »Es scheint, als seien Liam und seine Geschwister hier in Boulder in einer vollkommen anderen Branche.«

»Warte nur, bis du die Montgomerys aus Fort Collins kennenlernst.«

Carter erschauderte. »Von euch gibt es eine ganze Menge. Manchmal ist es ein bisschen überwältigend.«

»Deshalb sollte man uns in kleinen Dosen genießen.«

»Da hast du recht.« Er presste seine Lippen auf ihre. Sie seufzte und schlang ihre Arme um seinen Hals, während er seine Hände auf ihren Hintern wandern ließ und sie an sich zog.

Roxie hätte stunden-, ja sogar tagelang in Carters Armen liegen können. Sie wollte einfach mit ihm zusammen sein und die Aussicht genießen. Hier oben gab es keine Sorgen, keine Arbeit und keine familiären Verpflichtungen. Hier gab es nur sie beide.

Genau das brauchten sie.

Denn es war an der Zeit, dass sie miteinander redeten.

Die Zeit war gekommen, um einfach nur zu sein.

Und es war höchste Zeit, alles offenzulegen, damit sie gemeinsam in die Zukunft blicken konnten.

Denn Roxie wollte eine Zukunft mit Carter und sie konnte es kaum erwarten, sie endlich zu beginnen.

»Lass uns reingehen und sehen, was diese Hütte sonst noch zu bieten hat«, sagte sie. »Ich glaube nicht, dass man sie wirklich als Hütte bezeichnen kann. Sie verfügt immerhin über zwei Stockwerke. Und ist an einem Hang gebaut, also hat sie auch ein Untergeschoss. Es ist schon fast lächerlich.«

»Das ist wahr. Unter einer Blockhütte im Wald stelle ich mir jedenfalls etwas anderes vor. Das hier ist eher ein Herrenhaus aus Holz. Ich bin fast ein bisschen beunruhigt.«

Carter trug ihre Taschen ins Haus, und obwohl sie ihm hätte helfen können, hielt sie sich zurück. Er tat gern Dinge für sie, und sie ließ ihn gewähren. In der Vergangenheit hatte sie seine Hilfe oft abgelehnt und ihn ständig zurückgewiesen, um ihm zu beweisen, wie unabhängig sie war. Heute war ihr bewusst, dass sie sich damit nur ins eigene Fleisch geschnitten hatte.

Das Innere der Hütte war noch schöner als das Äußere. Im Grunde mutete das Gebäude an wie ein atemberaubendes Kunstwerk aus poliertem Holz. Überall glänzten moderne Armaturen, die sich perfekt in das rustikale Ambiente einfügten. Der Wohnbereich teilte sich in einen Loftbereich auf der einen und einen imposanten Raum mit hohen Gewölbedecken auf der anderen Seite auf. Die Sitzbereiche waren mit ausladenden Ledersofas ausgestattet, die genügend Platz für eine ganze Großfamilie boten. Im hinteren Teil der Hütte befanden sich die übrigen Zimmer. Roxie wusste von Liam, dass das Untergeschoss einen Spielbereich und zwei weitere Schlafzimmer beherbergte. Da diese jedoch über keine Fenster verfügten, kam es für Roxie nicht infrage, dort unten zu schlafen. Der Gedanke war viel zu düster und beklemmend.

Bei Nacht würde es hier wahrscheinlich schon unheimlich genug sein, da wollte sie nicht auch noch im Keller festsitzen.

Roxie und Carter brachten ihr Gepäck in das große Schlafzimmer, verließen es aber gleich wieder. Später würden sie noch genügend Zeit in diesem Raum verbringen. Während sie das Haus erkundeten und ein Zimmer nach dem anderen begutachteten, unterhielten sie sich angeregt und lachten viel. Roxie nahm an, dass Liam die Hütte mit seinen Geschwistern teilte, obwohl er der alleinige Eigentümer war. Es musste schön sein, so ein Ferienhaus zu besitzen. Vielleicht könnten sie sich eines Tages, wenn die Montgomerys nicht mehr damit beschäftigt wären, ihre Geschäfte zu expandieren, auch so eine Hütte anschaffen. Ihren Eltern würde es sicher gefallen.

»Hast du Lust auf einen Spaziergang, bevor der Schneefall heftiger wird?«, fragte Carter. »Es hat bereits angefangen zu schneien und da wir uns in den Bergen befinden, werden wir wahrscheinlich die Nacht über eingeschneit werden. Laut der App sollen zwar nur ein paar Zentimeter fallen, aber du kennst ja das Wetter hier. Sicher ist sicher. Später machen wir es uns am Kamin gemütlich und genießen das Feuer.«

Roxie küsste ihn auf die Wange, doch bei der Erwähnung des Wortes »Feuer« verspürte sie einen Stich im Herzen. »Das klingt gut.«

Er beugte sich vor und presste einen Kuss auf ihre Nasenspitze. »Hey Baby, du musst nicht zusammenzucken, wenn ich von Feuer spreche. Mir geht es gut, ehrlich.«

Roxie wusste, dass er sich vollständig erholt hatte. Aber sie wollte trotzdem nicht an Feuer im Zusammenhang mit Carter denken. Sie hatte immer noch Albträume, in denen er von den Flammen gezeichnet wurde und seine Wunden nicht richtig verheilten. Viele Schatten plagten sie nachts, doch zumindest lag Carter jetzt wieder neben ihr, wenn sie sich nach ihm umdrehte. Noch schlief er nicht jede Nacht in ihrem Bett, aber sie hoffte, dass er wieder einziehen würde, sobald sie nach Hause zurückgekehrt waren. Doch das würde sie mit ihm besprechen, nachdem sie die wichtigste Hürde genommen hatten. Denn bei diesem Ausflug ging es darum, einander wieder näherzukommen und als Paar zu sich selbst zu finden. Und sie waren auf dem besten Weg dorthin.

Sie zogen sich Jacke, Schal und Mütze an und schlüpften in ihre Wanderschuhe. Roxies Paar war brandneu und noch nicht eingelaufen. Ihre alten hatten nach all den Jahren ein Loch in der Sohle, das sich beim besten Willen nicht mehr reparieren ließ. Vorsichtshalber klebte sie sich ein paar Pflaster auf die Fersen und hoffte auf das Beste.

Roxie atmete die klare Bergluft ein und genoss jede Minute. Da sie unter der Woche den ganzen Tag im Büro vor einem Computer verbrachte, war es eine Wohltat, draußen in der Natur zu sein. Carter teilte ihre Vorliebe, wobei er vollkommen unkompliziert war. Manchmal glaubte Roxie, dass er sich in einer Großstadt genauso zurechtfinden würde wie hier oben in den Bergen. Er passte sich überall an – auch wenn sie wusste, dass er selbst es nicht immer so empfand.

Als sie sich auf den Rückweg machten, wurde der Schneefall immer dichter und der Wind frischte auf. Roxie stellte sich darauf ein, dass sie sich heute Abend dick einpacken müssten, für den Fall, dass der Strom ausfiel.

»Wir sollten uns beeilen!«, rief Carter ihr zu. »Ich habe die Wetter-App überprüft, bevor wir aufgebrochen sind, aber es schneit heftiger als erwartet. Ich wette, das werden ein paar Zentimeter mehr als vorhergesagt.«

»Liam hat sich für uns ein romantisches Wochenende gewünscht, aber ich habe keine Lust, hier oben festzusitzen.«

»Da stimme ich dir voll und ganz zu«, erwiderte Carter lachend. »In einem Roman mag es romantisch sein, eingeschneit zu sein, aber nicht im wirklichen Leben.«

Sie beschleunigten ihre Schritte. Roxie hielt sich an Carter fest, als sie einen steilen Abhang hinuntergingen. Da er größer war und längere Beine hatte, kam er auf diesem Terrain besser zurecht als sie. Eigentlich hätte sie sich auf den Weg konzentrieren sollen, doch sie war so sehr auf den Anblick seines Hinterns fixiert, dass sie die Wurzel übersah, die aus dem Boden ragte.

Sie blieb mit dem Fuß daran hängen, ein stechender Schmerz durchzuckte sie und sie geriet ins Stolpern. Carter versuchte noch, sie aufzufangen, doch der teilweise vereiste Boden bot keinen Halt. Roxie rutschte aus und landete unsanft auf dem Hintern.

Ihr Puls raste. Sie blinzelte und rollte sich auf die Seite, um sich aufzusetzen. »Autsch«, presste sie hervor und rieb sich die schmerzende Stelle. »Alles okay, mir geht's gut. Ich glaube, ich bin nur umgeknickt.«

»Scheiße, Roxie. Du hast mir einen Riesenschrecken eingejagt. Ist wirklich alles in Ordnung?«

»Ich habe mich selbst erschreckt. Aber ich kann

die Lichter der Hütte sehen. Es ist nicht mehr weit. Hilfst du mir bitte hoch?«

»Ich will mir zuerst deinen Knöchel ansehen.«

»Zieh bloß nicht meinen Schuh aus ... nur für den Fall, dass mein Fuß anschwillt.«

»Ich habe genügend Filme gesehen und Bücher gelesen, um zu wissen, dass das keine gute Idee wäre. Ich weiß, was ich tue. Das hoffe ich zumindest.«

Er tastete ihren Knöchel ab, und sie zuckte nicht einmal zusammen. Sie wusste, dass er nicht gebrochen war. Wahrscheinlich war es nicht einmal eine Verstauchung. Als sie sich davon überzeugt hatten, dass sie weitergehen konnte, küsste er sie leidenschaftlich und half ihr dann auf die Beine.

»Das Haus ist gleich da vorn. Du wirst dich wohl damit abfinden müssen«, sagte Carter, bevor er sie kurzerhand hochhob und fest an seine Brust drückte.

Sie quietschte überrascht auf und schlang die Arme um seinen Nacken. »Was tust du da? Was, wenn du selbst stolperst? Ich will nicht, dass du dich verletzt.«

»Ich werde meine Frau jetzt wie ein Neandertaler zurück zur Hütte tragen, und du wirst mich lassen«, erwiderte er. »Der Weg ist ab hier ziemlich eben. Du bist nur zufällig über die einzige Wurzel weit und breit gestolpert.«

»Kein Wunder. Das sieht mir mal wieder ähnlich.«

»Eigentlich bin ich überrascht, dass ich noch nicht auf dem Hintern gelandet bin.« Bei diesen Worten senkte er den Blick, um sich zu vergewissern, dass er nirgendwo hängenblieb.

Ungeachtet ihres Sturzes lachten sie, als sie die Hütte betraten. Roxies Knöchel schmerzte schon nicht mehr. Obwohl es schneite und sie noch einige Holzscheite ins Feuer werfen mussten, freuten sie sich darüber, den letzten Schneefall der Saison in einer Hütte im Wald zu erleben.

Zumindest hoffte sie, dass es der letzte war. Denn sie war bereit für den Frühling. Sie war bereit für einen Neuanfang. Und vor allem war sie bereit für ihren Mann.

Carter trug sie in das große Schlafzimmer. Sie lächelte, als sie die Rosenblätter auf dem Bett bemerkte. Er setzte sie darauf ab, beugte sich über sie und presste seine Stirn an ihre. »Ganz ehrlich, wenn er nicht dein Cousin wäre ...«, knurrte er, obwohl ein amüsierter Unterton in seiner Stimme mitschwang.

»Also schön, langsam übertreibst du.«

Carter schüttelte nur den Kopf und küsste sie sanft. »Erstens bin ich dankbar, dass es dir gut geht und du dich bei dem Sturz nicht verletzt hast. Und zweitens bin ich froh, dass er sich um dich gekümmert hat. Es tut mir nur leid, dass das überhaupt nötig war.«

Roxie verspürte einen Stich in der Brust, doch ihr Herz fühlte sich nicht mehr so leer an wie zuvor. Mit jedem Wort, mit jedem Schritt in Richtung Zukunft schienen ihre Wunden weiter zu heilen. Dennoch musste sie noch etwas klarstellen. »Ich weiß nicht, ob es mir wirklich leidtut«, sagte sie leise.

Carter neigte den Kopf zur Seite und musterte sie forschend. »Wie meinst du das?«

Sie stieß den Atem aus. »Ich glaube, es war gut, dass wir eine Weile getrennt waren. Nur so haben wir wirklich erkannt, was wir einander angetan haben. Ich wünschte, wir könnten die Zeit zurückdrehen und verhindern, was uns entfremdet hat, aber das ist nicht möglich. Also müssen wir nach vorn blicken. Ich bin dankbar, dass wir jetzt über alles reden können. Ich hoffe, das ergibt Sinn.«

Carter setzte sich neben sie, zog sie an sich und küsste sie auf den Kopf. Sie zitterte und das Herz schlug ihr bis zum Hals bei dem Gedanken, ihn beinahe verloren zu haben.

»Das ergibt absolut Sinn. Ich verstehe, was du meinst, und ich stimme dir zu. Es hat mir fast das Herz zerrissen, als ich meine Sachen gepackt und dich verlassen habe. Und der Anblick der Scheidungspapiere war schrecklich.«

Die Papiere. Sie war es gewesen, die alles in die Wege geleitet und damit beinahe alles ruiniert hätte. Allein die Erinnerung daran ließ sie schaudern. Ihre Handflächen wurden feucht und sie musste schlucken.

»Ich hasse diese Papiere. Ich habe sie nie unterschrieben. Also sind wir immer noch verheiratet.« Es fühlte sich seltsam trivial an, diese Worte laut auszusprechen, als hätten sie nicht gerade eine monatelange

Tortur hinter sich. Als hätte sie nicht ernsthaft versucht, sich ein Leben ohne ihn vorzustellen.

Und als hätte er nicht dasselbe getan.

»Darüber bin ich froh.« Er stieß einen tiefen Seufzer aus. »Es tut mir leid, dass ich sie unterschrieben habe. Ich dachte damals, ich müsste es um unser beider Willen tun, weil es das Richtige sei. Aber ich habe mich geirrt.«

»Wir haben uns in vielen Dingen geirrt.«

Das war eine Untertreibung.

»Wie wäre es, wenn wir uns ein Glas Wein einschenken und endlich über das Thema reden, das wir die ganze Zeit über gemieden haben?« Carter umfasste ihr Gesicht mit beiden Händen. Sie schmiegte sich an ihn, denn sie wusste, dass sie es längst hätten tun sollen.

»Ich denke, das ist eine gute Idee.«

Also ergriff er ihre Hand und führte sie in die Küche. Liam hatte ihren Lieblingswein auf der Anrichte bereitgestellt, ein Pinot Noir, der in dieser Gegend nur schwer zu bekommen war.

»Allem Anschein nach will er wirklich, dass wir zusammenbleiben«, bemerkte Roxie schmunzelnd. »Erst die Blütenblätter auf dem Bett und jetzt dieser Wein. Ich bin mir ziemlich sicher, dass ich vorhin auch Schokolade im Kühlschrank gesehen habe.«

»Er ist ein guter Kerl. Ich versichere dir, dass ich nicht den Drang verspüre, ihm meine Faust ins Gesicht zu rammen.« Carter ließ seine Hände sachte über ihre

Taille gleiten, und Roxie fragte sich, warum sie plötzlich so nervös war. Sie hatten auch zuvor schon über unangenehme Dinge gesprochen, allerdings nie so bewusst. Zumindest nicht, was dieses spezielle Thema anging.

»Da bin ich froh, denn er gehört zur Familie.«

Sie trugen ihre Weingläser ins Wohnzimmer und stellten sie auf dem Couchtisch ab. Während Roxie bereits einen Schluck getrunken hatte, hatte Carter seinen Wein nicht angerührt. Es war besser, für dieses Gespräch einen klaren Kopf zu bewahren, doch sie hatte diesen einen Schluck gebraucht, um sich einen Schubs in die richtige Richtung zu geben.

Vielleicht würde es nicht so wehtun, wenn sie sich alles schnell von der Seele reden würde. »Ich erinnere mich noch ganz genau an den Tag, an dem ich herausfand, dass ich schwanger war.«

Sie hatte sich geirrt.

Es tat weh.

Es tat so verdammt weh.

Noch schmerzhafter war nur die Befürchtung gewesen, Carter sei bei der Explosion ums Leben gekommen ... als sie geglaubt hatte, ihn für immer verloren zu haben.

Carter fuhr sich mit den Händen übers Gesicht. Seine Augen verdunkelten sich und ein verzweifelter Ausdruck huschte über sein Gesicht, als er an die Vergangenheit dachte. »Ich auch. Ich war so verdammt nervös und aufgeregt und verängstigt. Wir hatten damals noch nicht einmal über Kinder nachgedacht – zumindest nicht ernsthaft. Wir hatten nur darüber geredet, dass wir vielleicht einmal welche haben wollten, falls wir tatsächlich heiraten würden.«

»Und dann war ich schwanger. Wir haben es niemandem erzählt, nicht einmal meine Eltern wussten davon. Es gab nur dich, mich und dieses kleine Baby, das alles verändern würde.« Sie legte sich die Hände auf den Bauch und erinnerte sich daran, wie es war, ein Leben unter dem Herzen zu tragen. Doch das Kind war nie so groß geworden, als dass sie seine Tritte hätte spüren können. Vielleicht war da ein zartes Flattern gewesen, doch die wirkliche Freude darüber war ihr verwehrt geblieben.

Sie hatte das Baby verloren, bevor es wirklich zur Realität geworden war – doch für sie war es real genug gewesen, um etwas in ihrem Inneren zu zerbrechen. Es hatte den Teil von ihr zerstört, der sie als Roxie ausgemacht hatte und der in ihr den Wunsch geweckt hatte, mit ihrem Mann zusammen zu sein. Es hatte ihr jene Zuversicht geraubt, die sie an eine gemeinsame Zukunft mit ihrem Mann hatte glauben lassen.

»Ich werde nie den Tag vergessen, an dem ich das Haus betrat und dich blutend auf dem Boden liegen sah«, presste Carter mit rauer Stimme hervor und riss sie aus ihren Gedanken.

»Ich erinnere mich nicht mehr daran, wie du mich aufgehoben hast.«

»Ich dachte wirklich, du seist tot. Du lagst in einer

Blutlache. Deine Hände waren ausgestreckt, als hättest du nach deinem Handy greifen wollen, das dir aus der Hand gefallen war, als du zusammengebrochen bist. Ich war früher von der Arbeit nach Hause gekommen, weil ich einen beschissenen Tag hatte und dich sehen wollte. Für einen schrecklichen Moment dachte ich, ich hätte dich für immer verloren.«

»Das hättest du beinahe.«

Als die Fehlgeburt einsetzte, hatte ihr Körper ihr kein Warnsignal gegeben, bis es zu spät war. Sie wäre gestorben, hätte Carter nicht sofort den Notruf gewählt und ihr beigestanden, als sie ihn am dringendsten brauchte.

Danach hatte sie ihn aus Angst von sich gestoßen.

Und er hatte Abstand gehalten, weil er nicht wusste, wie er ihr hätte helfen sollen.

»Alles hat sich verändert.« Ihre Stimme klang hohl, doch sie wusste, dass sie wieder zu fühlen begann. Sie war endlich bereit, den Schmerz zuzulassen.

»Als ich von der Fehlgeburt erfuhr, war ich nicht erleichtert, aber ich war dankbar, dass du noch am Leben warst. Ich hätte es nicht ertragen, dich auch zu verlieren.«

»Ich habe getrauert. In dem Moment, in dem ich aufwachte, wusste ich, dass ich unser Kind verloren hatte. Und das machte mir Angst. Ich befürchtete, dass wir nur wegen des Babys geheiratet hatten und du mich nun verlassen würdest. Ich wusste nicht einmal, ob wir überhaupt noch ein Kind wollten oder ob es Sinn ergab, es sofort wieder zu versuchen. Aber wir sprachen nicht darüber. Ich sagte dir nur, dass ich die Spirale wollte, und du warst einverstanden. Wir haben kein einziges Wort über unsere Gefühle verloren. Das war so dumm von mir. Es war dumm von uns beiden.«

»Unendlich dumm«, stimmte Carter zu. »Ich weiß nicht einmal ...« Er atmete tief durch. »Ich wusste nicht mehr, wie ich hätte mit dir reden sollen. Ständig hatte ich das Gefühl, nur noch das Falsche zu sagen. Nachdem wir das Baby verloren hatten, hast du dich in dein Schneckenhaus zurückgezogen. Du hast nicht einmal deiner Familie davon erzählt. Ich wusste, dass es mir nicht zustand, es ihnen zu sagen. Und ich habe dich nicht gedrängt, dich jemandem anzuvertrauen. Ich dachte, du bräuchtest Zeit, um es hinter dir zu lassen. Und ich wollte dasselbe tun.«

»Ich habe nur versucht, mir darüber klar zu werden, wer ich eigentlich bin. Wir haben uns zwar gesagt, dass wir aus Liebe heiraten, weil wir zusammengehören. Vielleicht haben wir die Hochzeit etwas überstürzt, aber du wolltest mir ohnehin einen Antrag machen. Das weiß ich heute, aber damals habe ich das nicht geahnt. Ich wusste nicht, ob du mich um meinetwillen heiraten wolltest oder nur, weil ich schwanger war. In meinem Kopf hatte sich der Gedanke festgesetzt, dass ich ein Kind bekommen müsste, damit du bei mir bleibst. Doch dann wurde mir klar, dass ich noch nicht bereit war. Ich wusste nicht, wann oder ob ich es jemals sein würde. Also habe ich mir die Spirale einsetzen lassen, und du warst damit einverstanden. Ich war so verwirrt.« Roxie hätte am liebsten geweint, doch die Tränen wollten einfach nicht fließen.

Carter drückte ihr einen innigen Kuss auf die Lippen. »Und du hast mich nie gefragt, wie ich darüber denke. Aber ich habe dich ebenso wenig gefragt. Ich hatte schreckliche Angst, dich noch mehr zu verletzen, wenn ich dich an das erinnere, was wir verloren haben. Ich habe dieses Baby so sehr vermisst. Wir hatten ihm noch nicht einmal einen Namen gegeben. Die Ärzte meinten, es sei noch so früh gewesen, dass wir … wahrscheinlich noch nicht einmal darüber nachgedacht hatten.«

Endlich ließ sie ihren Tränen freien Lauf. »In Gedanken habe ich sie Angel genannt«, schluchzte sie. »Wie ein Engel.«

Er küsste sie noch einmal. »Ich weiß. Du hast den Namen im Schlaf geflüstert. Ich habe versucht, dich zu halten, doch du hast mich von dir gestoßen. Und dann wusste ich nicht mehr, wie ich mit dir reden sollte. Ich wusste nicht einmal mehr, was ich fühlte. Wir hatten unseren Engel verloren … und ich hatte keine Ahnung, was ich tun sollte.«

Diesmal trocknete sie seine Tränen und küsste ihn auf die Wangen. Sie liebte diesen Mann, der zu so tiefen Gefühlen fähig war.

Sie waren zuvor so verängstigt gewesen, so gebrochen, dass sie nicht gewusst hatten, wie sie mit ihrer Trauer umgehen sollten.

»Wir müssen über Angel reden. Über das Baby, das wir verloren haben. So lange dachte ich, sie sei es gewesen, die uns zusammengebracht hat, und deshalb hätte ich dich fast verloren. Aber ich liebe dich so sehr. Können wir also einfach wir selbst sein? Können wir mehr über Angel reden?«

Er zog sie auf seinen Schoß und hielt sie fest. »Ich liebe dich, Roxie Montgomery-Marshall. Ich liebe dich aus tiefstem Herzen. Wir hätten viel früher über Angel reden sollen. Darüber, dass wir nicht nur unser Baby verloren haben, sondern auch uns selbst. Das will ich nie wieder erleben. Deshalb möchte ich dieses Wochenende nutzen, um dich einfach zu lieben. Für immer. Denkst du, wir können das schaffen?«

»Ich weiß, dass ein ›Für immer‹ ein großes Versprechen ist. Aber ich will es versuchen. Ich will an deiner Seite sein, solange es uns vergönnt ist. Und ja, lass uns über Angel reden.«

Also sprachen sie den Rest des Abends über den Engel, den sie niemals in den Armen halten durften, jenen Engel, für den Roxie fast ihr Leben gegeben hätte. Sie redeten über das Blut auf dem Boden, das Blut an Carters Händen.

Sie versprach ihm, sich bald auch ihrer Familie zu öffnen. Denn sie hatten begonnen, wieder miteinander zu reden. Sie waren vereint.

Natürlich war es beängstigend, aber sie würden es

schaffen. Irgendwann würden sie vielleicht ein Baby bekommen, doch damit würden sie sich noch Zeit lassen.

Fürs Erste brauchte Roxie einfach nur ihren Mann. Sie brauchte die Gewissheit, dass ihre Beziehung Bestand haben würde.

Und mit Carter konnte sie das ewige Glück finden. Endlich.

KAPITEL ACHTZEHN

Carter legte seine Hemden in die Schublade und schob sie mit einem leisen Klicken zu. In diesem Moment entspannte er die Schultern und atmete erleichtert aus.

Er war wieder zu Hause.

Endlich.

Er wusste, dass sie noch einiges vor sich hatten und weiterhin an ihrer Ehe arbeiten mussten, doch von nun an würden sie es unter einem Dach tun.

Roxie und Carter wagten den Neuanfang. Solange sie auch künftig offen miteinander redeten, würde alles gut werden. Carter liebte Roxie jetzt mehr als je zuvor. Und er würde dafür sorgen, dass sie ihre Therapiesitzungen fortsetzten. Ja, sie hatten sich für eine Eheberatung entschieden. Und nicht nur das. Sie würden auch eine Trauerberatung in Anspruch nehmen.

Das hätten sie längst tun sollen, und zwar bevor sie sich sowohl emotional als auch physisch voneinander entfernt hatten.

Nach dem Verlust seiner Eltern hatte Carter seinen Gefühlen nie wirklich Ausdruck verliehen. Er hatte sich vor der Verletzlichkeit versteckt, die die Emotionen mit sich brachten – und das lange, bevor er Roxie kennengelernt hatte. Doch sie hatte ihn dazu gebracht, sich zu öffnen. Roxie hatte so viel für ihn getan.

Jetzt wollte er ihnen beiden etwas Gutes tun und würde auch weiterhin seiner Frau gegenüber offen sein.

Das bedeutete, dass er mit ihr zu den Beratungssitzungen gehen würde. Er würde sich seinen Ängsten stellen und sich artikulieren.

Letztendlich saß ihm immer noch die Angst im Nacken, seine Frau doch noch zu verlieren. Ihm war klar, dass er sich davor hüten musste, nicht in alte Muster zu verfallen. Daher würde es ihm helfen, sich an einen Therapeuten zu wenden und sich sogar auf den Rückhalt ihrer Familie zu stützen, die längst zu seiner eigenen geworden war.

»Ist alles in Ordnung bei dir?«, fragte Roxie mit fester Stimme, in der nichts mehr von der Zögerlichkeit der letzten Wochen mitschwang. Sie hatten ihr gemeinsames Glück gefunden und betrachteten sich als eine Einheit.

Endlich.

»Ja, eine Sekunde.«

Er räumte schnell seine letzten Sachen in den Schrank und ging ins Wohnzimmer. Roxie saß mit einem Lächeln im Gesicht auf der Couch. Vor ihr stand eine Käseplatte.

»So langsam habe ich den Verdacht, dass nicht nur Thea verrückt nach Käse ist. Ich bin mir ziemlich sicher, dass du dich ihr angeschlossen hast.«

»Sie hat uns den Käse geschickt. Ich konnte nicht anders. Ich musste ihn nur portionieren und mit Weintrauben, Crackern und ein paar Nüssen servieren. Wenn Käse im Haus ist, kann man nicht umhin, eine Käseplatte anzurichten.«

»*Eine von uns. Eine von uns. Eine von uns.*«

Sie warf ein Kissen nach ihm, das er grinsend auffing. Dann setzte er sich neben sie, beugte sich vor und drückte ihr einen Kuss auf die Lippen. »Ich liebe dich, Roxie.«

»Ich liebe dich noch mehr, Carter.«

»Ich glaube nicht, dass das möglich ist. Aber wir können uns auf ein Unentschieden einigen. Wie klingt das?«

Sie kuschelte sich an ihn und küsste ihn auf die Wange. Er liebte diese kleinen Gesten. Da er wusste, wie sehr sie seinen Bart mochte, legte er besonderen Wert auf dessen Pflege. Das bedeutete, dass er morgens mehr Zeit vor dem Spiegel verbrachte. Die Jungs in der Werkstatt neckten ihn zwar manchmal, wenn sie den Sandelholzduft oder das Eau de Cologne wahrnahmen, das Roxie so liebte, doch das war ihm egal. Solange es Roxie gefiel, war ihm alles andere gleichgültig. Und wenn er ehrlich zu sich selbst war, mochte er es auch.

»Bist du bereit?«, fragte er mit sanfter Stimme.

»Ich bin schon lange bereit.« Ihre Augen füllten sich mit Tränen, doch sie blinzelte sie weg. Carter küsste sie auf jede Wange und dann auf die Nasenspitze. Dann griffen sie beide nach den Papieren, die vor ihnen auf dem Couchtisch lagen, und rissen sie Seite für Seite in Stücke. Irgendwo in einem Computer mochte der von ihr eingereichte Scheidungsantrag noch gespeichert sein, doch das war nicht von Bedeutung. Das Zerreißen der Papiere war ein symbolischer Akt ihrer Wiedervereinigung. Sie würden sich nicht scheiden lassen. Die Tatsache, dass er die Papiere überhaupt unterschrieben hatte, weil Selbstzweifel ihn geplagt hatten, hatte sie am Ende einander nähergebracht.

Vielleicht waren sie es falsch angegangen, aber das war ihm egal.

Sie waren ihren eigenen Weg gegangen und hatten ihr Glück gefunden.

Gott sei Dank.

Kaum war die letzte Seite zerfetzt, küsste Carter sie erneut. Im nächsten Moment lag Roxie auf dem Rücken, und er drängte sich zwischen ihre Schenkel. Sie begannen zu keuchen, als das Verlangen zwischen ihnen aufflammte. Wein, Käse und die zerfetzten

Papiere waren längst vergessen. Gerade als Carter ihren Pullover hochschieben wollte, vibrierte Roxies Handy auf dem Tisch. Sie erstarrten, blickten sich an und brachen in schallendes Gelächter aus. Seit heute Morgen hatten sie mindestens viermal versucht, miteinander zu schlafen, und jedes Mal hatte ein anderes Familienmitglied angerufen.

Die Familie war so begeistert von ihrer Wiedervereinigung, dass das Telefon nicht mehr stillstand.

»Ich frage mich ernsthaft, ob ich jemals wieder in dich eindringen darf«, murmelte Carter.

Sie lächelte nur und tätschelte seine Brust. Also setzte er sich auf und zog sie auf seinen Schoß, sodass sie rittlings auf ihm saß und ihr heißer Unterleib gegen seinen harten Schaft drückte. Er presste ihr einen Kuss auf die Lippen, dann griff sie nach dem Handy.

»Hey, Shea, wie geht es dir?«

Carter unterdrückte ein Lachen. Der Anruf seiner Schwägerin war nur einer von vielen. Landon war tatsächlich der Erste gewesen, der sich an diesem Morgen gemeldet hatte, was sowohl Roxie als auch Carter überrascht hatte. Sein ehemaliger Mitbewohner hatte erwähnt, dass Carter eine Socke im Gästezimmer hatte liegen lassen, die er jederzeit bei ihm abholen könne.

Carter hatte das Gefühl, dass Landon ihn vermisste, auch wenn keiner von beiden es zugeben würde. Er würde seinem Freund niemals angemessen dafür danken können, was er für ihn getan hatte. Landon hatte ihn nicht nur gezwungen, sich den Scherben seiner Vergangenheit zu stellen, sondern ihm auch Schutz vor dem Regen geboten. Sowohl im übertragenen als auch im wörtlichen Sinne. Carter hoffte nur, dass er sich eines Tages revanchieren konnte. Und so wie es aktuell zwischen Kaylee und Landon lief, würde diese Gelegenheit vielleicht nicht lange auf sich warten lassen.

»Ich schalte den Lautsprecher ein«, stieß Roxie hastig hervor. Ihre Augen waren weit aufgerissen, und Carter spürte sofort, dass etwas nicht stimmte. Obwohl ein freudiger Unterton in ihrer Stimme mitschwang, schien Roxie sich wieder in sich zurückzuziehen. Er verstand erst, was los war, als Sheas Stimme durch die Leitung hallte.

»Shep und ich bekommen noch ein Baby!«

Noch ein Baby.

Es tat nicht so weh, wie er gedacht hatte, denn er freute sich für sie. Dennoch ...

»Herzlichen Glückwunsch«, sagte er und begegnete Roxies Blick. Sie gratulierte Shea ebenfalls, aber irgendetwas war ... seltsam. Doch er wusste nicht was.

»Ich freue mich so für euch«, fuhr Roxie fort. »Also, wann ist der große Tag?«

Shea erzählte ihnen, dass sie bereits im zweiten Trimester sei und Shep vor Stolz platze. Im Hintergrund war zu hören, wie Roxies Bruder sich scherzhaft darüber beschwerte, dass er bald zwei Kinder bändigen müsse. Doch seine Freude war ihm deutlich anzuhören. Er murrte nur, weil er wusste, dass er Shea damit ein Lachen entlocken konnte.

Carter hörte geduldig und aufrichtig interessiert zu, denn er wusste, dass er dieses Baby genauso ins Herz schließen würde wie Livvy und Daisy. Genau wie all die anderen Kinder, die die Montgomerys noch auf die Welt bringen würden.

Dennoch verspürte er nach wie vor ein schmerzhaftes Ziehen in der Brust, wenn er daran dachte, dass ihr Baby nicht überlebt hatte. Ihr Kind hatte nie das Licht der Welt erblickt. Ihr Engel.

Vielleicht verhielt Roxie sich deshalb so seltsam. Carter zweifelte nicht daran, dass Sheas Nachricht alte Wunden aufgerissen hatte, doch er spürte auch, dass noch mehr dahintersteckte.

Als sie das Gespräch beendeten, wollte er sich zu ihr vorbeugen, doch sie sprang mit zitternden Händen von seinem Schoß. »Was ist los?«, fragte er besorgt.

Da sie ihm keine Antwort gab, sagte Carter: »Shep und Shea haben erwähnt, dass sie seit einem Jahr versuchen, ein weiteres Baby zu bekommen, und jetzt hat es endlich geklappt. Denkst du an Angel? Mir geht es genauso. Aber da ist doch noch mehr, Roxie. Was bedrückt dich?«

»Ich weiß nicht, ob ich das schaffe. Ich habe nicht erwartet, dass es so wehtun würde. Ich ... ich kann nicht atmen.« Mit diesen Worten flüchtete sie aus dem

Zimmer. Carter saß wie versteinert da und fragte sich, was gerade passiert war.

Moment mal. Er konnte die Sache nicht einfach auf sich beruhen lassen. Roxie durfte nicht einfach vor ihm weglaufen. Sie mussten darüber reden. Sie hatten viel zu hart um ihre Ehe gekämpft, um jetzt wieder in Schweigen zu verfallen. Er war es leid, alles in sich hineinzufressen. Sie würden darüber reden, auch wenn es wehtat. Also folgte er ihr ins Schlafzimmer. Roxie hatte die Arme um ihre Taille geschlungen und ging im Raum auf und ab.

»Rede mit mir. Wir haben uns ein Versprechen gegeben, Roxie. Rede mit mir, verdammt noch mal!«

»Ich weiß. Ich wollte nicht vor dir weglaufen, ich brauchte nur etwas Raum zum Atmen.«

Er stellte sich ihr in den Weg und zwang sie, stehen zu bleiben, indem er ihr Gesicht mit beiden Händen umfasste. »Sag mir, was in dir vorgeht.«

»Ich weiß nicht, ob ich überhaupt jemals wieder ein Baby will. Es ist doch schrecklich, dass mir dieser Gedanke kommt, wenn ich von Shep und Sheas Glück erfahre. Das hat schließlich nichts mit mir zu tun. Ich bin die egoistischste Schwester der Welt.«

Carter atmete tief durch, ließ die Worte auf sich wirken und nickte dann. »Okay. Das ist ein Anfang. Du bist nicht egoistisch, nur weil du an dich selbst denkst.«

»Genau das ist doch die Definition von Egoismus.«

»Nein, das stimmt nicht. Du denkst nicht nur an

dich. Ich weiß, dass du dich aufrichtig für sie freust. Dessen bin ich mir sicher, denn ich sehe, wie du dich Livvy und Daisy gegenüber verhältst. Dabei ist Daisy streng genommen nicht einmal unsere Nichte. Trotzdem bist du für sie die beste Tante der Welt.«

»Ich glaube, sowohl meine Schwestern als auch Shea würden dir widersprechen.«

»Nein, ihr alle seid wunderbare Tanten. Du liebst diese kleinen Mädchen, und du wirst dieses neue Baby genauso ins Herz schließen wie jedes weitere Kind, das die Montgomery-Familie noch bereichern wird. Es steht dir zu, dich für jemanden zu freuen und zugleich traurig zu sein. Du bist eine schöne, brillante und dynamische Frau. Es ist ganz normal, dass dir verschiedene Dinge gleichzeitig im Kopf herumschwirren. Das macht dich nur menschlich. Das macht uns menschlich. Aber lass uns noch einmal darauf zurückkommen, was du zu Beginn gesagt hast. Du weißt nicht, ob du jemals wieder ein Baby willst?«

Sie schüttelte nur den Kopf. Carter wusste, dass sie sich wahrscheinlich übergeben würde, wenn sie sich nicht alles von der Seele redete. Er kannte seine Frau. Mittlerweile konnte er ihre Reaktionen wieder lesen wie ein offenes Buch, denn sie verschloss sich nicht mehr vor ihm. Und diese Offenheit war wertvoller als alles andere.

»Rede mit mir«, wiederholte er.

Sie atmete einmal tief durch und sagte dann: »Als ich von meiner Schwangerschaft erfuhr, habe ich mich gefreut. Aber ich hatte auch Angst. Die Vorstellung, ein Kind in die Welt zu setzen, war für mich immer nur ein abstrakter Gedanke.« Sie fuhr sich mit den Händen über das Gesicht. »Und nachdem wir sie verloren hatten, habe ich eine Selbsthilfegruppe besucht. Du erinnerst dich sicher, wir haben darüber gesprochen.«

Er nickte. Während ihres Aufenthalts in der Hütte hatte sie ihm von der Gruppe erzählt. Sie hatte erwähnt, dass sie irgendwann aufgehört hatte, zu den Treffen zu gehen, aber sie hatte ihm nicht gesagt, was vorgefallen war.

»Was ist passiert?«

»Da waren all diese Frauen, deren ganzer Lebenssinn darin bestand, Kinder in die Welt zu setzen. Sie bestärkten sich gegenseitig darin, dass sie sich nichts sehnlicher wünschten, als Mutter zu werden. Es war, als würden sie ihre gesamte Identität nur über diese eine Rolle definieren. Es tat weh, das mit anzusehen, denn ich wusste, dass mehr in ihnen steckte. Ich weiß, dass mehr in mir steckt. Aber diese Erkenntnis macht mir Angst. Sie gibt mir das Gefühl, ein schlechter Mensch zu sein. Ich weiß, dass wir vielschichtige Wesen sind, aber ich hatte schreckliche Angst, in etwas zu ertrinken, das ich nicht vollends begriff.«

Carter nickte und ließ sie reden. Er wusste nicht, was er sagen sollte, weil er sich noch nie so gefühlt hatte, als müsste er die Last der Welt auf seinen Schultern tragen. Aber er hatte nicht bemerkt, wie tief

Roxies Schmerz ging, und er war entschlossen, ihr beizustehen. Wenn sie ihn ließ.

»Eine der Frauen sah mich direkt an, während sie redete. Ich wusste, dass sie zu der ganzen Gruppe sprach, aber sie schien die Worte nur an mich zu richten. Sie sagte, dass wir unseren Lebenszweck nicht erfüllen können, weil wir unsere Kinder nicht zur Welt gebracht haben. Mir war klar, dass das Unsinn war. Natürlich wollte ich unser Baby. Als ich erfuhr, dass ich mit Angel schwanger war, wollte ich sie mit ganzem Herzen. Aber heute weiß ich, dass wir herausfinden müssen, wer wir sind. Wir beide sind auf dem besten Weg dahin, und ich liebe dich so sehr. Aber ich bin so verwirrt und die Worte dieser Frau kommen mir immer wieder in den Sinn und lassen mich nicht los.«

Carter stieß den Atem aus und küsste sie sanft. Er legte seine Hände auf ihre Schultern und blickte ihr in die Augen. Wut durchströmte ihn, aber er drängte sie zurück. Hier ging es nicht um ihn. »Was diese Frau gesagt hat, war Unsinn. Du hast absolut recht. Nur wegen dieser Worte bist du jetzt so verwirrt.«

»Ich weiß. Das habe ich gerade gesagt.«

»Ich kann mich nicht besonders gut ausdrücken, Roxie. Das weißt du. Aber eines kann ich dir versichern. Dein Wert als Mensch ist nicht an eine einzige Rolle oder an eine einzige Sache gebunden. Ein Wert ergibt sich aus allem, was dich ausmacht – und genau deshalb liebe ich dich so sehr. Wenn wir irgendwann bereit für ein Baby sein sollten, dann wird das allein unsere Entscheidung sein. Ich werde dich nicht unter Druck setzen, und ich weiß, dass du das auch nicht tun wirst. Und die Montgomerys – die, wie du betont hast, auch meine Familie sind – werden uns auch zu nichts drängen. Als wir getrennt lebten, haben sie uns auch nicht gedrängt. Sie haben uns einfach nur beigestanden, wenn wir sie brauchten. Aber wir beide werden unseren eigenen Weg gehen. Und wenn die Zeit gekommen ist, werden wir füreinander da sein. Denn ich werde dich nicht noch einmal verlieren, verdammt.«

»Ich weiß. Es ging mir nur immer wieder durch den Kopf. Wahrscheinlich musste ich es einfach loswerden. Ich komme mir so dumm vor.«

»Du bist nicht dumm.«

»Aber ich rede Unsinn. Und ich verrenne mich in meinen Gedanken.«

»Dann lass uns mit unserem Therapeuten darüber reden.« Er hielt inne. »Ich kann nicht glauben, dass ich diese Worte gerade laut ausgesprochen habe.«

»Ich kann es kaum glauben, aber ich bin froh darüber, denn es bedeutet, dass wir uns weiterentwickeln. Wir verhalten uns tatsächlich wie Erwachsene und setzen uns mit dem auseinander, was uns beschäftigt. Das hätte ich wahrscheinlich schon längst tun sollen, aber wie gesagt, manchmal bin ich dumm. Und ja, ich weiß, ich habe schon wieder das Wort ›dumm‹ benutzt, aber mir fehlen einfach die Worte für dieses Chaos in meinem Kopf, sobald es um das Thema Baby geht.«

»Dann lass uns daran arbeiten. Einen Schritt nach dem anderen. Vielleicht werden wir in Zukunft Kinder haben, vielleicht auch nicht. Vielleicht sollten wir mit einer Katze anfangen. Ich weiß, dass du Katzen magst.«

»Ich liebe Katzen. Und Hunde. Vielleicht auch eine Rennmaus.«

Er schnaubte. »Von mir aus auch eine Rennmaus. Wir finden schon etwas.« Er lachte und küsste sie erneut. »Ich liebe dich so sehr. Und ich werde das nie wieder als selbstverständlich ansehen.«

»Einverstanden. Ich liebe dich auch.«

»Jetzt lass mich deine Tränen trocknen. Vielleicht können wir dort weitermachen, wo wir aufgehört haben, bevor das Telefon geklingelt hat.« Wie aufs Stichwort ertönte das Klingeln ihres Handys im Wohnzimmer. Sie schmiegte ihre Stirn an seine Brust und kicherte.

»Okay, es sieht so aus, als müssten wir uns nicht den Kopf über ein Baby zerbrechen, weil wir nie wieder Sex haben werden«, murrte Carter.

»Du bist ein Trottel. Ich liebe dich.«

Er ergriff ihre Hand und ging mit ihr ins Wohnzimmer, um den Anruf entgegenzunehmen. Es war ihre Mutter, die über das Baby sprechen wollte, das Shea unter dem Herzen trug.

Und eines Tages, wenn sie bereit waren, würden

sie vielleicht ein eigenes Kind haben. Aber zuerst würden sie einfach nur Roxie und Carter sein.

Endlich.

Sie hatten endlich zu sich selbst gefunden. Sie hatten lange gebraucht, um herauszufinden, wer sie waren, und nun wollte Carter sich nie wieder davon lösen. Er hatte sein Glück gefunden, obwohl er einst alles darangesetzt hatte, davor zu fliehen.

Roxie gehörte zu ihm.

Und er würde sie nie wieder loslassen.

EPILOG

Roxie liebte die Abendessen mit ihrer Familie, besonders wenn jene engen Freunde dabei waren, die praktisch zu den Montgomerys gehörten. Das war nicht immer so gewesen, doch heute war ein wunderbarer Tag.

Sie hatten sich den Bauch mit Braten, Kartoffeln, grünen Bohnen und Brötchen vollgeschlagen – und natürlich mit Käse, den Thea und Dimitri beigesteuert hatten. Nun ließen sie den Abend im Wohnzimmer ihrer Eltern ausklingen und unterhielten sich über die Hochzeitspläne, die sowohl Thea und Dimitri als auch Adrienne und Mace schmiedeten.

Die Idee einer Doppelhochzeit war aufgekommen, aber ziemlich schnell wieder verworfen worden, denn die Geschmäcker der beiden Bräute waren einfach zu verschieden. Außerdem wünschten sich alle mehr als eine Party, um den wachsenden Montgomery-Clan gebührend zu feiern.

Auch Roxie und Carter hatten kurz mit dem Gedanken gespielt, ihr Eheversprechen zu erneuern, sich letztlich aber dagegen entschieden. Sie hatten sich ihre Liebe und Treue bereits mehr als einmal geschworen. Jedes Mal wenn sie sich einander öffneten und sich aufeinander stützten, war das wie ein Gelübde, das mehr zählte als jede Zeremonie.

Allerdings wollten sie diesen Sommer tatsächlich auf Hochzeitsreise gehen. Sie hatten vor, nach Aruba zu fliegen, wo Roxie das blaue Wasser, den weißen Strand und ihren Mann in tief sitzenden Badshorts genießen konnte.

Allein bei dieser Vorstellung lief ihr das Wasser im Mund zusammen.

»Du sabberst«, flüsterte Carter ihr ins Ohr. Sie schloss die Augen, weil sie wusste, dass sie errötete.

»Sei still«, flüsterte sie.

»Ich weiß, dass du etwas Unanständiges denkst. Behalte es für später im Hinterkopf.«

»Sei still«, wiederholte sie, während ihr die Hitze in die Wangen stieg.

»Was flüstert ihr beiden da?«, fragte ihre Mutter, die mit Captain, Daisy, Julia und Livvy auf dem Boden saß. Sie war eine erstaunliche Großmutter.

»Nichts«, antworteten Carter und sie im Chor. Die Erwachsenen im Raum lachten, und die Kinder stimmten mit ein. Captain gab ein Jaulen von sich.

Das war Familie. Davor war Roxie geflohen, weil sie Angst hatte, nicht gut genug zu sein. Aber sie hatte sich geirrt. Oh, wie sehr sie sich geirrt hatte!

Shep und Shea lebten nun dauerhaft in Colorado und Roxie lernte ihren Bruder und ihre Schwägerin jeden Tag ein wenig besser kennen. Roxie betrachtete lächelnd Sheas Babybauch und verspürte nicht einmal einen Anflug des Gefühls, das sie überkommen hatte, als sie von Sheas Schwangerschaft erfahren hatte.

Roxie war sich nicht bewusst gewesen, wie sehr die Worte einer fremden Frau sie ein ganzes Jahr lang erschüttert hatten. Sie war froh, sie endlich aus ihren Gedanken verbannen zu können. Denn eines Tages wollten Carter und sie vielleicht selbst ein Kind in die Welt setzen. Doch das eilte nicht. Sie hatten Zeit und konnten sich vorerst aufeinander konzentrieren.

Roxie warf einen Blick auf Adrienne und Mace, die miteinander tuschelten. Mace hatte seine große Hand im Haar ihrer Schwester vergraben. Die beiden waren seit Ewigkeiten beste Freunde und als sie sich schließlich ineinander verliebten, hatte Roxie vor Freude gejubelt. Sie passten perfekt zueinander und Roxie konnte es kaum erwarten zu sehen, wie sich ihre Familie im Laufe der Zeit entwickeln würde.

Das brachte sie zu Thea und Dimitri. Die beiden standen noch am Anfang ihrer Beziehung, aber wie Mace und Adrienne waren sie zuerst Freunde gewesen. Jetzt würden sie heiraten und ihr Leben miteinander teilen. Die beste Nachricht des Tages war jedoch, dass Thea nun offiziell mit ihrer Bäckerei expandieren würde. Der Kredit war bewilligt worden, und sie würde bald ein neues Kapitel in ihrem Leben aufschlagen.

Die Montgomerys steckten voller Talente, und Roxie war sich bewusst, wie sehr jeder Einzelne von ihnen gesegnet war. Im Laufe der Jahre waren sie zwar alle verletzt worden und hatten ihre eigenen Kämpfe ausgefochten, doch letztlich war Roxie davon überzeugt, dass sie alle gestärkt daraus hervorgegangen waren.

Sie wusste auch, dass ihre Familie nicht die Einzige war, die harte Prüfungen durchgestanden hatte. Unweigerlich musste sie an Liam und die Probleme denken, mit denen er zu kämpfen hatte. Sie verdrängte diesen Gedanken jedoch, da sie wusste, dass sie nichts tun konnte, außer für ihren Cousin da zu sein.

Wenn er sie ließ.

Roxie ergriff die Hand ihres Mannes und drückte sie. Er gab ihr einen Kuss auf die Schläfe und unterhielt sich weiter mit Landon. Ihr Freund hatte Kaylee mitgebracht, da die beiden nun offen zu ihrer Beziehung standen. Eigentlich hatten sie diese nur vor sich selbst verheimlicht, aber das war eine andere Geschichte. Eines Tages würde Kaylee ihr diese sicher erzählen.

Abby und Ryan saßen neben Landon und Kaylee

und lachten über etwas, das Roxies Vater gesagt hatte. Hin und wieder kam Julia auf Ryan zu, drückte ihm etwas in die Hand und eilte dann zurück zu den anderen Kindern.

Die Beziehung der beiden blühte vor den Augen der Familie auf. Roxie hätte nicht glücklicher sein können.

Roxie schmiegte sich an ihren Mann und betrachtete ihren Ehering, den sie sich wieder an den Ringfinger gesteckt hatte, und empfand ein Gefühl tiefer Dankbarkeit. Sie waren gesegnet. Carter und sie hatten viel durchgemacht, um an diesen Punkt zu gelangen, doch sie hatten ihr Ziel erreicht.

Die Scheidungspapiere waren vernichtet worden, und Carter und sie hatten ihr gemeinsames Glück gefunden. Bald würden sie jedoch ein anderes Dokument einreichen.

Roxie hatte sich entschieden, ihren Doppelnamen abzulegen.

Sie war eine geborene Montgomery.

Doch aus Liebe hatte sie sich entschieden, eine Marshall zu werden.

Genau das brauchte sie. Denn Roxie wusste, dass sie und Carter im Herzen immer Montgomerys bleiben würden.

Dem Montgomery-Clan entkam man nicht.

Nicht einmal, wenn man glaubte, es versuchen zu müssen.

CARRIE ANN RYAN

Weiter in der Montgomery Ink-Reih
Wrapped in Ink – Tattoos und Herausforderungen
(Buch 1)

BIOGRAFIE

Carrie Ann Ryan ist eine *New York Times* und USA Today Bestsellerautorin moderner und übersinnlicher Liebesromane. Außerdem schreibt sie Literatur für junge Erwachsene. Ihre Arbeit umfasst die »Montgomery Ink Reihe«, »Redwood Pack«, »Fractured Connections« und die »Elements of Five«-Reihe. Weltweit hat sie über vier Millionen Bücher verkauft.

Sie hat bereits während ihres Chemiestudiums mit dem Schreiben begonnen und hat seitdem nicht mehr aufgehört. Inzwischen hat Carrie Ann mehr als fünfundsiebzig Romane und Novellen fertiggestellt – und ein Ende ist nicht in Sicht. Carrie Ann wurde in Deutschland geboren und hat schon überall auf der Welt gelebt. Wenn sie sich nicht gerade in ihrer emotionalen und aktionsgeladenen Welt verliert, liest sie gern, während sie sich um ihr Katzenrudel kümmert, das mehr Anhänger hat als sie selbst.

Besuchen Sie Carrie Ann im Netz!
carrieannryan.com/country/germany/
www.facebook.com/CarrieAnnRyandeutsch/
twitter.com/CarrieAnnRyan
www.instagram.com/carrieannryanauthor/

BÜCHER VON CARRIE ANN RYAN

Montgomery Ink Reihe:

Ink Inspired – Tattoos und Inspiration (Buch 0,5)

Ink Reunited – Wieder vereint (Buch 0,6)

Delicate Ink – Tattoos und Überraschungen (Buch 1)

Forever Ink – Tattoos und für immer (Buch 1,5)

Tempting Boundaries – Tattoos und Grenzen (Buch 2)

Harder than Words – Tattoos und harte Worte (Buch 3)

Written in Ink – Tattoos und Erzählungen (Buch 4)

Hidden Ink – Tattoos und Geheimnisse (Buch 4,5)

Ink Enduring – Tattoos und Leid (Buch 5)

Ink Exposed – Tattoos und Genesung (Buch 6)

Inked Expressions – Tattoos und Zusammenhalt (Buch 7)

Inked Memories – Tattoos und Erinnerungen (Buch 8)

Montgomery Ink Reihe: Colorado Springs:

Fallen Ink – Tattoos und Leidenschaft (Buch 1)

Restless Ink – Tattoos und Intrigen (Buch 2)

Jagged Ink – Tattoos und Turbulenzen (Buch 3)

Montgomery Ink Reihe: Boulder:

Wrapped in Ink – Tattoos und Herausforderungen (Buch 1)

Die Gallagher-Brüder:

Love Restored – Geheilte Liebe (Buch 1)

Passion Restored – Geheilte Leidenschaft (Buch 2)

Hope Restored – Geheilte Hoffnung (Buch 3)

Whiskey und Lügen:

Whiskey und Geheimnisse (Buch 1)

Whiskey und Enthüllungen (Buch 2)

Whiskey und die Geister der Vergangenheit (Buch 3)

Das Aspen Rudel:

Durch Ehre Geschliffen (Buch 1)

In der Dunkelheit Gejagt (Buch 2)

Im Chaos Gebunden (Buch 3)

Unterschlupf in der Stille (Buch 4)

Von Flammen Gezeichnet (Buch 5)

Die Brüder Wilder:

Der Weg zurück zu mir (Buch 1)

Immer der Richtige für mich (Buch 2)

Der Pfad zu dir (Buch 3)

Und auch die folgenden Bücher von Carrie Ann Ryan werden in Kürze auf Deutsch erhältlich sein:

Aus der »Montgomery Ink Reihe«:

Sated in Ink (Buch 13)

Embraced in Ink (Buch 14)

Seduced in Ink (Buch 15)

Inked Persuasion (Buch 16)

Inked Obsession (Buch 17)

Inked Devotion (Buch 18)

Inked Craving (Buch 19)

Inked Temptation (Buch 20)

www.ingramcontent.com/pod-product-compliance
Lightning Source LLC
LaVergne TN
LVHW031536060526
838200LV00056B/4526